名 / 家 / 经 / 典 / 小 / 说 / 选

不平凡的女人

［法］福楼拜等　著

林敏等　译

江苏凤凰文艺出版社
JIANGSU PHOENIX LITERATURE AND ART PUBLISHING, LTD

图书在版编目（CIP）

不平凡的女人 /（法）福楼拜等著；林敏等译．--南京：江苏凤凰文艺出版社，2018.8（2024.2重印）

（名家经典小说选）

ISBN 978-7-5594-2323-8

Ⅰ．①不… Ⅱ．①福… ②林… Ⅲ．①中篇小说—小说集—世界②短篇小说—小说集—世界 Ⅳ．① I14

中国版本图书馆 CIP 数据核字 (2018) 第 185756 号

书　　名	不平凡的女人
著　　者	（法）福楼拜等
译　　者	林敏等
责任编辑	王　青
出版发行	江苏凤凰文艺出版社
出版社地址	南京市中央路 165 号，邮编：210009
出版社网址	http://www.jswenyi.com
印　　刷	三河市同力彩印有限公司
开　　本	650 × 960 毫米　1/16
印　　张	16.25
字　　数	192 千字
版　　次	2018 年 8 月第 1 版　2024 年 2 月第 4 次印刷
标准书号	ISBN 978-7-5594-2323-8
定　　价	69.80 元

（江苏凤凰文艺版图书凡印刷、装订错误可随时向承印厂调换）

目 录

希罗底

［法］福楼拜 著　林敏 译

第一章

马卡鲁斯[①]城堡位于死海东面，建于圆锥形的玄武岩山巅之上，四面深谷环绕。城堡的围墙顺着山势而建，连绵起伏，向前延伸。围墙之内，房屋紧挨着城堡的地基而建，簇拥在一起。一条蜿蜒的道路如同在岩石上割开了一道裂缝，把城市与堡垒连接起来。堡垒墙高一百二十肘尺[②]，屋角无数，塔楼众多，如同装饰在王冠上的珠宝，装点着悬于深渊之上的这座城堡。

高墙之内有一座带柱廊的宫殿，宫殿四周建有平台，其中一面平台往外延伸，成了宽敞的阳台，阳台围着梧桐栏杆，梧桐栏杆和数根高大的柱子共同支撑着一座遮蓬。

一日清晨，日出之前，分封王[③]希律・安提帕[④]独自一人走上阳台，靠在栏杆上眺望宫殿四周的风光。

宫殿下的深谷内有山峰无数，借着晨曦尚能隐约看见起伏的山脊。山体延伸至深渊深处，隐没在黑暗之中。空气中薄雾浮动，雾

---

① 马卡鲁斯(Machaerus)：公元前一世纪，犹太王希律在马卡鲁斯建立军事要塞马卡鲁斯城堡，城堡所在的山顶可以俯瞰死海和约旦河谷，天气晴朗时可眺望耶稣撒冷。马卡鲁斯城堡位于今天约旦境内。

② 肘尺：古时的一种长度单位，自肘至中指端，长约 17 到 21 英寸。

③ 分封王：古罗马帝国的属地一分为四，分别由四个长官统治。属地的分封王一般由当地的王室成员担任。

④ 希律・安提帕(Herod-Antipas)：希律一世的儿子，母亲为撒玛利亚人。按照父亲的遗嘱，他被封为加利利和比利的分封王。

气渐渐上升散去，死海海岸的轮廓随着雾气消散，变得清晰可见。太阳从马卡鲁斯城堡后面冉冉升起，朝霞染红了天空，也照亮了沙滩、群山和沙漠，以及远处的朱迪亚[①]的山脉。在晨光的照耀下，朱迪亚的群山看上去灰蒙蒙的，山势崎岖不平，连绵起伏。隐基底[②]位于群山中央，投下一片黑色的阴影。远处的希伯伦[③]像是一个圆顶。以实谷[④]的石榴，索里克[⑤]的葡萄，迦密尔[⑥]的芝麻，高耸的安东尼亚塔[⑦]如同一个巨大的立方体，俯瞰着耶路撒冷。分封王的目光转向右面杰里科[⑧]的棕榈树林。他想起了加利利[⑨]的其他城邑：迦百农[⑩]、隐多尔[⑪]、拿撒勒[⑫]、提比里亚[⑬]，这些地方也许他再也不会去了。

约旦河还是那么蜿蜒曲折，在荒芜的平原上流淌。这片白茫茫

---

① 朱迪亚(Judea)：古代巴勒斯坦南部地区，包括今以色列南部及约旦西南部。耶稣在世时，它是由希律王室所统治的王国，耶稣罗马帝国叙利亚行省的一部分。

② 隐基底(En-gedi)：古犹太城邑，位于死海西岸。

③ 希伯伦(Hebron)：巴勒斯坦中部历史悠久的城市，位于约旦河西岸南部、耶路撒冷西南部。

④ 以实谷(Eschol)：位于希伯伦和耶路撒冷之间，据《旧约》记载，该地是个山谷，种满了葡萄和石榴。

⑤ 索里克(Sorek)：位于希伯伦以西。

⑥ 迦密尔(Carmel)：位于希伯伦东南部。

⑦ 安东尼亚塔：耶路撒冷城内的一座高塔。

⑧ 杰里科(Jericho)：位于约旦河西面7公里处的约旦河谷，西距耶路撒冷38公里，南距死海6公里，低于海平面300多米，与耶路撒冷的高度落差有1000多米，因而被认为是世界上“最低的城市”。现为以色列著名的旅游胜地。

⑨ 加利利(Galilee)：是巴勒斯坦北部地区。西到地中海沿岸平原，东到约旦河谷地，南到耶兹里勒谷地。史学观点认为耶稣生于加利利的拿撒勒。

⑩ 迦百农(Capernaum)：位于加利利海附近一带，在西布伦和拿弗他利的边界上，今已成废墟。据称耶稣开始传道时，即迁居此地。

⑪ 隐多尔(Endor)：位于加利利以南。

⑫ 拿撒勒(Nazareth)：以色列北部城市，位于历史上的加利利地区。传说耶稣在该地附近的萨福利亚村度过青少年时期，是基督教圣城之一。现在为加利利地区重要的商业中心，是以色列最大的阿拉伯人聚集的城市。

⑬ 提比里亚(Tiberias)：位于以色列北部加利利海畔的下加利利，是以色列的一个古城。

的平原，宛如一张雪白的桌布，而提比里亚湖则像一块天青石，镶嵌在上面，引人注目。安提帕往提比里亚湖南端望去，那里是也门海岸，海岸边布满了棕色的帐篷，手持长矛的人在马群间走来走去，未熄灭的篝火还残存着微弱的火光。

那是阿拉伯王的军队。安提帕休掉了阿拉伯王的女儿，娶了自己的弟媳希罗底①。他的弟弟住在意大利，对争权夺位毫无兴趣。

安提帕正等着罗马的援兵，可是叙利亚总督维特里乌斯迟迟未到，他的耐心有限，似乎已经耗尽，开始变得焦躁不安起来。他想，也许阿格里巴②在罗马皇帝面前挑拨离间吧？安提帕的三弟腓力是巴珊③的统治者，已经暗中武装自己的军队；犹太人已经无法忍受安提帕对偶像的膜拜；其他民族也不愿继续受他统治。此时，他正在两个方案之间犹豫不决：一是与阿拉伯人和解，二是与帕提亚④人结盟。安提帕打算以庆寿为由举办盛宴，邀请军队的主要将领、乡村的总管，以及加利利地区的重要人物，齐聚一堂，共同商讨。

安提帕目光锐利，搜索着所有通往马卡鲁斯的大道，而大道上空无一人，只有几只苍鹰在他头顶上空盘旋。士兵们靠在城墙上打盹，城堡内一片寂静。

突然，远处传来一阵隐隐约约的说话声，好像是来自于地底深处。分封王听见后，脸色发白，不由地俯身侧耳细听，但是已经听不到任何声音了，不一会儿，又响起说话的声音。他拍了拍手掌，叫道："马奈伊！马奈伊！"

一个男人立刻出现在阳台上，他上身赤裸，像是一个澡堂里的

---

① 希罗底(Herodias)：原为安提帕的弟媳，为了权势而改嫁安提帕，因而受到施洗者约翰的谴责。希罗底对施洗者约翰怀恨在心，最终施以毒计害死了施洗者约翰。

② 阿格里巴(Agrippa)：(公元前63—公元前12)，屋大维的部将、密友、女婿，盖尤斯的岳父，是著名的古罗马将军。

③ 巴珊(Batania)：位于加利利和比利亚之间。

④ 帕提亚(Parthia)：伊朗古代奴隶制国家。

按摩师。此人又老又瘦，但却身材高大，腰上还挂着把带有铜鞘的弯刀；他头发浓密，用一把梳子往后梳拢，显得前额格外长；他睡眼惺忪，一副没睡醒的样子，但是牙齿却白得发亮。他脚步轻快地走在石板路上，脸上毫无表情，像个木乃伊，动作轻巧，身体像猿猴一样柔韧灵活。

分封王问道："他在哪？"

马奈伊用大拇指指向他们身后的某处地方，说道：

"在那里，一直都在那里！"

"我好像听见他的声音了。"

接着，安提帕深呼吸了一下，问起了雅奥卡南——也就是拉丁人称为施洗者约翰[①]——的情况。"上个月，有两个人请求去地牢看他。从那以后，那两个人有没有再来过？他们来做了什么？"

马奈伊回答：

"他们和他说了几句我听不懂的话，就像是小偷在十字路口碰头时说的话一样。然后，他们就往上加利利去了，说是要带回来一个重大消息。"

安提帕低下头，立刻又抬起头来，惊恐不安地说道：

"监视他！看好他！不许任何人接近他！关紧通往地牢的门，决不能叫人怀疑他还活着！"

就算安提帕不下这些命令，马奈伊也会这样做。因为雅奥卡南是犹太人，马奈伊像所有撒玛利亚人一样，憎恶犹太人。

他们的基里心神庙，是摩西指定的以色列中心，在希尔康王统治时期就已经被毁。耶路撒冷的那座神庙让撒玛利亚人怒火中烧，那是对他们的侮辱，是永远的不公正。马奈伊曾经偷偷潜入那座神

---

① 施洗者约翰(St. John the Baptist)：《圣经》里的人物，是摩西的哥哥亚伦的后人。据说他在约旦河畔为人施洗，在犹太的旷野传道。后来因为谴责安提帕和希罗底的婚姻，而最终被希罗底设计害死。

庙，想用死人骨头玷污庙里的神坛。他的同伴身手没他敏捷，都被抓住砍了头，他逃了出来。

马奈伊从两座丘陵之间的空隙，轻而易举就能望见耶路撒冷的那座神庙。神庙的围墙是用白色大理石建造而成，屋顶则由纯金箔片打造，阳光把神庙照得金光闪烁。神庙如同巍峨的山峰，又像一件圣物，看起来富丽堂皇，似乎傲视一切。

马奈伊朝着锡安[①]方向伸出手臂，握紧拳头，挺直腰杆，对着锡安一通诅咒，发泄一番，以为他的诅咒真能应验。

安提帕听到他的诅咒，并未感到气愤。

等到这个撒玛利亚人稍微冷静下来之后，他又开始说起那个囚犯来。

他说："有时候，他躁动不安，想逃跑，希望有人来救他；有时候，他又安静地像只生病的野兽。我还经常发现他在阴暗的地牢里来回走动，嘴里反复念叨着：'有什么关系呢？为了让他兴旺，我就该衰微！'"

安提帕和马奈伊沉默不语，对视了一会儿。安提帕已经懒得再想这件烦心事了。

宫殿四周层峦叠嶂，看起来像是波浪一般连绵起伏，悬崖峭壁上黑漆漆的深洞，看起来阴森森的，辽阔的蓝天，耀眼的太阳，以及阴暗的深渊，都让安提帕的内心隐隐不安。看到沙漠中的沙丘，崩塌的竞技场和废弃的宫殿，他的内心感到一阵压抑。阵阵热风吹来，夹杂着硫磺的气味，好像被诅咒的城镇散发出来的臭气，尽管那些城镇早就沉入死水底下，不复存在了。

这些都是神灵的愤怒所造成的后果，安提帕胆战心惊。他双肘支在栏杆上，双手托在太阳穴上，眼神呆滞，站在那里，一动不动。

---

① 锡安(Zion)：耶路撒冷城内的山丘，大卫王死后葬在此地，所以被视为耶路撒冷的象征。

不一会儿，安提帕感到有人轻轻触碰他的肩膀，转身一看，只见希罗底正站在他的身后。希罗底罩着一件薄薄的紫色长袍，长袍下摆一直垂到脚面上。她匆匆从卧室赶来，没戴一件首饰，没有任何装扮，乌黑的发辫垂在手臂上，发梢正好挡住了她的胸脯。她的鼻翼因为兴奋而翕动，一种胜利的喜悦让她容光焕发。希罗底轻轻摇着分封王的肩膀，兴高采烈地说道：

"皇帝[①]是爱我们的！阿格里巴已经被关起来了！"

"谁告诉你的？"

希罗底回答："我当然知道！"她又说道："因为阿格里巴希望卡里古拉[②]当皇帝。"

尽管阿格里巴靠着安提帕和希罗底的施舍过活，但他还是绞尽脑汁妄想争夺王位。实际上，他们夫妻俩也对王位垂涎欲滴。所以，如果消息属实的话，安提帕和希罗底就不用再害怕阿格里巴的阴谋诡计了。

希罗底冷酷地说道："哼，提比里乌斯[③]的地牢可不容易出来，说不定会死在里面。"

安提帕明白希罗底的意思，尽管希罗底是阿格里巴的妹妹，可是她的残忍也是合情合理，很好理解的，政治阴谋中的谋杀和暴行本来就常见，王室也不例外。因此，在希罗底的家族里，谋杀和暴行也是司空见惯的事情。

接着，希罗底急不可待，向安提帕说起她最近的秘密行动。她津津有味地说着，说到有许多人被她贿赂，许多信被她拦截查看，还

---

① 皇帝：此处的皇帝指提比里乌斯。

② 卡里古拉(Caligula)：罗马帝国朱利亚·克劳狄王朝的第三位皇帝盖约·凯撒的别名。意思是小军靴，因为该皇帝受军队拥戴，禁卫军都亲切地称他为"小军靴"。公元37至41年间在位，后因暴虐无道，继位后没几年，就被禁卫军杀死。

③ 提比里乌斯(Tiberius)：罗马皇帝，公元14年至37年间在位。在屋大维之后继位，以生性多疑残暴著称。

有她在城市大门安插了多名密探。她甚至连想都不想，就告诉丈夫，她怎么诱使欧杜凯斯[1]去告密的。

希罗底说道："我为什么不干呢？我不用付出任何代价。想想，为了你，我做的还少吗？我甚至还抛弃了自己的孩子，不是吗？"

希罗底和腓力离异之后，确实把女儿丢在罗马，因为她成了分封王的妻子，可能还会为安提帕生儿育女。一直以来，希罗底从未向安提帕提过她的女儿，现在希罗底突然表现出母性的温柔，他感到很奇怪，不禁要问明原因。

在夫妻二人谈话的时候，几名侍从走上阳台。一个奴隶拿来了一些又大又软的靠垫，把这些靠垫铺在女主人身后的地板上，临时搭建了一个卧榻。希罗底倒在这个临时卧榻上，扭过身子不看安提帕，好像是在默默哭泣。过了一会，她擦了擦眼睛，说她不愿意再想这些不愉快的事情，她现在非常幸福，不想受过去生活的影响。然后，她又回忆与安提帕之间幸福的过往：他们在罗马宫殿前厅谈话，在浴室相会，在神圣大道[2]上漫步。她还提到，每天黄昏时分，他们在别墅甜蜜的约会，站在弯弯的花门底下，一起倾听喷泉的潺潺水声，一起远眺美丽的罗马风光。希罗底此刻的目光和以前一样温柔似水，她靠近安提帕，依偎在他胸前，温柔地爱抚着他。

希罗底想重温旧梦，可是，安提帕却粗暴地推开了她，安提帕的爱火，早在开战的时候就已经熄灭了。就是因为和希罗底结婚，他才遇到这么多不顺心的事，十二年来，战争连绵不休，从没停止过。安提帕因为忧思焦虑，明显变得苍老了许多。在镶着紫边的宽外袍下，他的背已经微微驼起；他的头发又长又白，和胡子缠绕在一起，

① 欧杜凯斯(Eutyches)：阿格里巴的车夫。曾听到阿格里巴对卡里古拉说，说他希望提比里乌斯早日让位给卡里古拉。后来，欧杜凯斯因为盗窃而被责骂，便将主人的话告诉皇帝，阿格里巴因此而坐牢。

② 神圣大道：古罗马城的主要街道。

撕扯不清。在阳光的照耀下,安提帕额头上的条条皱纹,显得格外清楚,这分明是一种郑重的提醒,提醒安提帕,已经不再年轻了。

在安提帕拒绝妻子的温存之后,夫妻二人神色忧郁,凝视着彼此,却无话可说,他知道妻子想要什么,却给不了,他的心被乱七八糟的事情填满了。

山路上开始有人走动。牧羊人赶着羊群去放牧;孩子们驱赶着载满货物的毛驴,沿着山路前行;宫殿的马夫们领着马群去河边饮水。从马卡鲁斯后面的山坡过来的人往下走,渐渐消失在城堡背后;另外一些人从山谷往上走,也渐渐看不清了。他们到了城堡,就把货物卸下,放在院子里。有的人是给安提帕送来粮食和必需用品的;有的则是安提帕客人的奴仆,他们比主人先行一步,前来为主人预先打点好一切。

突然,在平台左侧,出现了一名艾森派教士[①],他身穿白色长袍,光着双脚,神态悠然。马奈伊见状,立刻抽出腰间的弯刀,朝那个陌生人冲了过去。

希罗底对马奈伊喊道:"杀了他!"

安提帕则命令道:"住手!"

马奈伊立刻站住不动,那个教士也站立不动,他们都紧盯着对方,不敢轻举妄动,然后倒退着从两侧的阶梯下了平台。

在他们走了之后,希罗底说道:"我认识那个男人,他叫法努埃尔,他会想方设法找出雅奥卡南的。就是你太蠢了,才会让他活着,你应该杀了他。"

安提帕反驳说:"也许那个男人以后对我们还有用,他抨击耶路撒冷,正好让我们获得其他犹太人的支持和忠心。"

希罗底反驳道:"不对,他们这种人不会听命于任何人的,对谁

---

① 艾森派:犹太教的一派,教徒生活清苦,隐居山野,以严肃正直闻名。雅奥卡南属于这一教派。

都不会忠心耿耿的。”接着恶狠狠地说道:“谁要是用尼希米[①]时代的痴心妄想来蛊惑人心,最好的办法就是消灭他。”

安提帕则回答:“这件事不可操之过急。”雅奥卡南会对他造成威胁?怎么可能!安提帕想想就觉得荒唐可笑。

希罗底大叫:“你不要自欺欺人了!”接着,她又讲起她所蒙受的奇耻大辱。

那天,她去加拉德买当地有名的香料。

“当时,有许多人站在河边,其中有些人正在穿衣服。河边有个山丘,有个奇怪的人正站在山丘上讲话,他腰间裹着骆驼皮,头像狮子一样,一看见我,他就朝我念了一通先知的诅咒。他两眼发红,声音洪亮,双手高举,好像要招来雷电劈我一样。我的马车车轮陷进沙里,我没法驱车逃离现场,唯一的办法,我只能拿斗篷遮住脸,慢慢地走开。他的诅咒如暴雨般倾泻在我的身上,气得我浑身发抖。”

希罗底滔滔不绝,口若悬河,越说越气愤。她强调,雅奥卡南还在破坏她的生活。起初,士兵抓住他后,用绳子把他绑了起来,只要他敢有一丝反抗,士兵们就能把他刺死,可是,他却变得温顺听话了。将他投入监狱之后,有人往他的地牢里放了好多条毒蛇,但是,奇怪的是,片刻之后,这些毒蛇都死光了,而他却毫发未损。希罗底对雅奥卡南无计可施,无可奈何,这让她气愤难耐。再说,希罗底想弄清楚,为什么雅奥卡南非要和自己作对呢?他这么做能得到什么好处吗?他在大庭广众之下对她出言不逊,这件事已经广为流传,人们对此事议论纷纷,她随处都可以听见。哪怕是对抗千军万马,她也无所畏惧,可是这件事却让她有了深深的挫败感,对她所造成的影响,比刀剑还要致命,还要有力。可是,她又没有办法禁止人们议论,这让希罗底气得发狂!希罗底气得脸色发白,在平台上来回

---

① 尼希米(Nehemiah):公元前五世纪被波斯俘虏的犹太人,协助重建耶路撒冷。

踱步，不知道该说什么才能发泄她心中的怒火，这怒火已经让她如鲠在喉，不吐不快。

希罗底心底一直害怕，隐隐地有种不祥的预感，也许有那么一天，分封王安提帕会迫于社会舆论压力，把她给休了。那就全完了！她从小就梦想，有一天她能统治一个疆土广阔的帝国，为了梦想成真，她才抛弃了第一个丈夫，嫁给了分封王安提帕，可是如今，她觉得自己上当受骗了。

希罗底冷笑着对安提帕说："我嫁到你家来，找了你这么一个靠山！"

安提帕只是回答："我们两家也算是门当户对啊！"

希罗底内心热血沸腾，那是她祖先们的血液在汹涌，她的祖先们可是当过国王和祭司的。

她怒火难抑，大声说道："可是，你的祖父是阿斯卡隆[①]神庙里扫地的侍从，其他的祖先们不过是牧羊人、土匪强盗和驾车的马夫而已！大卫王[②]在位时，你的祖先不过是向犹太国进贡的游民罢了！我的祖先打败了你的祖先！马卡比家族[③]的先祖把你的祖先赶出了希伯伦，希尔康王强迫你们行割礼[④]！"希罗底像贵族鄙视平民，雅各憎恨以扫[⑤]一样，斥责安提帕深受侮辱却无动于衷，对出卖他的法利

---

① 阿斯卡隆(Ascalon)：古巴勒斯坦城市。

② 大卫王(King David)：公元前1011年—971年，以色列第二个王，耶和华上帝选择他替代扫罗。大卫多才多艺，写了许多诗篇。

③ 马卡比家族：古犹太人的一支。

④ 割礼：分男性割礼和女性割礼。男性割礼即切除全部或部分阴茎包皮，其起源于《圣经》中《创世纪》有记载。青春期割礼表明脱离童年而成人。女性割礼是非洲某些地区的陋习。

⑤ 雅各和以扫：两人为孪生兄弟，以扫为长子。雅各用一碗红豆汤骗取了以扫的长子名分。

赛人[①]过于仁慈，对讨厌希罗底的人民过于纵容。

希罗底大喊道："别否认了！你就跟你的祖先一个样！那个围着石堆跳舞的阿拉伯女人，你后悔抛弃她了吧？你和她和好吧！到她帐篷里去，跟她一起生活！啃火堆里烤的面包！喝羊奶吧！亲她黑色的脸颊！忘了我吧！"希罗底歇斯底里地喊道，愤怒让她失去了理智。

分封王安提帕没留心希罗底说了什么，对希罗底的愤怒也视而不见。他正在全神贯注地看一所房子的平台，平台上有一个年轻的姑娘，姑娘身边站着一位老女仆，为女孩撑着遮阳伞。遮阳伞的伞柄是用芦苇制成，又细又长，像是钓鱼竿一样。阳台地板的中央铺着一块地毯，上面放着一个大篮子，篮子里堆满了束腰带、面纱、头饰、金银首饰。女孩不时弯下腰，从篮子里拿起一件东西，把那件东西晃来晃去，动作很是优雅。她穿着宽大的内衣，外罩是件无袖外套，外套是用绿宝石做成的流苏，看上去一副罗马淑女的装扮。她的头发上束着蓝色丝质发带，看上去发髻很重，因为女孩时不时要抬起小手，把沉重的发髻扶正。遮阳伞挡住了安提帕的视线，但是安提帕还是能借着遮阳伞的缝隙，时不时地瞥见女孩纤弱的颈部，大大的眼睛，或者是女孩嘴角的一抹微笑。安提帕还注意到，女孩的身体柔软纤细，有着别样的神态和韵味。为了更清楚地观看少女的一举一动，安提帕探出身子，他双眼放光，呼吸也变得急促起来。希罗底仔细看着安提帕，安提帕的一举一动尽收眼底，她顺着他的目光看去，目光锁定在一个女孩的身上。

最后，分封王安提帕问道："那个女孩是谁？"

希罗底回答说："不知道。"希罗底愤怒的表情慢慢舒展开了，变

---

① 法利赛人(Pharisees)：一个犹太人宗派，在耶稣时代曾很流行，但过于强调摩西律法的细节，而不注重道理。耶稣指责他们言行不一，因此法利赛教士痛恨耶稣，主张处死耶稣。

得和蔼可亲起来。

几个加利利人，一位经书教师，一位牧场主，盐田的管事，和骑兵队长，骑兵队长是来自巴比伦的犹太人，这伙人一起在柱廊下等候安提帕的到来。分封王安提帕走近这些人，并对他们致以诚挚的问候。他们对安提帕报以欢呼的同时，还庄严地行礼，目送他进入了城堡。

安提帕在走廊里走着，法努埃尔突然从一条走廊的拐角处跳了出来，拦住了他的去路。

安提帕不悦地说道："干什么？你怎么还在这儿？你肯定是为雅奥卡南来的。"

"我也是为您而来的，我有要事禀报。"

安提帕叹了口气，法努埃尔紧跟在安提帕身后，走进一间阴暗的房间。

阳光透过格栅窗照进房间，光线依然还是微弱。房间的墙壁是石榴色，红色太深了，有点儿发黑。房间的尽头摆着一张乌木牛皮绳绷床，床的上方挂着一面金质盾牌，如太阳般照耀着阴暗的房间。安提帕走到床边，躺到了床上，法努埃尔站在他的面前，突然，他抬起手臂指着天空，一副神灵附身的样子，对安提帕说道：

"有时上天会派一个儿子下凡，传达信息给人们。雅奥卡南就是上帝的一个儿子，如果您虐待他，您就会受到惩罚。"

安提帕叫喊道："可是，这不怪我，是他先来给我捣乱的，他叫我做办不到的事情。从那以后，他除了诋毁我，什么事都不做。开始他辱骂我，我并没有严惩他，但是，他居然胆大包天，竟敢从马卡鲁斯派人，到我的领地来挑拨是非、散布谣言。他那是咎由自取！既然他攻击我，我应该自卫！"

法努埃尔冷静地回答："毫无疑问，他是想宣泄怒火，只是选择的方式太过火了。不管怎么说，您必须放了他。"

分封王安提帕说道："没有人会放走一头发狂的猛兽。"

艾森教士法努埃尔很快回答道："现在，你不必担心，他会直接去阿拉伯人、高卢人①和斯基泰人②那里，他必须到世界的各个角落传道。"

安提帕陷入沉思，考虑了一会儿。接着，他说：

"他对人们的影响力太大，连我都不由自主地敬重他！"

"既然这么说，那就放了他！"

可是，分封王安提帕摇了摇头。他害怕希罗底，也害怕马奈伊，更害怕难以预料的危险。

法努埃尔为了达成目的，试图劝服他，并许诺：艾森派教徒会对安提帕俯首称臣。艾森教士很受人们尊重，他们甘愿过清贫的日子，身穿亚麻布衣，忍受人生中各种苦痛。他们还能观察星象，预知未来。

安提帕突然想起来了，法努埃尔刚才说过有要事禀报，于是，就岔开了话题。他问法努埃尔："你刚才说的那件要事是什么事？"

法努埃尔还没来得及回答，这时突然进来一个黑奴。他匆匆忙忙，风尘仆仆，气喘吁吁，费劲地说出一个名字来：

"维特里乌斯！"

"怎么？他来了？"分封王安提帕问。

"我看见他了。还有三个小时，他就到了。"

于是，整个宫殿里的所有的门开关不停，人来人往，门帘不停地被掀起放下，好像被风刮的一般来回摆动。人们来回奔跑，嗡嗡的轻声交谈的声音，搬动沉重家具的声音，还有银盘子倒地清脆的声音，各种声音混杂在一起。同时，箭楼上吹响了罗马大号角，召集分散在城堡远近各处的奴隶们。

---

① 高卢人（the Gauls）：古代在法国和意大利北部地区的游牧民族。

② 斯泰基人（the Scythians）：古代居住在黑海沿岸的民族。

第二章

维特里乌斯踏进城堡大门之际，城堡的城墙上已经人头攒动。他身穿罗马总督的宽大外袍，佩戴紫色的元老标志，脚穿执政官的长靴，身子靠在随行译员的手臂上。十二个执掌权标[①]的仪仗官员，众星捧月一般，簇拥在总督身旁。仪仗官们把十二个权标靠在大门上，权标是一束用皮带捆着的小木棒，中间插着一把斧头。总督身后跟着一顶气派非凡的红色大轿，轿子上插着羽毛，镶嵌着镜子。在场的老百姓看到罗马人的威武气派的架势，身体不由地颤抖起来。

八人抬的大轿停了下来。一名青年从轿子里走了出来，他大腹便便，手上戴着珍珠手镯，满脸长着粉刺。有人给他献上一杯香气四溢的美酒，他喝完后又要了一杯。

分封王安提帕在地方总督面前双膝跪下，抱歉地说，未能早知总督大人大驾光临，准备不周，不胜惶恐。否则，他定会吩咐下人，沿途列队欢迎，殷勤服侍，只要总督一声令下即可。他还说，维特里乌斯的家族是女神维特利亚的后裔，有一条从贾尼科洛山[②]通向海边的大路，至今仍以维特利乌斯家的姓氏命名。这个伟大的家族人

---

① 权标：罗马帝国和罗马共和国使用的仪仗。

② 贾尼科洛山(Janiculum)：意大利罗马西部的一个山丘，为现代罗马的第二高山丘，仅次于马里奥山。位于台伯河以西，在古代城市的城墙以外。

才辈出，曾经出过不少的财政官和执政官。至于路西乌斯[①]，他眼前的贵客，所有人都应该感谢他，因为他征服了克利特人[②]。而且，他还是年轻的欧路斯的父亲。现在，他衣锦还乡，回到了众神的故乡。安提帕用拉丁语说了这通话，无非是溜须拍马，阿谀奉承，让人听了就觉得夸张肉麻。维特里乌斯面无表情，对这些话一概来之不拒。

维特里乌斯回答道，伟大的希洛特大帝[③]是这个国家的荣耀，雅典人选了希律王来主办奥林匹克比赛，当之无愧。希律王为了奥古斯都[④]，建造了数座神庙，他耐心、机敏、威严，而且对皇帝们一直赤诚忠心，不可多得。

希罗底从两根大理石柱间走来，俨然一副女皇的派头。宫女和太监手托香烟缭绕的镀金银盘，众星捧月般簇拥着她。

总督往前迈了三步，去迎接希罗底的到来。希罗底轻轻点了点头，以示致敬。

希罗底欢呼："真是太好啊！提比利亚的敌人阿格里巴，再也没法妨碍我们了！"

维特里乌斯没有听懂希罗底的暗示，但是他感觉到这是个危险的女人。所以，当安提帕信誓旦旦，说愿意为皇帝肝脑涂地，在所不辞时，维特里乌斯意味深长地问道：

"甚至愿意去伤害他人？"

维特里乌斯曾经把帕提亚的国王作为人质，并且向帕提亚索要大量赎金，当时皇帝对此事并未上心，但在那次和会上，为了获得皇

---

① 路西乌斯：行省总督维特里乌斯的名字。

② 克利特人：克利特即后来的土耳其西伯利亚地区，位于小亚细亚半岛东南部，其居民被称为克利特人。

③ 希洛特大帝：犹太暴君，公元前40年至公元4年统治加利利和犹太，为安提帕的父亲。他想杀害初生的耶稣，为了查找耶稣，而杀害男婴，致使耶稣流亡埃及。

④ 奥古斯都(Augustus)：古罗马帝国开国皇帝(公元前27—公元14)，元首政制创始者。原名盖乌斯·屋大维。

帝的好感，安提帕立即向皇帝告发了此事。从那以后，维特里乌斯就对安提帕怀恨在心，所以这次故意不肯及时发兵援助他。

分封王安提帕听到总督的问话，听出了讥笑的意思，只能张嘴结舌，无法回答。但是，欧路斯化解了尴尬，笑着对安提帕说：

“你放心，我会保护你的！”

总督假装没有听见欧路斯的话。父亲的前程靠儿子贪污索贿来铺垫，从某种程度上来说，儿子跟父亲学会了贪污腐败。通过欧路斯，安提帕也许能从总督那儿获得不少好处。尽管总督看安提帕的目光，总是充满深深地怨恨，甚至带着挑衅。

这时，城堡的大门那里又开始骚乱起来。一队白色的骡子进了庭院，骑在骡子上的人们都一副祭司打扮，这些人是撒度该教士[①]和法利赛教士。他们来马卡鲁斯的目的均和祭司职位有关，一方希望得到祭司职位，而另一方则想保住祭司职位。他们的神情阴郁，特别是那些法利赛教士，表情更是阴森可怕。法利赛教士是罗马人的敌人，也是分封王安提帕的敌人。他们穿过拥挤混乱的人群时，不小心法衣的下摆常被人踩住，这让他们寸步难行，也让他们感到尴尬狼狈。他们的额头上扎着羊皮细带，细带上写有文字，头上的法冠随着他们的走动而不停地颤动。

几乎就在同时，总督麾下的前卫部队也到了。士兵们给闪闪发光的盾牌罩上布套，以防沾染灰尘。士兵后面跟着总督的副将马赛罗斯，还有腋下夹着小木板的收税官。

安提帕为维特里乌斯分别介绍身边的主要人物：陶马伊、康泰拉、塞洪，和为安提帕采购沥青的亚力山大人阿莫尼乌斯，还有轻步兵队长纳阿曼，以及巴比伦人亚西姆。

维特里乌斯注意到马奈伊。

---

① 撒度该教派：是犹太教派的一支，与法利赛教派相对立。

他问道："那个人是谁？"

分封王安提帕做了一个手势，示意那是刽子手。接着，安提帕又向总督介绍了撒都该教士。

约纳塔斯身材矮小，说希腊语。他恳求总督大人赏脸，驾临耶路撒冷。维特里乌斯回答，不出意外的话，他可能很快就会去耶路撒冷。

艾莱阿扎长着鹰钩鼻，留着长胡须。他代表法利赛教士，请求发还大祭司的法衣，当局至今仍把法衣扣留在安东尼亚塔内。

接着，加利利人前来控告彼拉多[①]。他们说，彼拉多借口捉拿一个疯子，说这个疯子在撒玛利亚附近的山洞里寻找金瓶，而这个金瓶曾经属于大卫王。因此，彼拉多杀死了不少当地居民。大家都情绪激动，七嘴八舌，议论纷纷，其中就属马奈伊的嗓门最大，盖住了其他人的声音。维特里乌斯答应了他们的请求，保证惩办杀人凶手。

城堡大门处又传来喧哗声，原来是士兵们拿下了盾牌上的布套，还把盾牌悬挂在柱廊上。犹太人看到，盾牌的中心有凯撒的头像，这正是偶像崇拜的铁证，这也激怒了他们，他们十分愤怒。安提帕大声训斥喧哗的犹太人。此时，维特里乌斯则端坐在高座中央，他对犹太人的愤怒感到非常惊讶。他想，提比利乌斯把四百名犹太人流放到撒丁岛，确实做得对，无可厚非。不一会儿，犹太人叫骂得更加凶狠，情况变得难以控制，维特里乌斯只得命令士兵取下盾牌，以平息民愤。

犹太人当即就围在总督四周，诉说他们所受的不公待遇，恳求改善待遇，要求获得特权，或者乞求施舍。他们推来搡去，撕坏了衣

---

① 彼拉多：即本丢·彼拉多（？—41年），罗马帝国犹太行省的执政官。根据新约圣经所述，他曾多次审问耶稣，原本并不认为耶稣犯了什么罪，却在仇视耶稣的犹太宗教领袖的压力下，判处耶稣钉死在十字架上。

服，撞倒了人，场面一片混乱。最后，为了将这些人赶远点，奴隶们手拿长棍，边打边推。靠近大门的人夺门而逃，一直跑到马路上去，而有些人则还往门内涌进来。如此一来，就出现了两股人流，一进一出，把大门给挤得水泄不通。

维特里乌斯问安提帕，为什么会来这么多人。安提帕解释道，这些人是受邀前来参加他的寿宴的。他指着靠在城垛上的一些人，那些人正忙着吊起篮子，篮子里装满了肉类、水果、蔬菜、羚羊和白鹳，还有鱼鳞泛着蓝光的大鱼，还有葡萄、西瓜以及堆成金字塔状的石榴。美食当前，勾起了欧路斯肚子里的馋虫，他离开了庭院，急忙赶去厨房。他贪吃成性，他的贪吃会让世人震惊的。

欧路斯经过一个地窖时，看到一些胸甲形状的铁锅挂在墙上。维特里乌斯也过来观看，也被这铁锅吸引，感到很有意思，然后就要求打开城堡地下室的门。地下室开凿在山石中间，穹顶高大，每隔一段距离就有柱子支撑。第一间地下室里面堆放着陈旧的盔甲；第二间里满是长矛，矛头上装饰有羽毛，排列整齐；第三间的墙上挂满了芦席，密密麻麻的箭矢插在芦席上；第四间墙上挂满了弯刀；第五间的中间摆着一排排的头盔，头盔顶上的红缨好像红蛇一般；第六间除了箭袋之外，什么都没有；第七间里放有皮革或金属制成的护腿；其他几间里，有叉棍、铁钩、梯子、绳索、投石机上的投杆，甚至还有驼铃。山体越往下越大，里面挖得如同蜂巢一般，房间又多又深，很有气派。

维特里乌斯、译员菲乃斯和税务长西斯纳，在三个太监的带领下，打着火把照明，一间一间查看。

在黑暗中，他们看到许多可怕的东西，这些东西都是野蛮的民族发明出来的：狼牙棒、毒药标枪，还有宛如鳄鱼嘴的钳子。总之，分封王安提帕在马卡鲁斯城堡里的军备，足够武装四万人。

安提帕之所以会储藏这么多兵器，是为了防止敌人联合起来对付他。但是，他考虑到，总督可能会认为或者会断定，他收集军械武器是为了和罗马人打仗。所以，维特里乌斯看到的一切东西，为了防止误会，安提帕都会急忙加以解释。

安提帕解释说：有些东西根本就不是他的，大部分武器是为了预防土匪强盗入侵，特别是为了防备阿拉伯人而准备的。地下室内的许多兵器都是他父亲留下来的，他一直都没让人动过。本来安提帕走在总督后面，突然他加快脚步，超到总督前面去了。他在一堵墙面前停了下来，两手叉腰，这样一来，他宽阔的斗篷就能挡住他身后的一扇门。但是维特里乌斯立刻注意到了，因为在安提帕的头顶上方，露出一扇门的门楣，这样一来，他就要求看看里面究竟藏了什么东西。

分封王安提帕解释道，除了巴比伦人亚西姆，没人能打得开这扇门。

维特里乌斯命令道："那么叫他过来！"

一个奴隶被派去找亚西姆，一群人都等着他。

当初，亚西姆的父亲率领五百骑兵，从幼发拉底河畔出发，前来拜见希洛特大帝，并自告奋勇保卫东方的边界。自从国土分崩离析之后，亚西姆曾在腓力身边待过一阵子，现在则为安提帕效力。

过了一会，亚西姆来了。他肩上挎弓，手拿长鞭，粗壮的腿上紧紧地绑着五颜六色的带子；他身穿无袖长袍，粗壮的手臂从袍子里伸出来；他头戴兽皮帽，脸被帽子上的长毛给遮住了，露出浓密而卷曲的络腮胡。

起初，亚西姆假装没听明白译员的话，但是，维特里乌斯则意味深长地看了安提帕一眼，安提帕马上就让这个巴比伦人明白了总督的命令。亚西姆这才双手扶门，慢慢地把门推进夹墙里。

一股热气从洞穴深处迎面扑来，一条往地下延伸的蜿蜒小道立刻显现了出来。一行人顺着小道往下走，很快就走到一个岩洞的门口，这个岩洞比其他地窖要宽敞很多。

这个悬崖是保护城堡的一道屏障，悬崖峭壁的底部开凿出一个拱形的孔洞，金银花的藤蔓爬满了洞穴的穹顶，花开得正盛。地面上，远处有一条小溪，奔流不息，发出潺潺的流水声。山洞里有许多白色骏马，大约有一百匹。它们正在吃大麦，而大麦放在一块厚木板上，厚木板就放在它们的嘴边。马鬃被染成深蓝色，马蹄子裹上了细草茎织成的护蹄套，马额头上的细毛蓬松地鼓起，就像是戴着假发。它们一边安静地吃着大麦，一边轻轻地来回甩动尾巴，它们长长的尾巴悠闲地拂过马腿。总督看到这些马，心中不由惊叹艳羡。

这些马确实不同凡响，它们像蛇一般柔软，像鸟一般轻盈。它们奔驰如电，能追得上骑士射出的箭矢；打仗时会冲进敌群，掀翻敌人，野蛮地撕咬已经摔倒在地的敌人；它们能在岩石上奔跑，能无所畏惧地飞跨过宽阔的峡谷；它们能整日在草原上奔驰，却丝毫不感到疲倦；它们对主人忠诚，只要骑手一声令下，它们就能立刻停下。

亚西姆一走进地洞，靠近马群，马群就小跑着聚集到他身边，就像羊群围着牧羊人一样。它们伸长脖颈，用孩子般好奇的眼神望着亚西姆。亚西姆照例发出一声沙哑的口令，马群也跟着嘶叫起来，非常兴奋，屈起前腿站立起来，它们不愿被禁锢在地洞中，渴望到广阔的天地里自由地奔跑。

安提帕原本担心，维特里乌斯会把这些马强行带走，所以才特意把马群深藏在地洞里。这样一来，万一城堡被围困，他也有牲口可用。

维特里乌斯说道："马厩不怎么样嘛，你这样会把好马给糟蹋了的！西斯纳，统计马的数量。"

税吏从腰间抽出一块木板，将马匹的数量点清，然后再记载入册。当然喽，财务人员总得要贿赂总督，才能搜刮州县的好处，而西斯纳是财务人员中最贪得无厌的一个,到处都能看到他伸出爪子一般的手指,眼睛眨个不停。

过了一会,这行人又返回宫廷的大院。石板地中央有一些蓄水池,上面盖着圆形的铜盖。税吏突然发现,其中有一个盖子特别大,脚踩上去发出沉闷的声音,不像踩在其他盖子上的声音那么响亮。他就把每个铜盖都踩了一遍,然后跺着脚,欣喜若狂地大喊道:

“我找到啦! 我找到啦,希洛特的宝藏就藏在这里!”

罗马人一直都在狂热地寻找希洛特的宝藏。

分封王安提帕发誓道:“这里根本就没有什么宝藏。”

总督问道:“那么,下面究竟藏了什么东西呢?”

“什么都没有,只不过是一个男人,一个囚犯而已。”

“让我看看!”维特里乌斯命令道。

分封王安提帕犹豫不决,不肯立刻执行维特里乌斯的命令,害怕犹太人会发现他的秘密。他磨磨蹭蹭,不肯打开铜盖,这让维特里乌斯不耐烦起来。

维特里乌斯大声命令自己的仪仗官:“砸开它!”这时,马奈伊也看明白他们想干什么了。他看到仪仗官们拿着斧头,以为他们要砍了雅奥卡南的头。一名仪仗官拿着斧头,刚在盖子上砍了一下,马奈伊就赶紧拦住了他,用钩子一样的东西慢慢插进盖子和石板之间,然后伸出瘦长的手臂,用力慢慢地抬起盖子,一会儿工夫,盖子就平放到石板上了。旁观者莫不惊叹这个老头子气力惊人。

铜盖的反面镶了层木板,洞口也露出一块相同尺寸的木制翻板活门。马奈伊只用拳头捶了一下,木门就瞬间碎成两半。于是,人们看到一个窟窿,原来是一个巨大的地洞,还有一道没装扶手的阶梯蜿蜒而下。人们弯腰俯身往洞穴里看了看,那里面有一团模糊不清的东西,让人看了毛骨悚然,感到害怕。

原来,那一团东西是躺在地上的一个人。他长长的头发披在身上，头发和裹在身上的兽皮混在一起。他慢慢地站起身来，额头碰到了墙上钉着的铁格栅上，然后动了一下，突然不见了，接着，他的身影在地洞深处忽隐忽现。

阳光把法冠和剑柄照的闪闪发光，把石板地都烤得发烫。一群鸽子飞出鸽舍，在众人头上盘旋。马奈伊喂鸽子的时间到了，可马奈伊此时正蹲在维特里乌斯的身旁，无法顾及饥饿的鸽子。加利利人、教士们、士兵们在他们后面围成一圈，所有人都沉默不语，惶恐不安地等着，看可能会发生什么可怕的事情。

从洞里传出一声长叹，声音粗犷嘶哑，令人不寒而栗。

这时，希罗底在宫殿的另一头也听到这声叹息，她仿佛被勾走了魂魄，不由自主地穿过人群，来到洞口，走到马奈伊的身边。她把一只手搭在马奈伊的肩膀上，俯身倾听。

地底深处又传来沉闷的声音。

“撒度该教士和法利赛教士！你们这些蛇蝎心肠的人，统统都是酒囊饭袋，铙铮铮作响，愿你们遭灾！”

人们听出，这是雅奥卡南的声音，他的名字一下子在人群中传开，站在远处的人们也好奇地靠近洞口来看。

“老百姓们，叛徒犹大的子子孙孙，以法莲[①]的酒鬼，住在肥沃的山谷中，喝醉了酒，酒气熏天，走路摇晃蹒跚的人们，愿你们遭灾！

“愿他们像流水一样流逝，像蛞蝓一样陷入沙子中融化不见，像早产儿一样，见不到光，统统消失！

“摩押，你肯定会像麻雀一样藏进柏树林中，像野兔一样藏在洞穴里！城堡的大门将比核桃壳还要容易敲碎，城墙会土崩瓦解，城市会被烧毁，上帝会降下无休无止的灾难！上帝会让你们用自己的鲜血浸透你们的身体，就像把羊毛浸入染缸染色一样。他会用耙子

① 以法莲：是雅各的孙子。

撕碎你们的身体，他会从山顶把你们的身体摔得粉身碎骨！”

雅奥卡南说的征服者是谁呢？是维特里乌斯吗？只有罗马人才会如此残酷，才会这样斩草除根。人们开始大叫起来：“够了！够了！不要再让他说了！”

可是这个囚犯说的声音更响了：

“孩子们在母亲尸体旁的灰烬里爬行；你们要冒着被刀剑砍死的危险，在黑夜里从藏身之处鬼鬼祟祟爬出来，到废墟中寻找一点食物；父辈聊天的广场上，豺狼会来争抢死人骨头；少女们会痛哭流涕，因为她们被强迫用齐特琴演奏音乐，为外来人助兴；你们最勇敢的儿子们，将不堪重负，皮破血流，压断脊梁。”

听到这些话的人们，想起了以前被流放的日子，所有的不幸和过去的灾祸仿佛历历在目。这些话本是古代先知们的诅咒，现在雅奥卡南再次说了出来，对于人们来说，如同晴天霹雳。

然而，雅奥卡南的声音又变得悦耳和谐起来，好像在念赞美诗。他说：“解脱已经来临，天空晴朗无云，沙漠里盛开玫瑰，初生婴儿把手臂伸进龙潭，龙潭里的泥土就变成金子。现在值六十基喀[1]的东西，到那时一个小钱都不值。岩石中会冒出牛奶，人们吃饱喝足后，就在酒坊里睡上一觉。我盼望的人啊，你什么时候到来？人们都在跪等着你的到来，你的统治将会永恒不衰，大卫之子[2]！”

分封王安提帕听闻此言，不禁吓得往后倒退几步，世间竟然还有大卫之子，这对他而言是一种侮辱，更是威胁。

“只有神王，没有人王！”雅奥卡南对分封王安提帕的王权、花园、雕像和象牙家具都大加指责，还把安提帕和不信神的亚哈[3]相提

---

① 基喀：是古犹太货币名。

② 大卫之子：指耶稣基督。大卫是犹太历史上最有威望的君王，后人把犹太民族的希望寄托在大卫后裔身上。耶稣自称为大卫的后裔。

③ 亚哈：是古代中东国家北以色列王国的第八任君王。他把腓尼基神巴力的崇拜带入以色列，结果导致以利亚和其他先知的反对。

并论。

安提帕把玉玺用细绳系在他的脖子上，挂在胸前。现在，他疯狂地扯断细绳，把玉玺扔进地洞，并且命令雅奥卡南闭嘴。

可是雅奥卡南仍然喋喋不休："我要像野熊那样吼叫，像野驴那样嘶叫，像生孩子的妇女那样呼喊！你的乱伦行为注定要受到惩罚的，上帝会罚你像骡子一样不育！"

人群中发出一阵窃笑声，笑声不绝于耳。

雅奥卡南说这些话的时候，维特里乌斯依然站在地牢洞口附近。译员神情冷漠，把雅奥卡南的所有谩骂，一句不落，都翻译成罗马语说给维特里乌斯听。分封王安提帕和希罗底不得不再听一遍咒骂。安提帕听着咒骂声，呼吸沉重，希罗底双唇微张，盯着黑暗的地牢深处看去，她脸上呈现出害怕和仇恨的表情。

这时，这个可怕的男人抬头望着天空，双手抓紧地牢的栅栏，把脸贴在上面。他胡子拉碴如同乱草，眼睛就像烧红的炭火，他大声喊道：

"哦！是你啊！淫荡无耻的女人？你轻轻晃动脚踝，勾引了安提帕，抓住了他的心。你对他而言，不过就是一只母马。你在山顶上铺床，只为献出身体！

"上帝会拿走你闪闪发光的首饰、你的紫色长袍、你精美的亚麻面纱，从你的手臂上拿走手镯，从你的脚上褪下脚环，从你的眉间拿走晃动的月牙金片，拿走用银子打磨的镜子，鸵鸟毛做成的羽扇，拿走使你身材修长挺拔的高跟鞋，鞋跟是用珠母装饰的，闪亮的钻石，头发的香味，指甲上的绚丽色彩……所有你用来打扮的东西都会消失不见。要砸死你这个荡妇，石头都不够用！"

希罗底环顾四周，想找个人维护她。法利赛教士们假惺惺地低垂目光，撒度该教士们扭过脸去，害怕如果对希罗底表示同情，会让总督感到不快。此时，安提帕简直就跟死人一样一言不发。

地牢里传来的叫骂声越来越响，越传越远，犹如阵阵滚雷，不断轰鸣，在附近的山间回荡。马卡鲁斯如同被诅咒声包围了一样，咒骂如同暴雨敲打着它。

“巴比伦的女儿，躺在尘土中！磨面粉去吧！解开你的腰带，脱掉你的鞋子，撩起你的衣服，跳到河里去吧！你的私处要被人看见，你的丑事要被人发现！痛哭流涕吧！上帝憎恶你的罪过，你会咬碎自己的牙齿！你的罪过让你浑身散发臭味！可恶啊！可恶！你会像狗一样死去！”

突然，马奈伊愤怒地重新关上翻板活门，扣好铜盖，他恨不得立刻掐死雅奥卡南。

希罗底飘然远去，消失在宫殿深处。法利赛教士们对听到的一切，感到既震惊又气愤。安提帕站在他们中间，企图为自己过去的行为辩护，也为自己现在的处境申辩。

艾莱阿扎说道：“毫无疑问，安提帕可以娶弟媳为妻。但是希罗底不是寡妇，而且还有个孩子，她竟然抛下自己的孩子不管不问，这种行为就令人不齿了。”

“不对！不对！”撒度该教士乔纳塔斯反驳道，“教律谴责这样的婚姻，但也没有明令禁止。”

“这都没什么，可是，世人对我太不公平了！”安提帕怨恨地说道，“为什么？我为什么不能？押沙龙[①]和他父亲的妻子们同床共枕过，犹大和自己的儿媳睡过，暗嫩[②]和他的妹妹上过床，罗得和他的两个女儿生了孩子。难道不是吗？”

欧路斯原先在宫殿里休息，现在又出现在庭院里，他问清原委后，表示同意分封王安提帕的看法。欧路斯说道，对这种无聊的指责，根本无须在意。他还嘲笑教士们对安提帕的谴责，觉得雅奥卡

---

① 押沙龙：是大卫的儿子。

② 暗嫩：是大卫的儿子。

南的愤怒实在可笑，雅奥卡南的话也没有一点意义。

希罗底也出现在庭院内，此时，她站在台阶中央，转过身来对他说道：

“您错了，我的主人！雅奥卡南还叫人们不要缴税！”

“是真的吗？”税吏立刻反问道。

大家都说确实如此，安提帕也加以证实。

维特里乌斯担心，囚犯可能会逃跑，加上安提帕的行为看起来又很可疑，他就吩咐自己的哨兵在每道门旁、墙脚和院子里严加看守。

最后，维特里乌斯回到为他安排的贵宾室里，两个教派的代表，都跟在他的身后。尽管他们对大祭司的职位无不垂涎三尺，他们还是先不提职位之事，而是向总督诉苦。

他们没完没了，用各种问题和要求来纠缠总督，总督不胜其烦，就把他们打发走了。

当乔纳塔斯离开总督的房间时，发现安提帕站在拱门下，正在和一个艾森派教士说话，那个教士身穿白色长袍，披着长发。这时，乔纳塔斯后悔万分，刚才不该抬高嗓门帮安提帕讲话的。

安提帕现在感到些许安慰，因为他不用再管雅奥卡南的事情了，罗马人接管了雅奥卡南。真是松了一口气！安提帕注意到，法努埃尔在城墙上的巡查道上来回踱步，就把他叫到身边，指着维特里乌斯下令新添的守卫，说道：

“他们比我有权有势多了！我现在没办法释放雅奥卡南！如果他还在地牢里待着，那可不能怪我，已经不关我的事了。”

宫苑里的人都走了，奴隶们也都去休息了，院子里空荡荡的。一天就要结束了，落日的余晖给地平线染上玫瑰色的光晕，勾勒出远处景色的轮廓。安提帕能辨认出，死海那边正在被挖掘的盐矿，但是阿拉伯人的帐篷却已经不见了，他们也许已经撤走了吧？月亮慢慢升起，安提帕心里慢慢地平静了下来。

法努埃尔垂头丧气，为最近的烦心事而疲倦不堪，他依然站在分封王安提帕身边，耷拉着头，沉默不语，静静坐了一会儿。最后，他一副神神秘秘的样子，对安提帕透露了他要说的那件大事。

月初以来，法努埃尔在每天天亮之前，都会观察天象。仙英座位于天空正中央时，大熊星座若隐若现，大陵五星[①]光泽暗淡，蒭藁增二星[②]已经消失不见。从所观天象来看，他判断出，这是有一个重要人物将要死去的预兆，就在今天晚上，就在马卡鲁斯。

那么，哪位重要人物会死呢？维特里乌斯身边守卫森严，难以靠近，不可能是他，又没有人会杀雅奥卡南，雅奥卡南也不可能死去。

分封王安提帕心想："那么，难道是我？"

阿拉伯人可能会掉头攻击他，他们也许会得手；总督或许会发现，他与帕提亚人之间的关系。教士们由杀手护送，而这些杀手都是从耶路撒冷雇来的，杀手们都带着匕首，匕首藏在衣服底下。种种迹象表明，他处在危险之中。况且，法努埃尔的占星术非常精湛准确，安提帕对此深信不疑。

他想向希罗底求助，想去问问希罗底的意见，尽管安提帕心里恨她，可是也许希罗底能帮他鼓起勇气。以前，他对希罗底是那么迷恋，直到现在，他对希罗底还是情意绵绵。

安提帕走进希罗底的房间，一个斑岩盆里烧着肉桂，散发出一股辛辣的味道。胭脂香粉、香脂、云般的薄纱、蝉翼般的刺绣，散落在房间的各个角落。

安提帕没有对希罗底说起法努埃尔的预言，也没有显露出他害怕犹太人和阿拉伯人，因为一旦那样，希罗底必定会谴责他胆小怯懦。

---

① 大陵五星：即英仙座β星。

② 蒭藁增二星：是南天鲸鱼座的一颗星。

所以，他只是说起罗马人的态度，还抱怨维特里乌斯对他毫不信任，没有对他透露任何军事计划。他推测，总督是把他看成凯尤斯的朋友，而凯尤斯常常拜访阿格里巴，两人过往甚密，引起了总督的警觉。他还猜测，可能自己要被流放，或许会被割断喉咙，死于非命。

现在，希罗底从内心里看不起安提帕，但没有表现出来，只是对他迁就纵容，安慰他，试着让他放宽心。最后，希罗底从一个小箱子里，拿出一枚古怪的勋章，勋章上有提比利乌斯的头像。希罗底给安提帕勋章时说，这个勋章会让侍从脸色发白，让所有的指控都归于宁静。

安提帕感激万分，问希罗底怎么会得到这个勋章的。

希罗底只回答道："别人给我的。"

就在此时，安提帕瞥见，悬挂在他面前的门帘外，伸过来一只赤裸的手臂，一只年轻女人的手臂。这只手臂形态优美，皮肤细嫩，宛如波卢克莱托斯[①]雕刻的象牙雕像。这只手臂悬空摸索了一阵，动作有点笨拙，可是手臂的姿态仍然优美动人。它是想抓起放在墙边方凳上的一件内衣。

这时，一个老女仆掀起门帘，走进房间，拿起衣服，递给那只手，然后又走出房间。

分封王安提帕觉得这个老女仆看着面熟，但又记得不大清楚。

他问道："那个女人是你的女奴？"

希罗底傲慢地反问道："这和你有什么关系？"

① 波卢克莱托斯：是公元前五世纪的希腊雕刻家、建筑师。

第三章

宴会大厅里高朋满座。

宴会厅有三间厅堂，由柱子分隔开来，像是一个罗马大会堂。青铜柱子的顶部装饰有雕像，柱子支撑着两个带排窗的廊台。第三个廊台有金线装饰，正对着入口处的拱门。

宴会大厅里整齐地摆放着一排排的餐桌，桌子上点着枝状的大烛台，照亮了整个宴会大厅。烛台就像是一簇簇燃烧的火树一般，在彩绘杯盏中跳跃闪烁。桌子上的铜盘闪闪发亮，盛满雪白的冰块和一串串鲜美的葡萄。由于宴会大厅的天花板太高，蜡烛的红色火焰逐渐变弱。透过宴会大厅的大窗，宾客们可以看见附近房子的平台，平台上点着火炬。今晚安提帕要为他的朋友、他的子民和来到城堡为他祝寿的人举办盛宴。

奴隶们像狗一样警觉机敏，他们脚穿毡鞋，手拿盘子，悄无声息的来回穿梭。

镀金廊台下面设有无花果木头建成的高坛，高坛上放着总督的专用席位。高坛四周挂着产自巴比伦的挂毯，挂毯富丽堂皇，让整个高坛如同亭子一般。

高坛上有三张象牙躺椅，一张居中，正对宴会大厅，其他两张则放在高坛两侧，三张椅子上分别坐着维特里乌斯、维特里乌斯的儿子欧路斯以及安提帕。维特里乌斯的座位居于左侧，靠近门口；欧路斯的座位则居于右侧;而分封王安提帕则坐在居中的躺椅上。

安提帕身披沉甸甸的黑色斗篷,衣服上满是彩色刺绣和闪亮的饰品,几乎把衣服的质地都覆盖住了;他的胡须被修成扇形,头发上撒上了蓝色粉末;他头戴王冠,王冠上镶满了宝石。

维特里乌斯还是穿着亚麻宽袍,斜挂着紫色肩带。

欧路斯身穿紫罗兰色长袍,长袍上绣着银线,长袍的两只袖子系在背后。他一束束的卷发,小心翼翼地整齐摆放着。他的脖子上戴着一串蓝宝石项链,闪烁着耀眼的光芒。他的胸脯白胖丰满,就像个女人似的。在他躺椅旁边,放着一块小地毯,地毯上蜷缩一个漂亮的白种男孩,这个男孩盘着双腿,脸上总是带着微笑。欧路斯在厨房的某个角落里发现了他,十分喜欢,就让这个孩子当了他的随从。可是他总是记不住这个孩子的名字,因为这个孩子的名字是迦勒底语,非常拗口难记,所以他就简单地叫这个孩子为“亚细亚人”。这个小东西时不时地跳上餐桌玩耍,动作滑稽古怪,逗得宾客们哈哈大笑。

在餐厅一边的桌子边,坐着安提帕的教士和官员,也有一些人来自耶路撒冷,还有一些是来自希腊的重要人物。总督左边的桌子上坐着马赛鲁斯、税务官、分封王安提帕的朋友,以及来自迦南[①]、托勒密[②]和杰里科的各地代表。坐在右边桌子上的是来自黎巴嫩的山民,还有许多希律王军队中的老兵,有十二个色雷斯人、一个高卢人和两个日耳曼人。此外,还有猎人、牧人、帕米尔[③]的苏丹,以及来自以旬伽别[④]的水手们。每位客人面前都放着一条软面包,供客人擦

① 迦南:由巴勒斯坦或其他位于约旦河和地中海之间的部分组成的一个古代地区。在旧约中,它被称为乐土。这个词作为地区名,主要是指今天的巴勒斯坦、叙利亚和黎巴嫩。

② 托勒密:是古代地中海东岸的海滨城市。

③ 帕米尔:是叙利亚的古城。

④ 以旬伽别:是红海阿喀巴湾的一个地区。

拭手指。宾客们刚一落座，他们就像秃鹫伸出爪子一样，焦急地伸出手来抓取橄榄、开心果和杏仁。每个人的脸上都喜气洋洋，每个人的头上都戴着花环。当然，除了那些法利赛教士们，他们拒绝头戴花环，认为那是罗马人骄奢淫欲的象征。侍者们往他们身上洒香水的时候，他们都会浑身发抖，很不习惯，因为他们只有在庙宇祭祀时，才能使用这种香液。

安提帕注意到，欧路斯在用香液涂抹腋下，于是他许诺，送欧路斯三大筐这种纯正的香水，用一头牲口运走。据说克里欧佩特拉[①]曾为了这种香水，而对巴勒斯坦觊觎许久。

一位来自提比利亚的驻军队长走进大厅，坐在安提帕的身后，准备报告重要军事情况。但是安提帕的注意力都在总督身上，他还在关注邻桌的谈话内容，心思没放在军事情况上。

邻桌的人们正在谈论雅奥卡南那伙人。

一位来宾说道："据说，杰多依的西蒙在火中洗去了罪恶。还有个叫耶稣的人……"

"他是万恶之首！"艾莱阿扎插嘴道，"一个卑鄙的骗子！"

这时，坐在分封王安提帕亭子里的桌子边的一个人跳了出来，朝着艾莱阿扎坐的位置走了过去。他的脸色白得和他穿的亚麻长袍一样，他大声驳斥法利赛教士们："说谎！胡说！耶稣显现神迹！"

安提帕表达出他长久以来的愿望，就是想亲眼看看耶稣显现所谓的神迹。他说："你应该带他来！告诉我们你所知道耶稣的一切。"

这个陌生人介绍说他名叫雅各，有一个生重病的女儿，他去迦百农请求耶稣治好女儿的病。我主耶稣对他说："回去吧，你的女儿已经好啦！"他回家时，看见女儿站在大门口迎接他。宫里的指时针

---

① 克里欧佩特拉：是著名的埃及艳后，是古埃及托勒密王朝的最后一任法老。她被认为是为了保护国家免受罗马帝国吞并，而色诱了凯撒大帝和马克·安东尼。

指着三点的时候，女儿就能起床了，而那时正是他向耶稣祈愿的时候。

法利赛教士们反驳道，确实有神秘的巫术和强效的草药，可以治愈疾病。据说，有种神奇的植物叫“巴劳草”，用过巴劳草的人就会百病不侵，马卡鲁斯也许有巴劳草。可是，不用看见和触摸病人，就能把病人治好，是绝不可能的。除非，那个叫耶稣的男人，确实有邪灵相助。

安提帕的朋友们和加利利的人，都点头称是，附和说道：“显然，他是有恶魔相助。”

雅各站在那伙人的餐桌和教士们的餐桌之间，一言不发，神情高贵而恭敬。

许多人大喊道：“证明他的力量给我们看！”

雅各靠在教士们的餐桌上，压低嗓门，好像害怕被他自己说的话吓到一样，慢慢说道：

“你们难道还不知道，他就是弥赛亚[①]？”

教士们面面相觑，而维特里乌斯则迫切想知道弥赛亚的意思，他的译员想了一会，然后，翻译说，弥赛亚是救世主，他给世人带来祝福，是统治世人的人。有些人相信，有两个弥赛亚：一个被北方的恶魔哥革和玛各[②]击败；另外一个则会消灭恶魔。几个世纪以来，人们一直等着救世主，盼望救世主降临人间。

教士们开始低声讨论商量了一番，决定由艾莱阿扎来问话。他说，首先，人们一直认为，弥赛亚应该是大卫的后裔，而不是一个木匠的儿子；其次，弥赛亚必须认可教律，而那个拿撒勒人耶稣却攻击

---

① 弥赛亚：犹太教中犹太人所期盼的复国救主之人。基督教中的救世主，即耶稣。

② 哥革和玛各：预言受撒旦迷惑的两个民族，在世界末日善恶对决中，在神的王国作乱。

教律；此外，据说以利亚[①]必须先于弥赛亚降临人间。

雅各反驳道："可是以利亚已经来了啊！"

"以利亚！以利亚！"人们反复喊着这个名字，甚至大厅的另一头都有人在喊以利亚的名字。

这时，众人想象着，以利亚是一位老者，一群乌鸦在他头顶上空盘旋，他站在烧毁的祭坛前，天空划过一道闪电，照亮了崇拜偶像的教士，以及被卷入急流之中的大祭司。坐在柱廊的女人们，想起撒勒法的寡妇[②]。

接着，雅各说他认识以利亚，还信誓旦旦地说亲眼见过以利亚，在座的宾客中也有许多人见过以利亚！

所有人都大声问道："他的名字？"

雅各用尽全力大声喊了出来："雅奥卡南！"

安提帕跌坐在椅子里，好像是被人当胸重捶了一下。撒度该教士们从座位上站起身来，纷纷涌向雅各。艾莱阿扎为了让人能听见他说话，提高嗓门大声嘶喊。等到大厅重归宁静后，他披上斗篷，一副法官的架势，上前质问雅各。

他开始问道："既然先知已死……"

众人窃窃私语，打断了他的问话。很多人都认为，以利亚没死，只是隐遁而已。

艾莱阿扎大动肝火，厉声指责打断他说话的人，接着又继续问道：

"你认为以利亚确实死而复生了吗？"

雅各反问道："我为什么不能这样认为呢？"

撒度该教士们耸了耸肩。约纳塔斯睁大他的小眼睛，挤出一点

---

① 以利亚：是犹太先知。

② 撒勒法的寡妇：在旧约中，以利亚在撒勒法曾得到一个寡妇的帮助，后来寡妇的儿子病死，以利亚求上帝让寡妇的儿子复活。

笑容，笑得很勉强，活像个小丑，然后，他一字一顿地说道，居然有人认为人能获得永生，真是没有比这更荒唐的了。他还特意为总督朗诵了一句诗，这是当代一位诗人写就的：

因为心智不在
灵魂不能停留
在我们的身体中。

这时，欧路斯趴在餐桌上，脸色苍白，额头冒汗，双手捂着胃。

撒度该教士们看到欧路斯身体不适，假装大惊失色，其实心里暗想，到了明天，大祭司的职位就归他们了。看到客人痛苦难受，安提帕仿佛也感到绝望。维特里乌斯则不动声色，其实心急如焚，因为失去了儿子，就意味着失去升官发财的机会。

可是，欧路斯呕吐过后，很快就恢复过来，又像原来一样想吃东西了。

他命令道："给我拿点大理石粉来，或者拿点纳克索斯[①]的片麻岩，要不海水也行！让我好好洗个澡。"

欧路斯吞下雪块，在蔬菜炖肉和乌鸫之间犹豫不决，最终，他选择吃了浇上蜂蜜的西葫芦。那个小亚细亚人吃惊地盯着主人看，对他而言，能够暴饮暴食是非常神奇的，这是上等人才有的本事。

宴会继续进行。奴隶们给客人奉上牛腰子、睡鼠、夜莺和用葡萄叶包的肉丸子。教士们谈论不休，讨论着复活这件事。阿莫尼乌斯，是柏拉图[②]派斐洛[③]的学生，认为这些教士愚不可耐。接着，他

---

① 纳克索斯：是爱琴海中希腊基克拉迪群岛的最大岛屿，古时盛产大理石和片麻岩。

② 柏拉图：是古希腊重要的思想家，也是西方文化中最伟大的思想家和哲学家之一。

③ 斐洛：是生于亚历山大城的犹太哲学家和政治家。

把想法告诉了希腊人，而希腊人则嘲笑神灵的启示。

马赛鲁斯和雅各坐在一起，相谈甚欢。马赛鲁斯描述了他皈依密特拉教[①]时的幸福感受。雅各则规劝他，要成为耶稣的追随者。

棕榈酒、柽柳酒、萨菲特酒和比布罗斯酒，从双耳尖底酒坛倒进双耳爵，又从双耳爵倒进酒杯，最后从酒杯倒进客人的喉咙里。人人都在讨论，人人都在欢呼雀跃。亚西姆尽管是个犹太人，可是也二话不说，也表达了对星象的崇拜之情。一个来自亚发卡城的商人，说起叶拉波利斯神庙里的奇珍异宝，在场的游牧人听得目瞪口呆，纷纷打听前往朝圣的费用。另外一些人则坚守本族的宗教信仰。一个几乎瞎了的日耳曼人，唱起赞美诗，歌颂斯堪的纳维亚的海角，在那里经常出现天神，天神头上围绕灵光，神秘莫测。在座的示剑[②]人不肯吃斑鸠，以表示对阿齐玛仙鸽的尊敬。

有好几个人站在大厅中央交谈，他们口中呼出的热气和蜡烛的烟雾混在一起，在空气中凝成一片薄雾。法努埃尔侧着身子，贴着墙根走，悄悄溜了进来。他刚才走到庭院里，又开始观察星象，现在，他没有直接走到分封王安提帕身边，以免会被溅上油污。对一个艾森教徒而言，油污污秽至极。

正在此时，城堡大门突然被狠狠地砸了数下，重重地敲击声在空中回荡。雅奥卡南被囚禁的消息，很快就传开了，看起来，周边所有的人都蜂拥而至，他们因此事而来。人们拿着火把，从四面八方赶来，山谷里黑压压的，到处都是拥堵的人群。所有的人都在高声呼喊："雅奥卡南！ 雅奥卡南！"

约纳塔斯愤愤地说道："那个人会毁了一切！"

法利赛教士说："要是一直这么乱下去，我们一分钱都弄不到。"

到处都有人在责备、驳斥和申诉，一片混乱。

---

① 密特拉教：是古代的秘密宗教。

② 示剑：古巴勒斯坦城市。

“保护我们啊！”

“叫他们住手！”

“你叛教！”

“希洛特家的人都大逆不道！”

“比你们好点！”安提帕反唇相讥道，“你们的神庙还是我父亲盖的，不是吗？”

接着，法利赛教士、被放逐者的后裔和马达西亚斯的信徒们，纷纷控诉希洛特家族的种种罪行。

那些人中，有的人脑袋尖，满嘴胡碴，双手无力；有的人长着塌鼻子，眼睛又大又圆，模样像斗牛犬。有十来个人冲到高坛底下，拔刀威胁恐吓安提帕。这些人都是教士们的随从、书记员和侍从们，他们都靠祭祀的残羹剩饭过活。安提帕试图向他们解释，也有几个撒度该教士为安提帕稍作辩解。他突然看见远处的马奈伊，示意叫马奈伊走开。维特里乌斯脸上的表情，则表现出事不关己高高挂起的态度，似乎在表明，这场混战，与他没有半点关系。

这时，法利赛教士在餐桌边突然大发雷霆，他们像着了魔一样，把面前盛菜的盘子摔个粉碎。居然敢拿梅西尼爱吃的野驴肉给他们吃，这种肮脏的肉怎么能吃！欧路斯拿驴头取笑他们，因为他们尊敬驴，他还没完没了地嘲讽他们，嘲讽他们讨厌猪肉，他暗示，毫无疑问，他们对猪的仇恨源自一件事，猪害死了他们喜爱的酒神巴克斯，还说他们太过嗜酒，因为在神庙里曾经发现过一株酿酒的金葡萄。

教士们听不懂欧路斯的冷嘲热讽，译员是个加利利人，拒绝翻译给教士们听。欧路斯勃然大怒，多半是因为那个小亚细亚人，小亚细亚人被骚乱吓得够呛，已经不知道跑哪去了。菜肴不佳，调味料也不够精致美味，这场宴席已经满足不了欧路斯，因为他是个要求高很挑剔的贪吃鬼。不过，过了一会，他的不悦有所减少，因为他看见一道菜——叙利亚羊尾——菜上面撒满了配菜，这是他最爱的一道美味。

对维特里乌斯而言，犹太人生性卑劣，他们的神就像摩洛神[①]，他一路经过好几个祭祀摩洛神的神坛。他想起来，有人曾跟他说过，犹太人让人难以理解，他们把小孩养胖后当祭品用；犹太人偏执，他们发疯似地破坏神像；他们野蛮残忍，还笨手笨脚。维特里乌斯出于拉丁民族的本性，对犹太人感到恶心厌恶。总督想离开，可是欧路斯却不肯陪他一起走。

欧路斯躺在卧榻上，面前堆满了食物。宽大的外袍已经滑落到髋部，他已经饱得吃不下了，可是还是不舍得离去。

这时候，人们的狂热情绪愈加激昂，个个都义愤填膺。他们甚至还讨论起独立的梦想，回想起以色列的光荣岁月。一个叙利亚人提起安提哥[②]、革拉苏[③]和法鲁斯[④]，这些人都是伟大的征服者，他们都要受到惩罚。

“卑鄙无耻！”暴怒的总督大骂道，因为他听得懂叙利亚语，他无意中听到了叙利亚人的话。

骚乱中，安提帕记起希罗底给他的皇帝勋章。他把勋章拿了出来，看了一会，浑身激动地发抖，然后，他拿起勋章，把勋章上有皇帝头像的一面，朝众人举了起来。

就在此时，镀金廊台的板壁突然移动了，奴隶们手拿小蜡烛照亮了整个廊台。希罗底露面了，她被女奴们簇拥着，如同众星捧月一般，走进廊台。她头戴一顶亚述[⑤]高冠，冠带系在额前，身穿绯红色的外衣，一缕缕的卷发披在衣服上。柱廊两边各矗立着一个巨大

---

① 摩洛神：《圣经旧约》中的摩洛神，也指引起巨大牺牲的可怖事物。

② 安提哥：是马卡比家族最后一个犹太王。

③ 革拉苏：是罗马共和国的三执政之一。

④ 法鲁斯：奥古斯都的大将。

⑤ 亚述：是亚洲古国，位于巴比伦和叙利亚之间。

的石头怪兽，就像看守亚特雷德宝藏的那对怪兽一样，威严庄重。希罗底就站在怪兽之间，看上去就像是西布莉[①]骑在狮子身上。她手拿一个圆盘饰品，一个银制的浅口容器，是罗马人用来把酒洒在地上祭奠用的。她走到栏杆边，停了下来，分封王安提帕恰好坐在她的下方。她喊道：

"凯撒万岁！"

维特里乌斯、安提帕和教士们也齐声喊道："凯撒万岁！"以示对凯撒的尊敬。

与此同时，在宴会厅的尽头，人们吃惊地窃窃私语，传来一片艳羡惊叹声。一位美丽的女孩走进了宴会厅，然后站着一动不动，所有人的目光都锁定在她的身上。

她的头部和颈部被蓝色薄纱遮住，露出弯弯的眉毛、小巧的耳朵和象牙白色的皮肤；她的肩上披着丝质围巾，腰上束着银质腰带；她的裤子是黑色丝绸制成的，绣有曼陀罗草；她走路的姿态慵懒而优雅，小巧玲珑的脚上穿着双拖鞋，拖鞋由蜂鸟的羽毛制成，走起路来发出啪嗒啪嗒的声音。

她缓缓走到高坛前，摘去面纱。看！好像是希罗底重返青春，正是最美的时候。

然后，这个女孩在分封王面前翩翩起舞起来。踏着长笛和响板的节奏和韵律，少女纤细的双脚前后交叉，跳着优雅的舞步。她伸出圆润白皙的手臂，好像在召唤一个逃跑的人归来，又好像在追赶那个人，舞步轻盈，仿佛是一只蝴蝶。她风姿绰约，就像好奇的普塞克[②]，又像是飘忽不定的精灵，可能随时随刻飞走不见。

胡笳奏出忧伤的曲调，取代了响板的叮当声。就好像失望后，还有希望。她的胸部随着叹息而起伏，体态慵懒动人，不知道是在

① 西布莉：古代小亚细亚人崇拜的自然女神。

② 普塞克：是希腊神话中的美女。

悼念天神，还是在天神的安抚下死去。她双眼半睁半闭，扭动着曼妙的腰肢，腹部如波浪般起伏，丰满的乳房也随着起伏的舞步，颤抖跳跃起来，就像是泛起涟漪的波纹。可是，她的神色却无比平静，双脚娴熟地跳着复杂的舞步。

维特里乌斯把这个少女比作曼斯特，曼斯特是一位著名的哑剧演员。欧路斯此刻还在呕吐不止。分封王安提帕看着少女，恍惚中陷入沉思，不再想起希罗底，他好像看到希罗底和撒度该教士们在一起。之后，幻觉渐渐消失，他回到现实中来。

可是他眼前的美女并不是幻觉，而是个实实在在的美女，是希罗底的女儿莎乐美[①]。数月来，希罗底让女儿莎乐美待在远离马卡鲁斯的地方，请人潜心教授舞蹈，还教了她不少讨男人欢心的手段。希罗底的目的只有一个，把莎乐美带到马卡鲁斯，引见给分封王安提帕，希望安提帕会爱上莎乐美，会被莎乐美的年轻貌美和如水柔情所迷倒。目前看来，希罗底的计划成功了，安提帕显然已经被莎乐美迷住了。希罗底认为，最终自己必定会从安提帕手中重获大权。

优雅的舞者莎乐美，看来已经让全场看客都意乱神迷起来。她的翩翩舞姿，像印度女祭司，又像瀑布边的努比亚[②]女人，或者像吕底亚[③]酒神节上的女祭司，让人叹为观止。她旋转的身躯，如同被狂风暴雨摧残的鲜花，四处摇曳。随着身体的旋转，她佩戴的宝石耳坠晃动闪耀，变换的舞步，让她身上穿着的衣服的色彩，好像要堆叠起来一样。她的手臂和脚部，甚至是她的衣服，好像都散发着魔力，在座的观众都热血沸腾起来。

宴会大厅里突然响起竖琴的弹奏声，观众不由地激动起来，人

---

① 莎乐美：希罗底与前夫所生的女儿，受母亲希罗底的唆使，杀死了施洗者约翰。

② 努比亚：埃及尼罗河第一瀑布阿斯旺与苏丹第四瀑布库赖迈之间地区的称呼。

③ 吕底亚：小亚细亚中西部一古国，濒临爱琴海，位于今土耳其的西北部。

群中爆发出阵阵欢呼喝彩声，所有人的目光都聚焦在莎乐美身上。莎乐美停下富有韵律的舞蹈，分开双腿，腿绷得笔直，膝盖一点都没弯，然后头朝下俯下身体，直到下巴挨到地板，她的身体柔软而轻盈。所有的观众，生活动荡贫苦的游牧民，作风放荡的罗马士兵们，贪得无厌的税吏，甚至连固执的老教士们，全都鼻孔张大、目瞪口呆，心中欲念横生，大家沉浸在美好的享受中，不能自拔。

随后，莎乐美围着分封王安提帕坐的桌子，疯狂的旋转起来，她就像被女巫施了魔法的纺锤状青铜法器，无法停下来。安提帕色迷心窍，说话都含糊不清，语无伦次了，他对莎乐美说："到我这来！过来！"可是，莎乐美继续不停地旋转，鼓声越来越响，脚步越来越快，观众情绪越发高涨，欢呼鼓掌声不断。

安提帕又叫了莎乐美一次，声音更大了："来我这里！过来！我赏你迦百农！提比利亚平原！我的城堡！还有，我的半壁江山！"

莎乐美再次停住了。然后，她行动快如闪电，用双手撑地，双脚腾空。她就用这种古怪的姿势，在地板上前行，如同一只大甲虫一般，缓慢向前。接着，她突然停了下来，一动不动。

她的后颈和背脊成直角；她穿着彩色紧身裤，双腿穿过双肩的空隙处，双腿就像一道彩虹一样，弯曲成美丽的弧度；她的嘴唇上抹着深红色的唇彩，一弯秀眉漆黑如墨，一双美目闪闪发亮，闪烁着几乎可以燃烧的光芒；她前额上冒出细细的汗珠，就像是白色大理石上凝结的水汽。

她一言不发，和安提帕彼此注视着。

高坛的柱廊里传来一声响指，莎乐美似乎得到一种暗示，动作像鸟一样敏捷，迅速站直身体。接着，她立刻迈上一段台阶，走上柱廊，然后又从那里走了下来。接着，莎乐美对安提帕嫣然一笑，笑容里带有孩子般的稚气和天真，说道：

"我要您，把一个人的头放在一个盘子上……"莎乐美犹豫了一会，好像是不肯定名字到底是什么。接着她补充说道："雅奥卡南的头！"

分封王瘫倒在椅子里，好像对莎乐美的要求感到震惊不已。

安提帕已经答应了莎乐美，不好反悔，人们都等着他的下一步的决定。那天晚上有一个重要的人会死，法努埃尔已经对他预言过此事了。安提帕想，如果能把自己要遭受的厄运转嫁给他人，那么他就能幸免于难了。如果雅奥卡南是人们所谈论的先知以利亚的话，他就应该有能力自保，如果他只是一个普通人，那么就算他死了，也无关紧要。安提帕心中打起了如意算盘。

马奈伊站在安提帕椅子边，揣测着主人的想法，这时，维特里乌斯把马奈伊唤到身边，告诉他怎么和看守地牢的士兵对口令。众人感到一阵轻松，不再紧张，也许，再过一会儿，一切就都结束了！

可是，马奈伊并没有执行他的命令，这让他很不满意。他离开宴会大厅后，又很快神色不安地返回来了。

马奈伊已经干了四十年的刽子手，他亲手溺死了阿里斯托布鲁斯[①]，掐死了亚历山大[②]，活活烧死了玛他提亚，还把骚西穆[③]、帕布斯[④]、约瑟[⑤]和安提帕泰尔[⑥]的头砍了，可是他却不敢杀雅奥卡南！他的牙齿咔哒作响，浑身哆嗦，一种畏惧之情充斥着他。

---

① 阿里斯托布鲁斯：希洛特大帝的内弟，任大祭司。希洛特恐其势力不断扩大，害怕威胁到自己的政权，把他淹死。

② 亚历山大：希洛特大帝的儿子，被同父异母的兄弟安提帕泰尔诬陷，而被父亲希洛特大帝处死。

③ 骚西穆：希洛特大帝之王妃玛丽亚娜的监护人，因被人诬陷与王妃私通，而被斩首。

④ 帕布斯：马卡比家族犹太王安提哥的大将，曾俘虏并杀死了希洛特大帝的兄弟约瑟，后被希洛特俘获斩首。

⑤ 约瑟：希洛特大帝的叔父和姐夫，玛丽亚娜的监护人。因被人诬陷与玛丽亚娜私通，而被希洛特处死。

⑥ 安提帕泰尔：希洛特大帝的儿子，曾诬陷自己的异母兄弟亚历山大，后又乘父亲患病之机，图谋篡位，事发后被处死。

他宣称，他在地牢前看见，撒玛利亚人的大天使站在那儿，天使浑身都是眼睛，挥舞着一把巨大的锯齿形宝剑，剑身就像一簇火焰。他还叫上两个守卫，和他一起走进宴会大厅，为他作证，证明他刚才句句属实。可是，那两个士兵却说，他们什么都没看见，当时只看到一个犹太队长朝他们冲了过来，而且这个犹太队长，现在已经不知去向了。

希罗底大发雷霆，像个泼妇一样破口大骂。她攥紧阳台的栏杆，因为太过用力，把指甲都折断了。她身后的两只石狮子，看上去好像在咬她的肩膀，好像在嘶吼一般。

安提帕也跟着希罗底一起大骂，教士们、士兵们和法利赛教士都异口同声，大叫着要报仇，其他人也感到愤怒，一个奴隶而已，居然敢打搅他们快活，太不可思议了，也附和着大骂起来。

马奈伊双手捂脸，再次离开了宴会大厅。

宾客们觉得，第二次耽搁比第一次还要久，人人都觉得沉闷乏味，焦急地等待着。

过了一会，走廊传来脚步声，然后又安静下来。悬念变得让人难以忍受，撩拨着人的心情。

门突然开了，马奈伊进来了。他揪着头发把人头提在手里，手里抓的正是雅奥卡南的头。他刚一出现，人们就鼓掌欢迎，这让他倍感自豪，主宰他的是一种神圣的感觉，又重新鼓起了勇气。

他把人头放在一个盘子上，然后献给了莎乐美。莎乐美从楼梯上走了下来，接过盘子，接着，莎乐美迈着轻盈的步伐，登上廊台。过了一会，放着人头的盘子，由一位老女仆捧了下来。安提帕注意到，这个女仆正是他早上在阳台上看到，后来又出现在希罗底的房间的那一位。

当那个女仆拿着盘子，靠近安提帕的时候，安提帕扭过头去，不肯看盘子里可怕的人头。维特里乌斯则漫不经心地瞟了一眼。

马奈伊从高坛上走下来，从那个老女仆手中拿过盘子，展示给罗马军队的队长们看，随后，又展示给坐在大厅另外一边的所有宾客看。

宾客们都好奇地看着人头。

锋利的刀刃砍在人头的下巴上，刀很快，人头的嘴角已经翘起来了，好像是受惊吓所致，已经僵硬。血溅到胡须上，已经凝成了血块。人头闭着的眼皮好像是透明的，看得很清晰。在大烛台的照明下，从任何角度看，都能把这个可怕的人头看得一清二楚。

马奈伊走到教士们的座位旁，其中一个教士出于好奇，把盘子转了转，从各个角度观看人头。而此时，马奈伊完全恢复了勇气，把盘子放在欧路斯面前，此时欧路斯刚刚小睡醒来。最后，马奈伊又把盘子呈到安提帕面前，放在安提帕旁边的桌子上。这时，分封王安提帕不可抑制的哭泣起来，泪流满面。

灯光摇曳闪烁，越来越暗，最后终于灭了。宾客们都走了，大厅里只剩下安提帕一个人，他双手撑头，盯着雅奥卡南的头看。法努埃尔站在中厅中央，举起双手，大声祷告。

日出时分，之前被雅奥卡南派去执行任务的两个人，回到了城堡，带回了消息，这个消息是大家期盼已久的。

他们悄悄告诉了法努埃尔，法努埃尔知道后，欢天喜地起来。

然后，他指着雅奥卡南可怕的人头给那两个人看，人头依然摆在盘子上，盘子放在狼藉不堪的残羹冷菜中。其中一个人说：

“别难过了！他已经到死者中间去了，去宣布耶稣来了！”

这时，艾森教徒似乎明白了雅奥卡南的话：“为了他的兴旺，我就应该衰微！”

于是，三个人拿着施洗者约翰的头，朝通往加利利的路走去。由于头太重了，他们三个人轮流捧在手中，马不停蹄地赶路。

侯爵夫人

[法] 乔治·桑 著　王雪 译

I

尽管在文学作品中，上了年纪的女性大多风趣且谈吐不凡，然而侯爵夫人R却并非是机智诙谐的人。她对所有事情的愚昧无知，即便是身处上流社会，也似乎于事无补。那些经历世事的女人所该有的谈吐得当、洞察世事、懂得分寸，她也通通没有。相反，她冒失、粗鲁、直接，有的时候甚至有些厚颜无耻。她完全摧毁了我对于那个美好时期的侯爵夫人的所有幻想。然而，她确实是一位实实在在的侯爵夫人，她参观过路易十五的庭院；但是，因为这是一个特例，我烦请您不要试着在我的故事里寻找那个时代的美好品行。社会对于我来说如此复杂，难以了解，因此描绘整个时期太困难了，我也不想试图做到这一点。我只满足于跟您讲述那些特别的事情，那些每个社会、每个年代，在人们之间都不容质疑的感情联系。

我从未在侯爵夫人身上看到她所处的那个时代的巨大魅力。她只是在对年轻时代的惊人记忆力和她的回忆中对成年男子的敏锐观察的表达上，给我留下了深刻的印象。别的方面，她就像所有的年纪稍长的女性一样，容易忘记前夜发生的事情，对与自己命运无直接关系的事情漠不关心。

她没有那种勾魂夺魄的美，那些美人虽然缺乏光泽和匀称的条件，却不乏睿智，懂得争取，使得自己和那些条件好的姑娘一样美。而侯爵夫人，相反，却不幸地拥有不容置疑的美丽。我只看过她的肖像，她像所有上了年纪的女性一样，喜欢从各个角度装饰她们的卧室。她装扮成一个在山林水泽当中狩猎的仙女，身着缎子短上衣、袖口镶带花边、手持木制弓箭、微微卷曲的短发中新月形的珍珠配饰闪闪发亮。不管怎样，这是一张令人赏心悦目的图画，尤其是这样一位可爱的女性置身其中：她颀长、苗条、麦色、黑眸，贵族般优雅庄重的线条，朱红的唇未露笑意，纤纤手儿简直能叫郎巴勒王妃也黯然失色。要是没有花边、缎面和香粉，这活脱脱就是在密林深处或者山峰峭壁间发现的骄傲灵巧的仙子，能叫人疯狂爱恋，时时追思。

然而这位侯爵夫人鲜少有情事新闻，据她自己承认说，这是因为她缺乏小心思而错过了。无聊透顶的男人们爱那些花言巧语的打情骂俏，胜过爱媚态百出的姑娘们。那些吸引力远不如她的女人们都找到了追求者，奇怪的是，她本身却不太在乎。她断断续续告诉我她一生的故事，让我觉得，她的这颗心似乎从未经历过年轻时代，冷酷和自私占据了她的所有品行。然而，我看到在她周围，却情谊长存：她的孙子敬爱她，她并非为了出风头而做善事；但是她也从不吹嘘自己的原则，并且承认从未爱过自己的情人拉里奥子爵。对于她的个性，我找不到别的解释。

一天晚上，我看到她比平常感情外露，忧思重重。

——亲爱的孩子，她对我说，拉里奥子爵刚刚去世；这对我而言是个巨大的伤痛，他是陪伴我六十几年的老友，再说看到别人去世实在令人心惊！这并不奇怪，他已垂垂老矣！

——他多大年纪？我问道。

——八十四岁。我也八十岁了；但是我不像他那么虚弱；我应该能比他活得久一点。无所谓，瞧瞧最近这几年离世的老朋友，谈论谁更年轻谁更强壮根本没有用，当我们眼睁睁看着同伴离开的时候，根本抑制不住地害怕，怕也随着他们的脚步就这样走了。

——那么，我问她，这个可怜的爱了您六十几年的拉里奥子爵，他从未抱怨过您的冷酷，也从未气馁，这就是您能赋予他的全部追思了吗？他真是所有情人的楷模！再也找不到这样的男人了！

——行了，侯爵夫人冷冷地笑道，“这个男人就爱倒苦水。他根本不是所说那样的，谁都知道。”

眼见她谈兴正浓，我急切地问她关于这位拉里奥子爵和她的故事；这就是我得到的独特回答。

——亲爱的孩子，我很清楚地知道你把我看成一个阴郁喜怒无常的人，可能事实确实如此，你自己评断一下吧：我将把我一生的故事讲给你听，向你坦诚一切我从未告诉别人的经历。你身处一个毫无偏见的时代，可能你觉得我不像我说的那样有罪；但是，不管你怎么看我，不让自己被别人了解，我死不瞑目。或许你会给我一些怜悯，以此能减轻我回忆的哀伤。

我在圣西尔长大，在那里接受出色的教育，实际上并非如此。我十六岁走出校门为了嫁给R侯爵，他大概有五十多岁了。我不敢抱怨，因为所有人都因这桩好婚事祝福我，所有的清贫女孩都希望能有我这样的好命。

我总是笨头笨脑，那个时候我真的是太蠢了。修道院式的教育让我已经很迟缓的头脑变得更加麻木不已。我傻乎乎地走出修道院，就这样还引以为荣，我简直大错特错了，这一步几乎毁掉了我们的一生。

实际上，我在六个月的婚姻生活当中获得的经验几乎没起到什么作用，因为我思维狭隘难以完全吸收。我非但没有了解生活，而且开始自我怀疑。我进入社会时，怀着完全错误的想法，还有我一生都无法消除的偏见。

十六岁半的时候，我已经是个寡妇了；我的婆婆因我唯唯诺诺的性格对我很友善，劝我再婚。那时我却怀了孕，如果我给儿子找个继父，那么亡夫留给我的那点微薄的遗产肯定要还给他们家族。待丧事一过，人们就引我走出去，我身边围满了献殷勤的人。我那时美丽、光彩照人，所有女人都得承认，她们的身材样貌根本无法与我相媲美。

但是我的丈夫，那个麻木年老的放荡子，对我只有讽刺轻蔑，与我结婚只是为了得到我承诺的尊重，他毁掉了我对婚姻的美好憧憬，使我再也不想缔结新的婚姻关系。在我对生活无知的想法中，所有的男人都是一个样，有着冷酷无情的心，不留情面地讽刺人，冷冰冰的温存，让人感觉受到侮辱。就算我目光短浅，我也非常明白，我丈夫那些罕有的行为都是冲着漂亮姑娘去的，没掺和任何的灵魂进去。我变成了他在公众面前丢脸的傻瓜，他甚至都不想承认与我有任何关系。

这个致命的开端让我感到我再也不会爱了，我的心，也许本来就不适应这种冷漠的心，它变得更小，充满了不信任。我觉得男人恶心、烦人，他们的爱慕对我而言只是种侮辱；在他们身上我只看到虚伪，伪装成奴隶是为了成为暴君。我认定了他们是永远心怀不满和愤恨的。

当我们不需要美德的时候，我们就没有。这就是为什么，虽然经历了严厉的苦修，我仍不是一个高尚的人。哦！我多么遗憾我不是那么一个品行完美的人啊！我多么艳羡能够打败生活中的激情和色彩的属于道德和宗教的力量！我的力量如此冰冷无力！我什么不能付出啊？只要能消除我内心的热情、坚持内心挣扎；只要能让我跪下双膝祈祷，像那些我看到的年轻女人一样，即使走出修道院数年，由于虔诚和顽强，仍能保持理智！我，不幸的是，在世界上还有什么要做的？除了涂脂抹粉，招摇于市，无聊惆怅，再无他事。我浑浑噩噩，毫无内疚，亦不恐惧。我的守护天使没有醒着尽责值守，而是沉沉睡去。圣母和她谜一样的贞洁对我而言毫无抚慰和诗意。我一点都不需要上天的佑护:危险跟我毫无关系,我本该自我颂扬,却因此自惭形秽。

必须跟你说,当我发现我爱无能的时候,我不仅责怪别人也责怪自己。我经常对那些催促我选一个丈夫或者情人的女人说,正是男人的忘恩负义、自私自利和粗暴无礼使我想远离他们。我这样说引起她们的嘲笑,她们跟我保证说,不是所有人都像我的老年丈夫一样,男人们总有秘密能让人原谅他们的错误和缺陷。这个分析让我更加逆反,听到其他女人用如此赤裸裸的话来表达感受,笑得像疯子一样,我怒火中烧,这让我感觉作为一个女人非常耻辱。有那么一刻我觉得自己比她们都要品德高尚。

接着,我痛苦地自省,忧虑咬噬着我的心。别人的生活都是充实的,我的生活却空虚寂寞。我归咎于自己的疯狂和过度的野心,我开始相信那些爱开玩笑的、逆来顺受的女人们告诉我的事情,她们如实地看待这个世界,就像它本来的样子。我思量着,无知让我迷失了,我被打造成爱幻想的人,我渴望一个正直完美的男人,可能这世界上根本就不存在。总之,我把别人在我身上犯的错都归咎到自己身上了。

一旦那些女人希望看到我不久就改变主张,听从她们称之为智慧的意见,她们就变得很支持我。不止一个人对我寄予厚望,希望我能为她们正身,不止一个人因我未开发的美德导致的冒失的行为奉承我,希望我给世人一个轻浮的例子,能让人原谅她的行为。

但是当她们看到我已经二十岁却没有走向堕落,她们不禁恼怒。她们说我是冥顽不灵的活化石,她们和情人们嘲笑我,我得到的战利品就是侮辱人的计划和最卑劣的行径。上流社会的女人们绝不会因对我谋划下流可耻的阴谋而脸红,在乡村自由的风气下,我遭受到各种形式的打击,这种顽强的中伤更像是一种恨意。有男人想要勾引我,女人允许她们的情人踊跃尝试;有的人邀请我,在晚餐的时候奉上美酒想要迷乱我的理智。我有过朋友和亲戚想要介绍给我几个男子，试图勾引我，我本可以把他们当做帅气的马车夫。因为我过于天真向他们敞开心扉，他们很清楚这既不是虔诚，也不是感到耻辱，亦不是我保留着一份旧爱，而是我不由自主地不信任和反感。她们不失时机地泄露我的性格，不顾虑我内心深处的飘忽不定和忧思重重，她们大胆散布我瞧不起所有男人的消息。没有比这更伤害男人的感情的了，他们比起放荡更难接受轻蔑。一旦他们和女人们一样讨厌我，他们试图追求我的目的就变成了只是为了满足他们的复仇心理，接着取笑我。我发觉嘲笑和虚伪写在他们的额头上，我的愤世嫉俗一天重过一天。

一个有思想的女人会打定主意对付这些，她会抵抗到底，只是为了增加对手的恼恨而已。她全身心投身到宗教当中，为了让自己跟少数几个社会中德行高尚的女人联系起来，她们正努力感化指点高尚的人。但是我性格里没有足够多的力量去面对那些冲我而来愈演愈烈的风暴。我感觉孤立无援，仇恨、不被赏识，我的名声已经牺牲，处处受到最可怕、最奇怪的指责。一些本就卑鄙下流放荡的女人，佯装跟我一起遭受危险。

Ⅱ

这时候,一个外省人来到了镇上,他没有什么天分,没有思想,没有任何有力的吸引人的品质,但是却带有我生活圈里少有的单纯爽直的情感。我开始琢磨是不是应该做出一个选择,就像我的同伴们说的那样。我不能再婚,作为一个母亲,而且不信任任何一个男人的品行,我觉得自己没有再婚的权利,这时候接受一个情人就是我进入社交圈的好方法。我决定勾引这个外省人,他的名字和身份都能够给我足够的保护,这就是拉里奥子爵。

他爱着我,从灵魂的深处真诚地爱着我。但是他有灵魂吗?!这是一个冷冰冰的积极的男人,他甚至没有恶性的嗜好或者撒谎的聪明。他爱我仿似是惯例,就像我的丈夫有的时候爱我那样。他只是被我的美貌打动,从没费力要了解我的内心。在他那里,这不是放荡,而是愚蠢荒谬。就算他在我身上发现爱的能力,他也不知如何回应。

我不觉得会有比可怜的拉里奥子爵更注重物质享受的男人了。他吃饭的时候狼吞虎咽,他在任何一把摇椅上都睡得着,其余的时间他就吸烟。他总是忙于满足自己的身体需求,我不觉得他整天会有其他的想法。

在和我亲热之前,我对他有着友谊之爱,因为如果就算我在他身上找不到什么伟大的地方,至少我也没发现任何卑劣之处。这正是他比那些环绕在我周围的人的高尚之处。我听着他的赞美，我很受用，我相信他的忠诚。但是一旦我给他那些软弱女人再也要不回来的权利，他就缠得我透不过气来，把他仅有的爱情宝典毁得变成他能给予好评的唯一证明。

你看，我的朋友，我从狼窝掉进了虎穴。这个男人，以他的大胃口和他冷血的性格来说，根本就没有我所希望能够在他身上得到的那种强烈的友情。他笑着说，对他来说根本不可能跟一个美丽的女人有什么友谊。要是您知道他称什么为爱情就好了！

我根本没有一点意愿想要被人像面团一样捏来捏去。当下我不属于任何一种性别，我觉得我和别的女人一样，但是我的能力不足以让我遇见一个我能深爱的男人，可以对我如狼似虎的生活投入一丝诗意。你也是男人，因此在感情深入上不够细腻，但是当我们还不懂爱的需求的时候就顺从爱的苛求，你应该了解强求人心的恶心。三天时间，拉里奥子爵就让我觉得烦人透顶。

好吧！我亲爱的，我从来没有能力让自己摆脱他！六十年间，他对我折磨不休，简直让人烦透了。由于客气、软弱和无聊，我始终没有拒绝他。由于不满于我的勉强，被我对他的热情而设置的障碍所吸引，他一直对我有最耐心、最勇敢、最坚强也是最无聊的爱意，胜过任何一个男人对一个女人的爱情。

确实让他保护我之后，我在社交圈的角色没有那么讨人厌了。男人们不敢再来找我了，因为子爵是一个可怕好斗的家伙，也是善妒的凶猛人物。那些声称我不能锁定同一个男人的女人们，气恼地看着子爵拜倒在我的石榴裙下。或许我对他的耐心有一点是因为虚荣心作祟，这份虚荣心不允许一个女人表现出被遗弃。然而在可怜的拉里奥子爵这号人物身上，也没有什么值得自夸的，这个强壮帅气的男人，他心肠善良，知道适时闭嘴；他生活阔绰，他也不缺少让女人身价倍增的谦逊自负。最后，除了女人一点也不会看轻的无聊美感，虽然这美对我来说是子爵的主要缺点，她们惊讶于他对我真诚的付出，并且期望自己的情人也以他为楷模。我被置于人人羡慕的风口浪尖，但是，这些，我跟你保证，并不能很好地补偿我内心的烦忧。我忍气吞声，保持着对子爵的忠诚。你看，我亲爱的孩子，我是不是对他像你想象得同样有罪过呢？

——我完全了解您，我回答她说，跟您说我为您抱不平，我相信您。您为您那个时代的美德做出了真正的牺牲，而且您受到磨难是因为您坚持更多。您曾试图用一些内心的力量在美德中寻找幸福，在这场骗局中您一无所获。但是让我对着事实感到惊讶吧：在您整个生命里，没有邂逅任何一个能理解您值得您赋予真爱的男人，是不是可以说如今的男人比以前的男人更优秀呢？

——这或许是你们这辈人的自大，她笑着回答我。我很少赞扬我那个时代的男人，然而我怀疑你们取得了巨大进步。但是别说教。不管那些男人如何，我不幸的根源是在我自身。我没有思想去评断。以我的狂野骄傲，我本该是一个高贵的女人，本该一眼就能锐利地在平凡、虚伪和空洞的男人中，找到一个真实高贵，在所有时代都稀有特别的男人。但是我太无知了，太狭隘了，我从自己的生活经历中获得了更多的评断。我发现他们当中的一些人，在我痛苦的时期曾经憎恨的，却是值得另眼相看，但是当我老了，这一切早就为时已晚。

——当您年轻的时候，我接着说，您就一次都没有试图再选择一次吗？这种痛恨从未消减吗？真是太奇怪了。

Ⅲ

侯爵夫人一阵沉默，但是突然，她把在手指间转绕许久的金色鼻烟壶啪嗒放在桌上：——好吧，因为我开始忏悔，我想全部坦白。好好听着：

一次，只有一次在我生命里，我陷入爱河。但是不同常人，这一份爱情，无法克制，具有毁灭性，但是却是理想化的柏拉图式。哦！得知整个十八世纪在她全部生命中只有一份爱，一份柏拉图式的爱，这必定让你大吃一惊！您看，我亲爱的孩子，你们和其他的年轻人，你们必定觉得你们很了解女人，但却一无所知。如果很多八十岁的老人坦率地告诉你他们的一生，或许你们会发现女性灵魂深处，你们完全不知道的恶性和美德之源。

现在猜猜这个男人属于哪个社会阶层，我，侯爵夫人，目空一切、高高在上的侯爵夫人，我完全失去了理性和头脑。

——法国的国王或者王太子路易十六？

——哦！如果你这么猜下去，你得猜上三个小时才能轮到我的情人。我更愿意现在就告诉你：他是个演员。

——在我想象中，他依然是个国王。

——登上舞台的最高贵最优雅的国王。你都不吃惊吗？

——不。我敢说这种不协调的组合并不少见，即使在偏见最多的法国。Epignay 的一位女性朋友不是就和 Jeliotte 一起生活吗？

——你真是了解我们的时代！这真是可怜。更确切地是因为这些事情被记录在回忆录里，惊奇地被提到，你本应该把他们的稀奇少见与时代的德行矛盾联系到一起的。要知道那时候这是一桩大丑闻，当时你说可怕的堕落，格史公爵、德玛尼坎普公爵、蕾欧娜夫人和她女人的丑闻，你便能确定，这些事情的发生和你读到的时候一样令人愤慨。你觉得那些以笔为枪，把这些事情转述给你听的人是法国唯一正直的人们了吗？

我一点也不敢反对侯爵夫人，我不知道我们两个中谁有资格评断这个问题。我说还是她的故事，于是她继续说：

——为了向你证明这在当时有多么不能被原谅，我跟你讲讲第一次我看见他，向坐在我身边的费尔叶公爵夫人表达了我的倾慕之情，她回答说：我的美人，你最好不要跟除我之外的其他人说出你热情的意见。人们会残酷地取笑你的，他们会怀疑你忘记了，对一个良好出身的女人的眼光来说，演员不算是个男人。

这位费尔叶夫人的一席话让我铭记于心，我不知道为什么。在我当时所处的情况下，我感到这种轻视的口吻显得有点荒唐。这种不能表达我倾慕之心的担忧，显得虚伪又不安好心。

他叫雷里奥，出生于意大利，但是讲一口流利的法语。他好像三十五岁，尽管在台上他看起来不过才二十岁。他演高乃依的戏好过演拉辛的戏，但是无论哪种剧目，他都是不可取代的。

——我很吃惊，我打断侯爵夫人，他的名字我从未在戏剧演员的年鉴上见过啊。

——他一直没什么名气，她回答，无论城里还是宫廷都没人赏识他。起初，我听说他被喝过倒彩，后来人们觉得他灵魂中有热情，还有他努力想要自我完善，就宽恕了他，有的时候还会鼓掌喝彩。但是，总之，人们一直觉得他是个糟糕的演员。

这人实际上很有艺术天分，但是他的天分和我的德行一样不受那个时代的认同。或许正是这种非物质的但强有力的联系，使得我们处于社会锁链两个极端的人彼此吸引。公众不理解雷里奥，就像人们对我的评价一样。“这个男人太无法无天了，人们谈论他，他用力过度，却什么都感觉不到。”而人们对我的评价是：“这个女人讨人厌又冷冰冰，她没有感情。”谁知道我们是不是这个时代感情最强烈的两个人呢？

那时候，我们演悲剧要非常端庄，哪怕是打一个耳光；必须合乎礼仪地死去，优雅地倒下去。戏剧艺术必须打造得符合上流社会的口味，演员的一言一行都得高贵端庄。

我没斟酌到这个流派的弊端，也没有想太多，只是感觉戏剧让我无聊到死。由于要适应这种糟糕的口味，我一周鼓起勇气去受两次罪，但是我听着富丽堂皇的台词时冷冰冰又受拘束的表情，让瞧见我的人都说我对美丽的诗句都没有什么感觉。

离开巴黎很久之后有一天晚上我回到法国戏剧院看《西德》上演。在我在乡村逗留期间，雷里奥进了这家戏院，我第一次看到他，他扮演罗德里格。我一听到他的声音就激动起来，这是一个并不洪亮但却有穿透力的声音，带有情绪，抑扬顿挫。他的声音也是观众批评他的一个方面，人们希望西德是个男低音，就像希望所有的古代英雄人物都是高大强壮的一样。一个不足五尺六寸的国王，戴不上王冠，这是和高雅趣味相悖的。

雷里奥矮小纤瘦，他的美不在于形体，而在额角的庄严，在于态度中不可抗拒的高雅，在于走路时的洒脱，在于他面容中自豪而又伤感的表达。我从未见过一尊雕像，一幅画像，一个人有如此理想甜美的有力的美感。就是为了他才有“魅力”这个词语吧，他的每句话、每个眼神、每个动作里都带着魅力。

我跟你说什么呢！其实这是朝向我的一种魅力。这个男人，他走路说话做事都是没有章法、不矫揉造作的，他用心和声音一起在呜咽，为了投入热情，他甚至有些忘我。这个男人好似用尽撕碎了自己的灵魂，一个眼神就把我在世间徒劳寻找的爱意全部包含，对我的力量宛如触了电。这个男人，是生不逢时吗，只有我理解他，跟得上他，五年来，他就是我的国王、我的上帝、我的生命、我的爱人。

看不到他我就活不下去了，他主宰着我，控制着我。对我来说，这不是一个人。但是我对他的想法不同于费尔叶夫人，显然更多，这是一个灵魂的力量，一位智慧的大师，灵魂随意进出我的心灵。既然不能湮灭我对他的热情，为了不自欺欺人，我放弃了法兰西剧院的包厢，我假装变得虔诚，每天晚上去教堂祈祷。实际上，我打扮成女工，混入人群去听他的声音，自由地注视他。最后，我买通一个戏院的员工，我在大厅的角落，有一个狭小的秘密座位，没人能够注意到我，在那个座位上我偷偷地从一个密道进出。为了更加妥当，我穿得像个学生。这些疯狂的举动，只是为了这个男人，我甚至都没有和他说上一句话，交换过一个眼神，但是他对我却有一种神秘的吸引力，给我幸福的幻觉。当客厅的钟声敲响到戏剧要演出的钟点，我的心就开始狂跳。我试着静下心来，这时我的马车备好了。我激动地走过去，如果拉里奥子爵在我旁边，我会粗暴地赶走他。我用尽方法赶走其他不受欢迎的人，我给予戏剧的这种热情简直无法想象。我需要躲躲闪闪、小心翼翼，才能让拉里奥子爵五年来毫无知觉，毕竟他比其他男人善妒，同时我也得避开那些围在我身边的坏人。

必须跟你说，我非但没有克制自己的情感，反而贪婪快乐地投入其中。爱是如此纯洁！为什么我要因此脸红呢？这创造了我的新生活，我学会了我想要知道和感受的一切，并且变成了一个女人。

我很开心，我对感觉到颤抖、窒息、昏厥而感到骄傲。第一次我毫无活力的心猛烈地跳动起来，我就像一个年轻母亲第一次听到腹中婴儿的心跳一样骄傲激动。我变得赌气、爱笑、狡黠、反复无常，拉里奥子爵观察到虔诚让我特别任性。在上流社会，人们发觉我每天都在变得更加美丽，我的黑色眼睛亮晶晶的，我的笑容也有了思想，我对所有事情的认识都变得更正确，比人们觉得我能做到的做得更多。人们把这些全都归功于拉里奥子爵，他却一无所知。

我的记忆断断续续的，因为这是我生命中回忆多到满溢出来的一个时期。告诉你的同时，我也好像重新变得年轻了，我的心仍旧为雷里奥跳动着。我刚才跟你说，当钟声敲响的时候，我快乐不安地颤抖。现在我好像仍能感觉到，当钟声敲响时这种美妙的窒息感觉占据着我的身体。从那段时期起，几次大的财产变动后，我幸福地住到马莱地区一个小套间里。好吧！我毫不遗憾我的豪华公寓，我的高雅城区，和我辉煌的过去，除了让我回忆起爱和梦想的时光的事物。我从灾祸中救出几件那个时期的家具，我看着它们有种钟声就要敲响，我的马儿踏着石子路啪嗒啪嗒行走的感觉。哦，我的孩子！永远不要这样去爱，因为这是直到死才会平复的暴风雨！

于是我出发了，欢快、轻盈、年轻、快乐！我开始感激我生命中任何组成部分：奢华、年轻、美貌。幸福从每个方向、每个毛孔向我显露出来。蜷曲在车厢的一角，把脚插进裘皮中，我看着我装扮过的美丽样子在镶金玻璃框里面对面反射出来。那个时代女人的衣服，人们一直以来嘲笑的，过于华丽，异常夺目。穿着有品位却又因为过分夸张而受到指责，但是给美丽提供了一种美妙的高贵和优雅，这是画中也无法传达的精髓。女人们佩戴着各种羽毛，被花朵装饰得快要窒息，她们不得不缓缓走动。我看过非常白皙的女人，她们脸上擦着厚厚的粉，身上也是一袭白色，拖着波纹织物的长裙裾，灵活地摇晃她们额前的羽毛，毫不夸张地说，比得上天鹅。实际上，不管卢梭怎么说，我们比起胡蜂更像是鸟儿，我们穿着绫罗绸缎，光滑的平纹细布，在大大的衣褶和鼓起来的空隙间，藏着一具小小的孱弱的躯体，就像是斑鸠藏在绒毛里，臂膀上的花边就像它们长长的羽翼，各种花色斑驳地点缀着衣裙、饰带和宝石。当我们的小脚晃晃荡荡踏进漂亮的女士高跟拖鞋里时，我们好像是怕碰到地面，就好似一只鹡鸰在溪水边小心翼翼地踱步。

在我说的那个时期，人们开始擦金粉，把头发染成灰白色。这种减轻头发不成熟色彩的办法，使脸蛋显得更柔和，让眼睛绽放异乎寻常的光彩。前额完全露出来，消失在差别不大的苍白和千篇一律的头发中，显得格外宽大纯洁，所有的女人都有一种高贵的气质。烫发在我看来从来都不算柔美，比较时髦的是低垂的头发和大大的波浪垂在脑后或者颈间或肩膀上，这种发型非常适合我。我由于首饰繁多、打扮多样而出名，出门时我穿一件珠光色绣有鹂鹛的绒毛裙，有时穿一件白色缎子绣着虎皮花边的长裙，有时候穿一整件百合花缎装饰有金线的衣裳，并且插上嵌有珍珠的白羽毛。我穿成这样等着第二场戏开演，因为雷里奥从来不演第一场。

我在沙龙里引起热议，当我登上豪华的四轮马车的时候，我看着那些爱着雷里奥的女人们，她们也可能被他爱上。我唯一能找到的乐趣却只是打扮得漂亮以平息我的嫉妒。我打扮得更美丽，是对这些大胆策划可怕阴谋反对我的女人们的一种和善的复仇方式。但是当我陷入爱情的时候，我开始沉迷于享受我的魅力。我只有这些能够奉献给雷里奥，补偿在巴黎人们对他成功的否认，我自娱自乐地想象这个可怜的被嘲笑、不出名、讨人嫌的戏剧演员，有一天得知 R 侯爵夫人奉献给他的赤诚时，该有多么骄傲和快乐。

再说，这只是个可笑的转瞬即逝的梦想，从我的地位能得到各种收获和利益，一旦我的想法形成，我发觉我的爱情已经形成一个确定的计划，我勇敢地压抑着，我们这个阶层的骄傲主宰着我的灵魂。你那么吃惊地看着我？我一会儿跟你解释这些，让我在回忆里这个欢乐的世界游荡一会儿吧。

到了八点，我在卡梅里特小教堂下车，就在卢森堡公园附近。

我让马车先回去，好像要参加这个时间的宗教会议，但是我只是穿过教堂和公园，从另一条街出去，找一个名叫弗洛伦斯的年轻女工的小阁楼，她对我完全忠诚。我关在她的卧室里，快乐地把所有的衣物放在她的简陋的床上，穿上方形的黑衣服，驴皮的剑鞘和对称的假发，俨然一副向往得到神职年轻中学校长的模样。我个子高挑，棕色头发，无辜的眼神，就逼真得像偷偷摸摸的小教士躲起来去看戏。弗洛伦斯认为我真的在外面有艳情，笑话我的变装。我承认我是为了得到爱情的欢乐而陶醉地做着这一切。这些，就像所有年轻疯狂的在小房里吃着秘密晚餐的女人们。

我上了出租马车，在戏院包厢里缩成一团。啊！我的心跳啊，我的恐惧、欢乐、不耐都停止了。深深的思索占据了我，我专心致志地呆着直到幕帘升起，等着我的盛大节日。

就像秃鹫在它有力的飞翔中抓住一只山鹑一样，它先在上空盘旋几圈，然后按住气喘吁吁不能移动的山鹑。雷里奥的灵魂，他伟大的戏剧诗意的灵魂，裹住了我的全部感知，让我沉浸在欣赏的沉醉状态。我边欣赏着，边把两只手纠结地放在膝盖上，下巴靠在包厢的天鹅绒上，额上都是汗。我讨厌令人晕眩的灯光，让我的眼睛干涩疼痛，不然我真想抓住他的每一个手势、每一个脚步；我想抓住他胸中的每一个心跳，前额的每一个褶皱，他表演出的情绪和戏剧中的不幸，对我来说就像是真实的情感一样闯入我的心。我不能分辨真假，雷里奥对我来说已经不存在了，他就是罗德里格、巴亚泽、伊波利特！我憎恨他的敌人，我为他的危险颤抖，他的痛苦让我与之呼应泪如泉涌；他的死让我忍住痛苦咬住手绢以免忍不住喊出来。在幕间休息的时候，我精疲力竭地倒在包厢里，我就像死了一样呆在那里，直到尖声的前奏再一次响起，告诉我幕帘又升起来了。于是我又一次活过来了，为了感知，为了哭泣。多么清新，多么诗意，多么年轻，这个男人是多么有才华啊！那一代人是多么冷冰才没拜倒在他脚下啊!

然而,尽管他违背了所有约定俗成的想法,尽管他不可能符合愚蠢大众的口味,尽管他糟糕的衣着让女性反感,尽管他藐视男人的愚蠢要求而得罪了他们,他仍有伟大的力量和不可遏制的吸引力,那时候他的眼神和言语仍旧能抓住所有倔强负心的观众,就像是攥在他的手心里,他使人们不由自主地为他鼓掌、为他颤栗。这很少见,因为人们不会突然改变一个世纪以来的想法,但是当这一切发生的时候,掌声是狂热的,他用自己的天分征服了观众,巴黎人想要补偿他们的不公。而我,我更相信这个男人有时有一种超自然的力量,那些最瞧不起他的人感觉像是被牵着走,幸好有这些蔑视他才成功。事实上,在法兰西剧院,那时好像被妄想感染到了,走出剧院的时候大家惊讶地给雷里奥鼓过掌。对我而言,我全身心投入进去了。我喊叫、哭泣,我激情地喊着他的名字,我疯狂地叫他,我的微弱声音快乐地淹没在我周围的欢呼喝彩声中。

有时候,当我感觉挺崇高的时候,人们吹口哨,我生气地离开剧院。那些天对我而言非常危险,我疯狂地想要去找他,和他一起哭泣,咒骂这个时代,用我的热情和爱去安慰他。

一天晚上,我从专用密道出来,看到一个瘦小的男人快速从我面前经过,朝大街走去。一个司机脱帽对他说,“晚上好,雷里奥先生!”我立刻贪婪地想要近距离看看这个特别的男人,我跟随着他的脚步,穿过大街,一点也不担心我会暴露的危险。我跟着他进了一家不三不四的咖啡馆,那里我应该不会碰见任何我这个阶层的人。

当糟糕烟雾弥漫在灯光下,我瞥了一眼雷里奥,我以为自己认错了,跟上了另外一个人。他至少三十五岁了,枯黄、憔悴、枯槁,穿着糟糕,看着平凡无奇。他用沙哑微弱的声音跟人说话,把手伸向侍者要烧酒喝,大声地咒骂。我必须听到几次他的名字才能确认这就是戏院里的上帝,演绎过伟大的高乃依戏剧的我的偶像。我再也不能找到他吸引我的任何一点魅力，哪怕只是他高贵的、大胆的、忧伤的目光，他的眼珠变得黯淡无光，甚至有些愚蠢。当他跟咖啡馆侍应生说话的时候，他谈论游戏、下等酒馆和姑娘，他的抑扬顿挫的发音也变得卑鄙下流。他的步伐松散，样子肮脏，他的脸被脂粉胡乱涂着，这不是伊波利特，这就是雷里奥。庙宇空荡寒酸，神祇变成哑巴，上帝成了人类，甚至算不上人类，只是一个演员。

他走了，我在那儿呆愣愣地坐了很久，竟然滴口未沾我点的热红酒，点它只是为了显出我的傲慢风度。当我发觉四周的目光都看向我的时候，我突然变得害怕了。这是我人生中第一次发觉自己置身于一个如此奇怪的环境中，和一群这个阶层的人有这么近距离的接触。自那以后，流亡海外锻炼了我更好地适应这种不舒服的处境。

我起身试图逃走，但是我忘了付钱。服务生跑过来，我羞愧地无地自容，必须得忍受着朝向我的各种蔑视嘲笑的目光回去向收银的人解释。当我出门的时候，我感觉好像有人跟着我。我没找到出租马车，在剧院前面没有马车了。当沉重的脚步一直跟随着我时，我颤抖着回过身来，看见一个大个子，我注意到他在咖啡馆角落里，像是一个探子或者别的什么坏东西。他跟我说话，我不知道他跟我说了什么，恐惧使我没了主意，但是我还知道要让自己脱身，恐惧突然给我勇气让我变成了女英雄，猛地在他身上打了一拐杖，立刻扔掉拐杖好让自己快点跑，他还惊讶我的果敢呢。我飞快地跑着，轻盈得像闪电一样，一刻没停地跑到弗洛伦斯家里。翌日中午，我在拉上轻纱帘和插着玫瑰色羽毛的床上醒来的时候，我经历的绝望和前夜的冒险好像是个巨大的屈辱。我觉得自己从我的相思病里康复了，我试着要庆祝，但是没有用。烦恼又一次回到我的生活，一切变得无聊，那天我把拉里奥子爵赶了出去。

夜晚降临，给我带来的不再是往常愉快的激动。世界对我来说又变得死灰一片。我去教堂听弥撒，决心变得虔诚，谁知染了风寒，病倒了。

我卧床几日，费尔叶公爵夫人来看我，让我放心我没有发烧，卧床只会让我一直病着，必须散散心，出去走走，去剧院。我觉得她对拉里奥子爵有意思，希望我死掉好取而代之。

然而不是这样，她强迫我跟她一起看《西纳》上演："您再也不来戏院了。"她对我说，"一定是信教和忧愁让你虚弱了。您很久没见到雷里奥了吧？他进步了不少。大家有的时候给他喝彩呢。我觉得他变得好多了。"

我不知道是如何走进去的，再说，我对雷里奥不再想念，我不再害怕自己在大庭广众前迷失自己，我特别打扮得美美的，在舞台前的大包厢里坐下，藐视我没想过的巨大危险。

但是危险从没这么靠近，雷里奥是如此迷人，我觉得我从没如此钟情于他。前夜的冒险对我来说不过就是个梦，他不可能不是舞台上出现的那个。尽管我沉醉在他的每个可怕的动作里，不由自主地用手绢掩上我都是泪水的脸庞。在我的慌乱中，我擦掉了胭脂，弄去了美人痣。费尔叶公爵夫人让我在包厢里头收拾一下，因为我的情绪让大厅里的人侧目。幸亏我有办法让大家以为这样的骚动是伊波利特小姐引起的。在我看来，她是一个冷淡的刻板的女演员，因为她的学历和性格或许对于戏剧这个职业就像人们听到的那样过于高不可攀，但是她在《西纳》中念"真美"的方式让她闻名遐迩。

说句实话，当她和雷里奥一起演出时，她变得比她自身要高贵多了，尽管她以她的方式表达一种蔑视，她承受着他天分的影响而不自知，当激情把他们两个置于舞台上时，她受他的启发。

这天晚上，雷里奥注意到我，或许因为我的配饰，或许因为我的情绪，因为我看着他下场的时候朝一个坐在前排的人问我的名字。

我知道是因为他们看我的目光迥异，我的心跳动得都快窒息了，我注意到在演出中雷里奥的眼睛也几次瞟向我这边。为了知道他问过的布雷迪亚克骑士跟他说了我什么，我什么都愿意付出！骑士望着我跟他谈了好几次！雷里奥的脸庞，为了不损害角色的庄严不得不保持庄重，一点都没显露出来他到底问过我什么。我对布雷迪亚克骑士知之甚少，我不能想象他到底说我好还是坏。

从这个晚上，我就明白我对雷里奥的爱是什么样子的了：这是一种理智的激情，完全的罗曼蒂克。我爱的不是他，而是他展现的往日的英雄，这些坦率、尊贵、温柔的人在他身上活过来了，我发觉我被他带到一个已被遗忘许久的美好时代。我骄傲地想，在那个时代我就不会不被了解，被中伤污蔑，我就不会落魄到去爱一个戏剧的灵魂。雷里奥对我而言只是一个西德的影子，只是古典骑士爱情的代表，在当今法国我们是嘲笑的。他，这个男人，这个小丑，我一点儿都不怕了，我看到过他，我不能只在公众场合爱他。我的雷里奥对我来说，是一个当我们院里戏剧上演的时候完全抓不住的仿制品；必须有舞台上的幻影，眼睛的反射，服装化妆才能使他成为我爱的那个人。剥开表象的外皮，他对我而言什么都不是，就像一颗破晓时消逝的星星。除了舞台上，我都不想多看他一眼，即使我很绝望。对我来说，就像是注视着一个伟人毁灭成陶罐中的灰烬。

我通常接待拉里奥子爵的时候都不在家，尤其是我正式地拒绝他，除了友谊跟他再也没有别的，这让他妒火中烧。我承认了，因为这次不同于他以往怀恨在心的那些子虚乌有的事情。一天晚上，我去卡梅里特教堂本想找个借口溜走，我发觉他尾随我，我明白从此几乎不可能跟他掩藏我夜间的踪迹了。我于是选择正大光明地去剧院。我一点点掌握了必要的虚伪言行以掩盖我的印象，另外，我开始大声宣布对伊波利特的崇敬，只是对我真实想法换个措辞而已。我很局促，被迫小心谨慎，我的乐趣没那么多、那么深了，但是这种情况迅速促成了另一种补偿的建立。雷里奥看着我，他观察我，他的目光几乎黏在了我身上。有时候，他有些分神，让观众非常不满。不久，我不可能搞错，他爱我爱昏了头。

我的包厢好像让沃德蒙公主很羡慕，我就让给了她，换了一个小一点，深一点的，更好的位置。我完全处于斜坡上了，我没丢掉雷里奥的任何注视，他的眼光能够找到我，却不连累我。另外，我甚至不需要这种方式去跟他的感觉交流，在他的音调中，在他胸腔的叹息中，在他给某些句子某些词的重音上，我明白他在跟我说话。我是女人中最骄傲最快乐的那个，因为那时候，他不是个戏剧演员，而是一个我爱着的英雄。

好吧！两年来我在灵魂深处孕育的不为人知的孤寂爱情，三个冬天在我的爱情身上流逝过去，我的目光从没给过雷里奥权利去希望来点超过这亲密的神秘关系。我知道自从雷里奥经常尾随我散步，我不敢垂顾于他，假装没发现他，假装没在人群中分辨出他，我不愿意在除了戏院外的地方认出他来。这五年是我生活的八十年来唯一的弥足珍贵的时光。

一天，我在《法国信使》报刊上看到一个新加入法兰西剧院的演员名字，他取代了雷里奥，雷里奥要移居海外了。这个消息对我来说是致命一击，没有感动，没有激情和风暴的存在，我完全不能接受，从今往后我怎么活下去！这件事情让我的爱情进展神速，几乎让我迷失。

从此我不再自我斗争，为了压抑跟我这个阶层的尊严相悖的所有刚露出头角的想法。我不再庆幸雷里奥实际的样子。我忍着，秘密地絮叨他不是在舞台上呈现的那样，我多希望他帅气年轻，就像艺术每天晚上将他塑造的那样，为了能够为他牺牲那些我的偏见所造成的骄傲和我感官的反感。现在我要失去这个灵魂的躯壳了，他长久以来填满了我的灵魂，他让我实现了所有梦想，尝试积极的人生，也让我继续厌恶生活、雷里奥和我自己。

我犹豫不决的当口，收到一封陌生笔迹的来信，这是唯一一封情书，我在拉里奥子爵上千封的保证信和一百来封别的有香水味的求爱信中保留下来的。这事实上是唯一一封我收到的情书。

侯爵夫人停下，站起身来，确定地打开一只细木镶嵌的盒子，取出一封皱巴巴的薄薄的信，我小心地读起来。

"夫人，

我心里确定，这封信只会引起您的蔑视，您甚至发现不值得您生气。但是对一个掉进深渊的人来说，往里多投一块石头或少投一块又有什么区别呢？您会把我当成一个疯子，您没搞错。哎！或许您会暗暗可怜我，因为您不能忖度我的真诚。您该有多么谦虚善良，才会有可能理解我的绝望。您应该已经知道，夫人，您的眼睛能够作恶也能行善。

啊！我说，要是我能得到您一丝一毫的怜悯，如果今天晚上，当每天晚上我活过来的时刻，我贪婪地呼唤的时刻，我在您身上发觉一点点轻声表达的怜悯，我会少点遗憾离开法国。我将从法国带走一份回忆，给我能让我在别处继续生活的力量，能够继续我不讨喜的艰难职业。

但是您应该已经知道，夫人，我的烦恼，我的激动，我愤怒绝望的叫喊都不可能不在舞台上多次出卖我。您不能点燃这火苗，而不知道您做的一切！啊！您可能已经像一只老虎爪玩弄着猎物，您或许用我的痛苦和疯癫娱乐自己吧。

哦！不，这太自以为是了。不，夫人，我不认为是这样。您都没想过这些。您对伟大的高乃依的台词非常敏感，您和戏剧的高贵情感统一，这就是全部！我，失去了理智，我敢相信只有我的声音有几次唤醒了您的热情，我的心在您的心里有回声，在您和我之间有些东西要多于我和其他观众之间。啊！这是一种优待，但又是一种温柔的疯狂！让我这么疯下去吧，夫人，对您也没什么紧要吧？您害怕我会去自吹自擂吗？我有那种权利能够做这种事？我说什么才能让人家相信我？我只能让自己被众人嘲笑而已。让我疯下去吧！我跟您说，我颤抖着接受这种信念，它给我更多的幸福，有了这幸福，观众对我的严苛并没有让我伤感。让我为您祝福吧，曲下双膝感谢您吧，感谢我在您灵魂中发现的敏感，这是我在其他人身上都没找到的，感谢我看到的您为我演的戏剧流下的不幸的泪水，这泪水带给我灵感甚至胡思乱想。感谢那些害羞的目光，至少我相信，是试图安慰观众对我的冰冷。

哦！为什么您生在光彩夺目奢华的世界里？为什么我只是一个可怜的没有荣耀没有名气的演员？为什么我没有公众的垂青和银行家的财富去交换一个名字，交换那些我过于轻视的名号，或许能够让我憧憬您！过去我更愿意才华出众，不要别的什么。我想当个骑士或者伯爵有什么用，傻劲十足、自以为是、厚颜无耻，我憎恨大人物的倨傲。我想如果我的才华在他们之上，就足够报复他们的蔑视了。

先是野心幻想，然后是失望！我的能力背叛了我的不理智的野心，我始终籍籍无名，我做得很糟糕，我差点成功，又失之交臂。我感觉自己高大了，人们却又把我扔到尘埃里，我想象自己接近雄伟，人们因可笑审判了我；命运因我过分的梦想和大胆的心俘获了我，它将我像芦苇一样撕碎。我是一个不幸的人！

但是我最大的疯狂，就像是将我的目光投向舞台外那一条我与社会其他部分之间都不能逾越的线，这对我来说就像波比留斯环一样，我想要跳出去。我，一个演员，敢把目光停留在一个美丽的女人身上，一个如此年轻、如此高贵、如此可爱、如此高不可攀的女人身上！因为您就是这样的，夫人，我知道。上流社会指责您过于冷漠虔诚，只有我评断您、了解您。您的一个微笑，一滴泪水，都足以揭穿那个布雷迪亚克骑士跟我说的那些愚蠢的天方夜谭。

但是您的命运如此！多么奇怪的命运落在您身上，就像我的一样，在这个如此辉煌明亮的世界里，您只有在一个可怜的戏剧演员身上才能得到公正的评断吗？啊！没有什么能让这个忧伤安慰的想法消失，如果您生在跟我一样的社会阶层，您就不会逃走了，无论我的竞争对手是什么样的人，无论我有多么平庸。只要还您一份真实，在我身上有一些东西，比他们的财富和名头以及您爱的权力都要伟大。

雷里奥”

——这封信，侯爵夫人继续说，写的时间非常奇怪，对我来说，尽管一些拉辛式的夸张台词在开头掺杂进来，但却如此真实有力，我在其中发现了一种新鲜大胆的激情，令我心中翻江倒海。我身上原本自我斗争的骄傲全都消失不见了，我情愿把我的剩余时光都用来交换一小时这样的爱情。

我不用跟你讲我的惶惶不安，胡思乱想还有胆战心惊，我理不清头绪。于是这样回复了几个字，这就是我能想起的：

“我不怪您，雷里奥，我责怪命运。我不单单为您可怜，也可怜我自己。为了无缘无故的骄傲、谨慎或者假正经，我不会让您得不到安慰，不会让您觉得与我不同。保留您的那份情感吧！因为那是我唯一能给您的东西，我永远不会答应见您的。”

次日，我收到了一封信，偷偷匆匆读完，立即扔进火中。因为刚好被拉里奥子爵撞见我急匆匆地读信。大概是这样的：

“夫人，我必须跟您谈谈，不然我就要死了。一次，就一次，一个小时就够了，如果您愿意的话。既然您信任我的诚实和谨慎，就见一面您怕什么呢？夫人，我知道您是怎样的人，我了解您品行严肃，我也了解您的虔诚，我甚至了解您对拉里奥子爵的感情。我没那么愚蠢，希望得到您怜悯的话语之外的别的东西。但是这话语得从您的嘴唇降临到我的身上，得让我的心收到它并带走它，要么我的心都碎了。

雷里奥”

为了我的荣耀我得说，因为所有高尚大胆的信任在危险中都变得光彩异常。我没有一刻不害怕被冒失的放荡鬼揶揄嘲笑，可是我却虔诚地相信雷里奥的廉价的赤诚之心。另外，我付出极大的代价才相信自己的能力，我决定去见他。我完全忘了他形容枯槁，嗓音沙哑，相貌寻常。我忘了他的真实面貌，只记得他的天分，他的风格，他的爱意的动人之处。我回复他：

“我会见您，找一个妥当的地方，但是只期待您向我请求的事情。我相信您犹如信上帝。如果您试图滥用这份信任，您将悲剧收场，我并不害怕您。”

回复：“您的信任将于卑劣中挽救您。夫人，您会明白雷里奥不是不可以信任的。某公爵曾慷慨地时常提供我在瓦鲁瓦大街上的公寓。我本该拿它做什么呢？对我来说，三年来，天下只有一个女人。出戏院之后烦请赴这个约会。”

详细地址附在下面。

我四点钟收到这封信，所有商谈都在一天之间发生，我用这一天时间在房子里乱转，就像一个失去理智的人。我发烧了。这个事件和决定快得让我觉得像是一场梦，跟我五年的决心完全是个大反差。当我做了最后决定，当我发现我跃跃欲试，没有时间挽回，我虚弱地倒在土耳其式长沙发上，呼吸不了，看着我的卧房在我脚下天旋地转。

我非常不舒服，去找了一个外科医生给我放血，我让我的仆人不要跟别人说我身体不适的事情，我害怕有些人会纠缠不休地给我建议，我可不想晚上出不了门。等着时间临近，我扑倒在床上，甚至不让拉里奥子爵进门。

放血在生理上减轻了我的痛苦，同时也让我变得虚弱。我陷入精神上极大的苦闷中，我的幻想随着发烧加剧都飞走了，我找回了理智和记忆。我回想起在咖啡馆里可怕的失望，雷里奥可怜的举止。我开始为自己的疯狂脸红，要从我的奇怪幻想顶端跌落到真实肮脏的平地上。我不能明白我怎么决定的，要将英雄主义和浪漫主义的柔情，换成等待我的恶心和使我不堪回首的耻辱。于是我非常后悔我做的事情，我会为我的如痴如狂、爱情生活和纯洁私密的满足感，就要翻天覆地的未来而哭泣。尤其是为了雷里奥而哭，我就要眼睁睁地永远失去他了，五年来我是多么幸福地爱着他啊，以后很长一段时间我应该不会这么爱别人了。

犹豫中，我用力攥着我的臂膀，放血的伤口又裂开了，血大量地涌出来。我昏倒之前按了铃，女仆看见我倒在床上，一直徒劳地挣扎，终于睡了很深很沉的一觉。我没做梦，也不难受，好像死了几个小时一般。当我睁开眼睛的时候，我的卧室都暗了，我的公寓沉寂一片。我的随从在我床脚边的椅子上睡着。几秒钟的麻木和虚弱让我想不起来任何事情，突然回忆起来，我想约会的日子和时间已经过去了，我睡了一个小时还是一个世纪，这是白天还是夜晚，我的爽约是否伤害了雷里奥，是否还来得及。我尝试着起身，我的力气不够，就像一场噩梦一样，我挣扎了一会儿。最终我集中精力，用虚弱的声音叫救命。我爬向地板，打开窗帘，看到花园里树上月光闪闪。我跑向挂钟，已经十点了。我跳到女仆身边，把她突然摇醒问道："吉奈特，今天几号?"她喊着离开椅子想要逃走，因为她以为我在说胡话。我抓住她让她放心，才明白我只睡了三个小时。感谢上帝，我要叫一辆出租马车，吉奈特惊愕地看着我，最后她确定我是清醒的，传达了我的命令准备为我更衣。

我穿了最简单最端庄的衣裳，头发上没有任何配饰，拒绝化妆。我想让雷里奥完全重视尊敬我，这对我来说比他的爱还要珍贵。然而我有一种快乐的感觉，吉奈特对我发生的一切都很吃惊，把我从头看到脚，对我说："实际上，夫人，我不明白您怎么做到的，您只穿了一件没有裙摆，没有裙撑的白色长裙；您生病苍白得就好像死了一样；您甚至不愿意贴一颗美人痣。啊！如果我看过您像今天晚上一样美丽我就去死。我真可怜那些将见到您的男人！""你觉得我端庄吗？吉奈特。""哎呀！侯爵夫人，我每天都祈求老天变得像您一样呢，但是至今……""走吧，天真的姑娘，把短斗篷和手笼递给我。"

午夜时分，我终于到了瓦鲁瓦大街的那栋房子里，我小心地蒙上面纱。屋子里的仆人样子的人来迎接我，这是这个神秘住所里唯一可见的主人。他引着我穿过昏暗的花园里蜿蜒曲折的小路，来到一个黑暗寂静的隐秘小屋。把绿色的丝绸灯笼放在前厅后，他打开了这个阴暗深处的房间的大门，面无表情恭恭敬敬地给我指出连着的深处房间透出的一点光亮，就好像害怕吵醒沉睡的回声似的，用低沉的声音对我说："夫人，您是一个人，别人还没来。夫人您如果有什么需要，可以按响避暑厅的电铃叫我。"接着他好像施了魔法般消失了，在我身后掩上了门。

他让我非常害怕，我深怕掉进陷阱，我叫他，他应声即到。蠢笨庄重的神情让我放下心来。我问他几点了，虽然我很清楚地知道。

我在车厢里看了十几次表。“十二点了，”他眼睛都没看向我，回答道。我看出这是一个明白自己职责训练有素的人，我决定进入避暑厅，看着所有朝向花园的门都只用东方的印花丝绸门帘遮着，我心想我没有必要害怕。任何东西都没有这个漂亮的小客厅美好，说真的，这只是个世上最朴实的音乐厅。墙面粉刷得像雪一样白，镜面瓷砖是不透明的银色，乐器出奇地丰富，散落在铺有缀有珍珠流苏的白色丝绒的家具上。光都从高处倾泻下来，但掩映在圆顶大理石天花板里。人们或许会以为这朦胧的光亮是月光呢。我兴趣盎然地检视着这个场所，回忆里没有什么地方能和它媲美。那是至今为止我生平头一遭踏足一个陌生房子，这里要么是一个专门给神秘的风流人物庆祝的殿堂，要么就是雷里奥拿走了那些刺眼难堪的东西，这个地方自我踏进门来，就没有什么能让我反感。只有一个白色的大理石雕像在中间作为装饰，年代久远，是戴着面纱的爱丽丝，一根手指放在嘴唇上。玻璃反射出来我和她，都是那么苍白圣洁，两个都贞洁地披着纱，有一瞬间我产生幻觉，我得动一动才能分辨哪个是雕像哪个是我。

突然，沉寂、可怕却又甜美的沉寂，被打断了。深处的门打开又关上了。轻盈的脚步温柔地踩着镶木地板咯咯吱吱的响。我倒在摇椅上，半死不活，我将看到雷里奥靠近，在剧院之外。我合上眼睛，在重新打开之前在内心跟他说再见。

但是出乎我的意料！雷里奥像天使一样美丽，他没有时间脱下戏服，这是我看见他最优雅的一次。他的身材，苗条柔软，紧紧地包裹在一件西班牙式的白色绸缎男式短身上衣中，他的肩胛骨和脚腕上系着樱桃红饰带，一件同色系的短外套，在肩膀上搭着。他戴着一个英国式的巨大皱领，短发，未施粉黛，窄边的软帽上的白色羽毛在额前微微抖动，宝石镶成的蔷薇花饰闪着光。他刚刚穿着这身戏服演过唐璜的角色，我从没看过他如此俊美，如此年轻，如此诗意，只在此时。最美的躯体都会拜倒在这样一位模特前。

他跪在我的膝间，我抑制不住抓住他的手，他看起来如此恐惧如此顺从！一个男人在女人面前钟情到害羞的程度，在当时当真罕见！而且是一个三十五岁的男人，一个戏剧演员！

无所谓，当时我那样觉得。现在我仍然觉得他精神饱满，穿着白色衣服，看起来就像年轻的侍臣，他的前额纯洁无瑕，他的心因初恋的激情而骚动。他抓着我的手，贪婪地吻遍。我变得疯狂起来，我把他的头靠在我的膝头，我爱抚他滚烫的额头，粗硬乌黑的头发，褐色脖颈，在柔软的白色皱边中隐去，雷里奥不敢胆大妄为，所有的想法都在心里翻腾，他像个女人一样哭起来了，我被他的呜咽淹没了。

哦！我跟你坦白我也快乐得流泪了，我强迫他抬起头来看着我，他是如此俊美，我的上帝啊！他的眼睛多么光彩温和！他真实热情的灵魂增添了魅力，弥补了衰老和岁月残害的缺陷！哦！灵魂的力量！不了解心灵的神奇的人，永远不会拥有爱情！看着他美丽前额上早熟的皱纹，笑容中的忧郁感伤，嘴唇苍白无血色，我同情心上涌。我需要为他生命中的忧伤、憎恶和工作哭上一场。我与他合为一体，感受他所有的苦痛，甚至感受到他对我漫长无望的爱情，我只有一个念头，就是抚平他所遭受的所有创伤。

“我亲爱的雷里奥，我伟大的罗德里格，我美丽的唐璜！”我失去理智般对他说。他的目光让我燃烧起来。他给我讲述爱情的每一个步骤，每一次进展；他对我讲述一个放荡的蹩脚演员，是如何被我变成了一个容易激动的，富有生命力的男人，就像在他自己眼里我把他抚养长大，就像我给了他年轻的勇气和幻想，他跟我讲他对我的尊敬和崇敬，他对现在时髦的愚蠢厚颜的爱情的蔑视，他还跟我讲了他愿意把余生的所有时间，换成在我臂弯中的一刻。但是如果这让我感到被冒犯的话，他愿意牺牲这一生和这一刻。从没有比这更加深入人心的口才能够打动一个女人的心了！温柔的拉辛让爱情从没有这么确信，这么有诗意，这么有力量！激情能够引发不可言喻的美妙、庄严和甜美和狂热，他的言语、声音、眼睛、爱抚和他的顺从都让我非常享受。天哪！是他自己搞错身份了吧？他演了一个演员的角色吗？

“我当然不这么想，”我看着侯爵夫人大声说。

她看起来在讲述往事的时候变得年轻，像仙女一样返老还童，我不知道谁说过一个女人的心永远都没有皱纹。

——听听结尾吧。她对我说，燃烧着，迷乱着，迷失在他跟我说的一切当中。我伸出双臂拥住了他，我颤抖着碰了碰他衣服上的缎子，呼吸着他头发上的香气。我失去理智了。我一无所知的一切，我觉得不能感受到的一切，在我眼前呈现展开，但是太强烈了，我昏过去了。

他迅速把我叫醒，我发现他在我脚边，比之前更加害羞，更加感动。“怜悯我吧，他对我说，杀了我，驱逐我……”他变得比我更苍白更像是濒死之人。

但是所有这些在暴风骤雨般的一天中我所感受到的紧张情绪，都让我觉得忽上忽下，这种新出现的快速的闪电已经失色了，我的血液重新冷静下来，真实爱情的敏感又出现了。

“听着，雷里奥。”我对他说，“这完全不是蔑视让我从您的激情中醒来，或许由于从小人们给我们灌输的小心谨慎的思想，已经变成我们的第二天性。但是在这儿我完全想不起来，因为我的天性刚刚变得完全陌生。如果您爱我，帮帮我拒绝您，让我从这儿带走只用心灵爱过您的美好感觉。或许，如果我不曾属于任何人，我将会多么开心地把我献给您。但是您知道拉里奥子爵已经糟蹋了我，您知道就如所有人那样，被可怕地牵着走，我被一个我从没爱过的男人爱抚，您知道在我身上我感受到的恶心熄灭我的梦想，以至于如果我刚才没拒绝您或许我现在就会恨上了您。啊！别做这么可怕的尝试！在我的心灵和回忆中留一份纯洁吧，我们永远分开吧，从这儿带走未来想起就会微笑的深爱的回忆吧！我保证，雷里奥，我直到死都会爱您。我觉得世纪的坚冰熄灭不了这团激情的火焰，我同时也保证拒绝您之后，永远不属于任何一个男人。这种努力对我来说一点儿都不难，您要相信我。”

雷里奥跪在我面前，他毫不哀求，他也没有指责我，他对我说他没想过我会给他这么多的幸福快乐，也没渴望自己有权利要求更多。然而，说再见的时候，他的情绪和声音的激动起伏吓坏了我，我问他是不是不会幸福地想念我，是不是这一晚的心醉神迷不足以满足他所有日子的迷人魅力，是不是他的过去和未来的苦痛在他每次祈求的时候都不会减轻。他又生气勃勃起来，发誓答应我想要的一切要求。他又一次倒在我的脚下，激动地亲吻我的衣裙。我感觉到我摇摇欲坠，我对他做了个手势，他就离开了。我叫的马车到了，这所房子的管家秘密地在外边敲了三下提醒我。雷里奥绝望地扑在门前，他看起来就像个灵魂。我轻轻推开他，因为他想要跟随我，我给他指了指客厅中间的椅子，在爱丽丝的雕像下。他坐在上面，热情的微笑浮上他的唇边，他的眼睛迸发出复生和爱情的最后光芒。他仍然俊美，年轻，西班牙式的伟大。走了几步路后，在永远失去他的那一刻，我回转头最后看了他一眼。绝望把他撕得粉碎，他变得苍老、变形、可怕，他的身体看起来仿佛瘫痪了。他挛缩的嘴唇试着勉强笑一笑，他的眼珠呆滞无光。这就是雷里奥，一个情人和王子的影子。

侯爵夫人停了停，接着，就像是自己塌陷的废墟一般，她凄切地笑了笑，又说道：

——从那时起，我再也没听说过他。

侯爵夫人又陷入新的停顿中，比第一次更长，但是漫长岁月给予她灵魂的可怕力量，对生命顽强固执的爱，对随之而来的死亡的希望，使她又笑吟吟地，快乐地对我说：

——好了！你现在相信十八世纪的美德了吗？

——夫人，我回答说，我一点都不愿去怀疑它，然而，如果我没那么感动，我会跟您说，您非常聪明，那天让外科医生给您放血。

——可怜的人啊！侯爵夫人说，您一点都不懂内心的故事！

嫉妒的埃斯特雷马杜拉人

[西] 塞万提斯 著　葛凯迪 译

不久前，在埃斯特雷马杜拉的一个地方出现了一位绅士，他出身贵族，和其他的浪荡子一样挥霍无度，将大把的青春和万贯的家财都花在了游山玩水上，他不仅走遍了西班牙各地，甚至还去了意大利和弗兰德斯的许多城市。而他，最终落到父母双亡，钱财散尽的境地，他只得迁至塞维利亚，这唯一一个能让他用仅剩的钱财继续生活下去的城市。然而没过多久，他又变得身无分文，同时还遭到了昔日好友们的背弃，无奈之下，他只好走上许多塞维利亚城里的破产者们常走的那条路——去印度。那里是走投无路的西班牙人的避难所和栖身地，是那些欺诈犯们改过自新、破产者们洗心革面的地方，同样也是杀人犯们的逃难地和赌徒们的聚集地。就像那些艺术家们常说的那样，在那里被骗的多，发财的却很少。

没过多久就到了一支船队出发去那片大陆的时间了，这个埃斯特雷马杜拉人和船队的队长攀上了关系，便带着自己的行李卷和凉席在卡的斯港上了船。向着西班牙的土地献上自己深深的祝福后，船队便起锚出发了。一路上顺风而行，风平浪静，没过几个小时远方的陆地便消失在了所有人的视线里，眼前只剩下茫茫无际的海面，此刻，眼前的这番景象意味着他们已经驶入了大洋。

这时，我们的这位旅客陷入了沉思，他回想起了在那些游山玩水的日子里遭遇过的种种险阻，其间无数次的自我放纵，以及那些被蹉跎了的大好时光。于是，他决意改变过去的生活方式，重新管理那些上天赐予的财富，同时也学着用更谦逊谨慎的态度来对待女性问题。

这时，原本平稳行进的船只突然遭遇了一阵风浪，海浪打在了费力普·德加里萨莱斯身上（这个小说的主人公）。风越来越大，船只被吹得剧烈地颠簸起来，以至于所有的旅客都开始坐立不安。德加里萨莱斯的思绪也因此被打断了。但值得庆幸的是，此次航行十分顺利，期间既没有遇到任何恶劣的气候也没有遭遇任何严重的灾祸。最终，船队成功地抵达了卡尔塔赫纳港，航行的顺利也让他放下了心中所有的顾虑。此处还有一件事需要交代一下，当费力普·德加里萨莱斯去印度的时候已经 48 岁了，他在那里待了 20 年，通过自己的智慧和勤劳，前后共积攒了超过 15 万比索[①]的财富，他成了一个不折不扣的富翁。就像所有人期望的那样，发家致富后应当衣锦还乡，他也放弃了继续获得更多财富的机会，离开了秘鲁，离开了那个让他积累财富东山再起的地方。走前为了减少路途上不必要的麻烦，他还将自己所有的资产换成了金条和银锭。回到西班牙后，他在圣鲁卡尔港下了船，之后便去了塞维利亚。此时，像他拥有的巨额财富一样，他也有着大把的年纪。他早已抛掉了所有忧虑，准备一身轻松地去拜访曾经的朋友们，谁知他们大多早已作古。于是，他又打算回到家乡，尽管他已获悉，亲人们大都也已去世。当年他只身去印度时，家徒四壁，甚至在海上也思绪万千难以平静，虽然内心纠结的原因迥异，当初的难以平静是因为他的一贫如洗，而此刻他心中波澜起伏，却因为自己拥有过多的财富。曾经他不能适应贫穷，而今他又难以接受富足的生活。他小心翼翼地将金条和银锭运到西班牙，千方百计地将它们保管好，他还常常将它们拿出来看

① 货币单位

看，但那并不是出于贪婪，几年的当兵生涯早已让他变得慷慨大方，他所担心的是：家里的这些金银财宝将成为吸引贪财者和窃贼前来偷盗的诱饵。

他早已不像以前那样热衷于销售商品了，对他而言，现在所拥有的财富足够度过余生。他只希望能在家乡安度晚年，将上帝给予自己的部分财产捐献给家乡，但他转念又想，自己的家乡和乡亲们都是如此的窘迫，倘若他就这样回到家乡，乡亲们势必会不断地上门求助于这个富足的邻里，尤其是在这样的一个村子里，只有他是唯一的富人。与其这样，他更希望在自己百年归老后能有子嗣来继承自己的财富，于是在这样的愿望的驱使下，他去检测了一下自己的健康状况，结果他发现自己仍然能够结婚生子。这个念头一出，他整个人都感到一怔，对他而言，仅仅因为他是这个世界上极好争风吃醋的男人，那个结婚生子的愿望就该像晨雾一样被风吹散了的。但即使像他这样一个从未结过婚的老光棍，只要脑海中一闪现这样的事情，也会醋劲大发，鉴于此，他反倒觉得还是不结婚为好。

尽管有着这样的决定，他却始终没有付诸实际行动，他仍然期待着他的爱情。直到有一天，他在街上散步，抬眼望见一户人家的窗口站着一个姑娘，约莫十三四岁的样子，长相相当俊俏。她的美丽让人无法抗拒，就连德加里萨莱斯这样年迈的老头都拜倒在年轻的莱昂诺拉（这位美丽的姑娘的名字）的石榴裙下。之后，他没做过多的停留，便开始暗暗盘算起来，自言自语道：这姑娘真美。从表面上看，她的家境应该不富裕，此外，她还是个孩子，她这个年纪的孩子应该能够接受我的那些忧虑和担心，我要是和她结婚了，我可以把她锁在家里，让她按照我的意愿行事，成为遂我心愿的人。现在我还不是很老，仍然能够和她生儿育女来继承家业。至于她是否有足够的嫁妆，这些都不必计较了，因为上帝已经赐予了我所有，再说富人们结婚也不必太看重财产，更应该看重的是人本身。倘若夫妻之间能相敬如宾，相亲相爱，那一定会使自己延年益寿，但若是夫妻不和，也定会衰减生命。事已至此，想必这就是上苍赐予我的爱情吧。

这样的自白他绝不只说了一次，而是上百次。几天后，他就去拜会了莱昂诺拉的父母，并从交谈中获知，当下他们虽家境贫寒却是贵族出身。于是，他便向对方表明来意，介绍了自己的品行以及所拥有的财产。最后，便请求他们应允将自己的女儿许配给他。莱昂诺拉的父母却希望他能宽限些时日，以便他们能了解一下他的介绍是否属实，同时，他也可以在此期间了解到他们是否是贵族出身。分手后，他们都就对方的情况进行了验证和了解，结果都与对方所说相符。最终，莱昂诺拉成了德加里萨莱斯的妻子。这个充满醋意的老头因为一时激动竟然出手阔绰地给了 20 万杜卡多①的彩礼。

新婚燕尔，德加里萨莱斯就时常醋意大发，常常无缘无故地颤抖起来，并且对妻子的言行举止时刻加以防范。他的第一个表现就是不允许任何裁缝来量妻子的腰身，尽管他想要为妻子做许多衣服，因此，他四处寻找，最终找到了一个身材与莱昂诺拉相仿的贫苦女孩，他便让裁缝根据这个女孩的尺寸来给妻子做了一身衣服，妻子一试，相当合身。于是，他便要求裁缝按照这样的尺寸来给妻子做其他衣服，而且做了许多名贵的衣服。妻子的父母见了，万分欣喜，庆幸找到了这么好的女婿，这样一来，自己不仅老有所依，女儿的后半生也衣食无忧了。莱昂诺拉见到这么多精美的衣服也大为惊喜，只因她平日里除了普通的裙装和塔夫绸上衣外，从未穿过如此奢华的衣服。这个老头的第二个表现就是直到他有了单独的住处后才和妻子住在一起，他希望按照这样的方式生活。他花了 12 万杜卡多在主城区买了一栋住宅。门前有一条小河流过，还有一座

① 古代一种货币单位。

种满了橘树的花园，他封上了房间里所有能看到街景的窗户，并且开了一些天窗。他将房子内临街大门(塞维利亚人称之为家门)的一侧建了一个关骡子的马厩，并且在马厩的旁边建了一个茅房给饲养母骡的仆人住。那是个被阉割了的年老黑人，另外他还在屋顶平台的四周造起了高墙，这样即使走上了平台也只能看到天空却看不到周围的任何东西。同时还在院子里造了一个转箱。

他为家里买了一套奢华的家私来装饰整个屋子，墙上挂上了壁毯，门上也镶上了精致的门帷，这一切都彰显着他的富贵。同时，他还买了四个白人女奴并且在她们脸上用烙铁做了印记，还买了两个女黑奴，雇佣了一个专门管理日常饮食的仆人，他不需要住在房子里甚至都不可以踏进屋子半步，他只需要将食品放到转箱里。置办这一切后，他又拿出一部分钱来交了税，他将家产分散在各个很好的地段。之后，还将一部分的财产存到了银行，自己留下一部分在身边以备平日开支。此外，他还配了一把能开启所有房门的钥匙，将买来的平日需要的东西全部锁在了房间里。这一切都准备好之后，他去岳父母家将妻子接了过来，岳父母们感到女儿即将要走向坟墓一样，痛哭流涕，相当不舍。

不谙世事的莱昂诺拉还没明白到底发生了什么，就这样，哭着与父母告别，并献上了对父母的祝福，在一群仆人的簇拥下，拉着丈夫的手来到了她的家中。一进门，德加里萨莱斯就对所有的仆人进行了训话，吩咐她们悉心照料莱昂诺拉，任何情况下都不允许任何人走进第二道门，包括那个被阉割的黑人奴隶。此外，他还特别关照那个看上去谨慎又严肃的女管家，她是以莱昂诺拉的乳娘身份陪嫁来的，德加里萨莱斯嘱咐她一定要好好看着莱昂诺拉，并且让她管理家里的所有事务。他还命令那几个女奴和那两个与莱昂诺拉年纪相仿的女仆经常陪伴莱昂诺拉，让她能享受她这个年纪应有的欢乐。为了让她们不因为被关在房子里而感到孤寂，应允给她们丰厚的回报。每逢节假日和周末,所有人都可以去望弥撒,但每次天不亮就得出发。所有仆役都保证一定遵照命令行事,并且心甘情愿地完成这些。那个新娘,也耸了耸肩,低下了头,说道:她除了丈夫的意志外没有其他想法,一定唯丈夫的意志是从。

做好了这一系列的防范措施和准备工作后,这个可笑的埃斯特雷马杜拉人便整日蜗居在家中,开始享受夫妻生活带来的乐趣。由于莱昂诺拉从来没有与其他男生交往过,所以,在夫妻生活上既谈不上享受也没有任何不悦。就这样莱昂诺拉和她的管家,女仆和女奴们一起度日。为了给生活增添些乐趣,她们总是设法做些美食,使用了蜂蜜和白糖,让她们的食品更加美味。家中的食材更是应有尽有,主人也尽力去满足她们对食物的一切愿望,他觉得只要她们有吃有喝,就不会有时间和机会去在意和苦恼自己被关着这件事。莱昂诺拉从来不以女主人自居,和她们一起玩耍,她单纯而善良,常常做布娃娃,喜欢普通女孩儿喜欢的一切,所有一切都展现着她这个年纪女孩应有的稚嫩和质朴。这一切对于那个爱吃醋的丈夫来说都是极大的欣喜,他觉得自己选了一条比自己预想的要美好得多的生活道路,任何狡诈之徒都无法破坏他宁静而美好的生活。就这样,他整日挖空心思买来妻子所喜欢的各种礼物,还督促着妻子提出各种要求,以便他去帮妻子实现。那些望弥撒的日子,正如之前提到的,她们早早地离开家,这次,莱昂诺拉的父母也来到了教堂,当着女婿的面和女儿聊天。女婿总是给他们带来各种礼品,尽管他们也曾为整日被关在房里的女儿感到遗憾,但看着这些礼品也就没什么可抱怨的。

德加里萨莱斯起得很早,等着那个仆人为他送来前晚已经写好放在转箱里次日要购买的清单上的食物,拿到食物后,他就关好两扇大门,一道前门,一道中门,在两道门之间住着那个黑奴。之后,他便去处理他的生意,每次出门大部分的时候都是步行,他要处理的生意并不多，很快便回到家里，再次关好门，带着礼物去哄妻子了，有时也会给那些女仆一点恩惠。由于他的随和，尤其是对所有人的慷慨，所有女仆们都很喜欢他。

就这样过了一年的幸福时光，他很满意这样的生活，甚至希望就这样过完余生。如果没有那个精明机智的捣蛋鬼来破坏他的生活，他完全可以这样平淡而幸福地度过晚年。

请那些十分小心谨慎的人告诉我，费力普还能采取哪些更多更严密的防范措施来保证安全吗？他甚至不允许家里存在任何雄性动物。那些雌老鼠们绝不会被公猫们逮到，甚至听不到公狗的吠叫，总之，家里所有的东西都是雌性的。他整日地思考，连夜晚也不眠不休，他俨然成了家中的哨兵和巡逻队员，也为他的爱人而变成了百眼巨人。他绝不能允许任何男人进入院子后的那扇门，和他的生意伙伴们聊天也总是在大街上。那些客厅和房间的装饰画中的形象也都是雌性，就连那些花花草草也不例外。全家人的所有言行都是那么的小心谨慎，那么的正经，就连漫漫冬夜女仆们围炉讲的夜话也绝不能含有一丝一毫情色，更不允许谈论淫荡的内容。费力普头上的缕缕银发在莱昂诺拉看来就像是根根纯净的金发，纤尘不染，因为初恋总是会在心头留下深深的印记，就像印章刻在蜡上一样清晰深刻。他对莱昂诺拉的无限关爱在莱昂诺拉看来是一种稳重的做法，同时她也认为所有的已婚女子都和她一样生活。她甚至也从不想要走出家门，也不去理会除了她丈夫希望她做的事以外的其他事情，只有那些去望弥撒的日子能看两眼街景，还因为时间太早，一切都看不清，如果不是归途，恐怕日光也看不到。

就连修道院也不会日日大门紧闭，就连修女们也不会整日大门不出，更没有什么金苹果需要如此小心谨慎地保护。有了这一切，那些德加里萨莱斯担心的事情就绝对不会发生了，只是，在他的意识中不会发生。

在塞维利亚有一帮整日无所事事,游手好闲的人,通常都被人们称为花花公子。他们都是各个教区有钱人家的子弟,没有正当职业,却整日打扮得衣冠楚楚。关于他们的生活方式,他们的衣着,以及他们的品性,我原本有很多想要说,但是为了表示对他们的尊重,在此就不赘述。

在这群花花公子中,有一个被叫做公子哥儿的单身年轻小伙子(那些单身的被称为公子哥儿,那些已婚的则被叫做杀手)。一日,他看到了德加里萨莱斯小心设防的房子,大门始终紧闭着,他极想知道里面住的是什么人,他费尽心力地打听,终于知道了一些。他了解了费力普的脾气,也知道他的妻子相当美丽,甚至还知道了他把妻子关在家的方法。此时他的内心燃起了各种愿望,他试图通过暴力或者计谋来攻破这个被设置重重防备的堡垒。并且,他还想要将这些告诉他的两个公子哥儿和一个杀手朋友,他们都想要这么干,他们从来不缺好的建议与各种帮助。与以往不同的是,这次尝试干这件大事,他们在一起商量了好多次,最后决定这么干:罗亚沙(那个公子哥儿的名字)先出城几天,暂时在他的那些朋友视线中消失,就像过去那样,然后先穿上干净的裤子和衬衣,在外面再套上最褴褛的衣服,那衣服必须比城里任何一个乞丐的都要破,之后再将他的胡子剪短一点,用纱布包住一只眼睛,一条腿上裹上绷带,拄着一对拐杖,装成一个可怜的瘸子,事实上他装的比真的还像。

每晚都穿着这身站在德加里萨莱斯紧闭的家门前念经,那个叫路易斯的黑人住在两道门之间。罗亚沙走到他家门前,拿出一把断了几根琴弦的吉他,他原本就懂一点音乐,于是他开始唱那些欢快轻松的歌曲,他用假声来唱歌以便隐藏自己的声音。就这样,他疯疯癫癫地唱着摩尔人的歌曲,十分欢快,路过的人们纷纷走来听他歌唱。渐渐地,他每次唱歌身边都围满了年轻人,路易斯也经常把耳朵贴在门上听他唱歌,他听得相当入神,以至于他想伸手打开大门听得更清晰些，黑种人向来都是喜欢音乐的。每当罗亚沙想要围着他身边的人散开时，他都会停止演唱，收起吉他，拄着双拐离开。

罗亚沙给黑人唱了四五次歌之后（专门为黑人唱的），他觉得只有通过路易斯才能攻破这座堡垒，他的这个想法在某一天的晚上得到了印证。就像往常一样，在大门前，罗亚沙开始弹奏吉他，他认为那个黑人听得相当入神的时候，就走到门缝处，低声说："路易斯，如果可以的话请给我一点水喝吧，我实在是太渴了，都快不能唱歌了。"

那个黑人说："不行，因为我没有钥匙开门，也没有任何洞眼可以把水递给你。"

"那么谁有钥匙呢？"罗亚沙问道。

"我的主人，"那个黑人回答道，"那个世界上最爱吃醋的男人。如果被他知道我现在在和其他人说话，我就没命了。再说了，您这个向我要水的人又是谁呢？"

"我，"罗亚沙回答道，"我是个一条腿瘸了的可怜人，我靠乞讨谋生，同时，我也教其他穷人唱莫来罗斯舞曲，现在我已经教会三个黑人弹唱任何舞曲和酒吧歌曲了，并且他们都给了我丰厚的酬劳。"

"我将付给你更高的酬劳，"路易斯说，"如果我也能受教于你的话。但是这是不可能的，因为我的主人，他早晨出去的时候便关上了临街的大门，直到他回来时才能再次打开然后再关上，留下我一个人在这两道门之间。"

"天哪，路易斯，"罗亚沙已经知道了这个黑人的名字，回答道，"如果能设法让我进入门内，我可以教你几个晚上的课，不出半个月您就能学会弹吉他了，你可以很自信地站在大街的任何一个角落里弹奏，因为我想让你知道，我是极其乐意教你的，尤其是当我听到你有如此好的嗓音时，我觉得你相当有天赋，我确信你定能够唱得很好。"

“我唱得不坏，”那个黑人回答，“但是，这有什么用呢？我除了《金星之歌》和《绿色的草原》外一首也不会唱，那首《金星之歌》现在被唱成这样：

‘那只惶惑的手，

抓住了铁栏杆？’”

“这些都是民间的小调，”罗亚沙说，“这些我都可以教你，因为我会唱摩尔人阿宾达拉埃斯以及他夫人哈利法的所有歌曲，和所有关于伟大的苏菲托姆贝约历史的歌曲和所有萨拉班达舞曲，每当我唱起这些歌的时候，连葡萄牙人都会听得入神。这些我都可以轻而易举地教会你，尽管你学得不快，但用不了吃三四莫约的盐的时间，你就能成为一个不错的吉他手了。”

那个黑人叹了口气说：“这些又有什么用呢，如果我不能让你进来的话？”

“我有个好主意，”罗亚沙说，“你偷偷拿到你主人的钥匙，我给你一块蜡，你可以把钥匙按在蜡上，这样上面就有钥匙的印记，你再把蜡交给我，我就可以用这块蜡让我的锁匠朋友帮我做几把钥匙了。这样，我就能够在晚上进入房子教你唱歌了，我一定比教士国王胡安教的还好，如果您拥有这么好的嗓音却不会弹吉他，那该是多么遗憾的事情啊。路易斯兄弟啊，我希望你能明白，倘若没有乐器（例如吉他，钢琴，风琴，竖琴等）的伴奏，即使拥有世界上最美妙的嗓音也无法实现它的价值。然而我认为在乐器里吉他最适合你的嗓音了，它也是最经济，最简单易学的一种。”

“我觉得你说的太好了，”那个黑人回答说，“但是我不能跟你学唱歌啊，因为我绝不可能拿到我主人的钥匙的。白天我主人一直把它攥在手里，晚上则放在枕头下。”

“路易斯，或许我们可以用其他的办法，”罗亚沙说道“如果你着实想成为一个音乐家的话，倘若不是这样，那我也没有必要费尽心力苦口婆心地劝你了。”

“我怎么会不想呢！”路易斯回答说，“我是如此地想，以至于没有任何东西能阻止我实现那个成为音乐家的梦想，为此我什么都愿意尝试。”

“这样就好办了，”那个公子哥儿说，“你将大门转轴坑那里的泥土刨去一点，挖个连通外界的洞，这样我就可以把钳子和锤子从洞里递给你了，有了这些你也就可以轻而易举地拔下门锁上的钉子了。晚上等我进门后，你再将钉子按照原样钉好，这样一来就不会被人发现了。我一进门就会迅速地躲到你的草棚里或者你睡觉的地方去，你看除此以外还有没有什么需要我去做的。至于我的食物，你倒不用担心，我会带来足够我们俩吃八天的食物，而且我有的是朋友来给我帮忙。”

“至于食物嘛，”那个黑人回应道“这倒不用考虑。因为不仅我的主人每天会给我食物，那些女奴们也会给我她们吃剩的东西，这些食物再来两个人都够吃的。把你说的钳子和锤子拿来吧，我先在门轴下面挖个洞，等您把东西递进来了以后，我再把这个洞给堵上。待会儿，拔钉子的时候可能会要敲敲打打，幸亏我的主人住的离这里很远，这真是不幸中的万幸啦，否则要是被他听见了，我们就倒大霉了。”

“好吧，求上帝保佑吧，”罗亚沙说，“路易斯，两天内我将把我们所需的一切都准备好。另外你也得注意这几天不要吃容易生痰的食物，这对你不仅无益，而且还会伤害你的嗓子。”

“没有什么东西会伤害到我的嗓子，”那个黑人回答说，“除了酒。但是就算它会让我变成哑巴，我也不能不喝它。”

“别这么说，”罗亚沙说，“上帝是不会允许你变成哑巴的！喝吧，路易斯，喝吧，喝个痛快吧。适度地饮酒是不会对你造成任何伤害的。”

“我向来喝得很有分寸，”黑人回答说，“我有个容量恰好是一个阿孙勃雷的陶罐，那些女仆们总是背着主人偷偷帮我装满它。另外，那个负责采购食品的仆人也总是悄悄给我带来一囊酒，不多不少，一囊酒恰好两个阿孙勃雷，这样我一天的酒就够了。”

罗亚沙说：“从我这辈子的经验来看，喝点酒润润嗓子也是不错的，不然嗓子干涩，什么也唱不出来。”

“愿上帝保佑！”那个黑人说，“但是你看，在你带来锤子和钳子前，你最好每晚还来这里唱歌，因为能在门里听你唱歌实在是太享受啦！”

“我一定会来的！”罗亚沙说，“我还会给你带来我的新歌呢！”

“这正是我所期待的呢！”路易斯说，“希望您别停止歌唱，让我伴着这美妙的歌声进入梦乡吧。至于报酬，希望您这位穷先生明白，我一定会付得比那些有钱的人还多。”

“这您不用操心，”罗亚沙说，“你可以根据我教学水平来付钱，眼下还是先听一曲小调吧，当我进到屋子里后你将听到更多美妙的旋律。”

“这是多么美好的时刻啊！”黑人回答道。

结束了这一长串对话后，罗亚沙便演唱了一首高亢的罗马民歌。那个黑人听得如痴如醉，甚至都忘记了他们中间有着大门的阻隔。

罗亚沙一离开那扇大门，便兴奋得扔掉了双拐，他迫不及待地找来了他的那些顾问们，向他们报告这良好的开端，并展望着一定能达到预期的结果的未来。还将他和黑人的谈话一一讲述给他们听，翌日，他便弄来了那些需要的工具，那柄大铁锤一下就可以像砸木钉一样将铁钉砸个粉碎。准备好了这些后，那个公子哥儿还是像往常一样，去给黑人唱歌，与此同时，黑人也按计划在门轴下面挖了个洞以便公子哥儿把那些工具递进来。挖好后，便用泥土将洞口虚掩起来，这样即使有人不经意地瞥见，也不会在意到这里有个洞的。

第二天晚上，罗亚沙便将所有工具从洞中递给了那个黑人。有了那些工具，路易斯不费吹灰之力就将门上的钉子给拔出来了，接着，便打开了大门，迎接他的奥尔菲奥的到来。当他看到罗亚沙手上拄着的双拐和残废的一条腿时，对罗亚沙更加钦佩了。由于罗亚沙觉得没有必要，所以这次并没有用纱布将自己的脸庞遮住。进门以后，罗亚沙便给了他的黑人学生一个深情的拥吻。之后，又将整整一大瓶酒放在了那个黑人的手中，还有一个食品罐头和几包甜食。此后罗亚沙便扔掉了双拐，像健全的普通人一样开始尽情地舞蹈着，黑人见状，整个人一怔，罗亚沙则不疾不徐地对他说："我的好兄弟，路易斯，你要知道，我的腿疾是装出来的。事实上，我假装瘸子进行乞讨，凭借这个办法，再加上我的歌声，我的日子其实过得相当富足。在这个世界，那些不懂权术和谋略的人迟早都会饿死的。在我们以后的交往中，你会慢慢明白这一点的。"

"或许是这样吧，"那个黑人答道，"但是现在我们得赶紧把那个钉子按照原样钉好，免得被人发现。"

"行。"罗亚沙回答道。

说着，他便从自己的包里取出钉子，并按照原样将钉子钉好，结果真和原来一模一样，那个黑人见状欣喜万分。接着，罗亚沙来到了黑人的房间，舒舒服服地坐了下来。

此时，路易斯点了一根蜡烛，罗亚沙也立即拿出了他的吉他，借着昏暗的光线，轻轻地拨动着琴弦，弹奏出了那些悠扬的曲调。第一次如此近距离地欣赏这些美妙的音乐，那个黑人早已沉醉其中。弹奏了片刻后，罗亚沙便从包里拿出了一袋糖果和糕点，递给了路易斯，就着美妙的歌声和可口的甜点，路易斯大口地享受着手上的琼浆。就这样,罗亚沙开始教路易斯弹吉他,可由于这个可怜的黑人一时兴奋竟将大半瓶酒喝下了肚,此时早已头昏脑涨,迷迷糊糊,甚至连琴弦都找不到了。罗亚沙便利用这个机会让这个可怜人相信,他至少已学会了两首歌。那个可怜人也毫不怀疑,仍然沉醉其中,整晚都在拨弄这把破旧的吉他。

这一晚他们都只稍稍睡了一会儿,早上六点左右,德加里萨莱斯先生就打开那扇中门和临街的那扇大门,等候着那个采购食品的仆人的到来。没过多久,那个仆人便带着采购好的食品来了,递交给德加里萨莱斯先生后便离开了。随后,德加里萨莱斯也像往常一样将黑人的食物派发给了他并关上了两扇大门,期间压根儿没注意到临街的那扇大门曾经发生过什么,见此,那个黑人和罗亚沙暗自窃喜。

德加里萨莱斯先生一踏出家门,那个黑人便立即抢过吉他,忘我地弹唱起来,屋子里的所有女仆们都听到了他的歌声,便纷纷前来问他:“路易斯,这是什么?你什么时候把这把吉他带进来的?这是谁给你的?”

“这是谁给我的?”路易斯回答道,“是这个世界上最棒的音乐家给我的,他将会在六天的时间里教会我超过六千首歌曲。”

“这位音乐家在哪里呢?”那个女管家问道。

“离这儿不远,”路易斯答道,“如果我不是担心被主人发现,我倒是希望他也能教会你们唱歌。你们肯定也会很乐意见到他的。”

“那么我们在哪里能见到他呢?”那个女管家又问道,“我们的主人是绝不会让任何其他男性走进这座房子的。”

“那好吧,”黑人说道,“在你们见到我所说的之前,我不想再多说什么了,告诉你,就是他在如此短的时间内教会我唱歌的。”

“我倒是认为,”那个女管家补充道,“除非他是魔鬼,否则就不可能在这么短的时间内教会你那么多歌曲。”

“你们等着吧，”黑人说，“总有一天你们会听到他唱歌的。”

“这怎么可能！”另一个女仆说道，“我们可没有一个窗户连着大街，我们又该怎么看怎么听呢？”

“说得好，”黑人回答道，“但是这样不怕死，任何困难都有解决的办法。另外，你们还得对此守口如瓶。”

“我的路易斯兄弟啊，您想要我们如何守口如瓶呢？”女仆中的一个说道，“朋友啊，我向你保证就算你让我们变成哑巴都可以。我可是情愿为了那美妙的歌声而死去啊！自从我们被关到这个房子里后，我甚至连一声鸟叫都没听到过。”

罗亚沙兴奋而陶醉地听着他们之间的所有谈话，他觉得，他们的每句话都顺应了他的心愿，他这次总算是交上好运了，一切都按照他的意愿相当顺利地进行着。由于害怕被主人发现她们的谈话，于是在那个黑人答应让她们听一回悦耳的歌声后，那些女仆们便散开了。此时，黑人也回到了房间里，他拿起吉他想要练习，却又担心被主人听见，不敢在白天公然弹奏。没过多久，主人回来了，像往常一样关上了大门，也把自己关在了这个像堡垒一样的幽深大宅子里。

一天，当一个女仆前来给黑人送饭时，偷偷告诉他，今晚等主人睡着后，大家都会来听黑人所说的那个美妙的歌声，还再三强调，她们一定会来。事实是这样的：在此之前，黑人就已经多次恳求他的老师在那晚弹唱几曲，一来让他能够实现他的诺言，二来也让那些女仆们欣赏一下如此动人的旋律。对她们而言，这歌声将是最珍贵的礼物。起初，罗亚沙故作姿态，但在黑人再三请求下，爽快地应允了，同意当晚为她们弹唱几首歌。罗亚沙还补充说，这仅仅是为了满足这个好学生的要求，并无其他目的。路易斯兴奋的拥抱了罗亚沙并给了他一个吻，这些无不体现了路易斯对老师能满足自己要求的欣喜和激动。当晚，路易斯为罗亚沙准备了像在家里一样丰盛的饭菜，让他好好美餐了一顿。甚至，他觉得这些饭菜比家里的还好，因为在家他还时常挨饿。

夜幕降临，大概到了半夜时分，中门内就响起了说话声，路易斯听到这声音就知道是女仆们来了，于是赶紧上楼去叫自己的老师下来。他们拿着修好了的吉他走了下来，罗亚沙边走边问道一共有多少女仆前来听自己唱歌。路易斯回答说所有人都会来，除了女主人外，因为女主人已经陪着先生睡了。罗亚沙一听便有些不悦，但却丝毫没有流露。为了取悦路易斯，罗亚沙仍然不动声色地开始弹奏。他轻轻拨弄着琴弦，那琴弦上泻下的悦耳琴音让一旁的黑人羡慕不已，而那群女仆更是听得如痴如醉。

那么，当女仆们听到《此事使我伤心》和接下来演奏的西班牙最流行的萨拉班德[①]舞曲时，我又该怎样描述她们的表情，怎样表达她们的感受呢？此时，无论是娇羞少女还是年迈老妪都不禁婆娑起舞，但大家都不约而同地屏息凝声，生怕吵醒了主人。另外她们甚至还派人前去监视，一旦主人醒来，便立即前来通报。为了满足那些听众的愿望，罗亚沙接着唱起了一曲叫做《塞基达》的小调。同时，那些女仆们还不断地问路易斯，这位神奇的音乐家到底是谁。路易斯对她们说，他只是个可怜的乞丐，但却是塞维利亚所有穷人中最俊美最潇洒的男子。听到这里，她们又恳求路易斯让他设法使她们见这位伟大的音乐家一面，并让路易斯转达那位伟大的音乐家，让他在半个月内不要离开这里，她们还允诺将好好赏赐他，向他献上他所渴望的所有东西。除此以外，还追问路易斯这位音乐家是如何到家里来的。对此，路易斯始终保持沉默，但对她们的其他要求，他做了如下答复：为了能让她们见到罗亚沙，他将在房门上凿个小洞，看完后便用蜡给封起来，至于让罗亚沙这半个月留在这里，他

① 萨拉班德是西欧古老舞曲的一种，16世纪初由波斯传入西班牙。

一定尽力而为。

此时，罗亚沙也表示他很愿意为女仆们效劳，同时，他也清楚地知道，她们的一切反应都和他这个穷乞丐预期的一样。同时，女仆们还请求罗亚沙，希望他次日夜里还来为她们演奏，届时，她们还将设法让女主人也来听他的演奏，尽管主人睡眠很浅，夜晚很容易惊醒，但这一切并不是因为德加里萨莱斯上了年纪，而是因为他的警觉和爱猜疑。对此罗亚沙回应道，如果她们想听他唱歌，不用害怕吵醒那个年老的主人，他可以给女仆们一些药粉，她们只需要把这些药粉放到酒里，等主人将混着药粉的酒喝下去之后就会陷入沉睡，会比以往睡得更久更沉。

“上帝啊，这太好了！”一个女仆说道，“如果这是真的，我们将在这扇门内过上无比幸福的生活。这不仅仅是能让他沉睡的药粉，更是拯救我们所有人一生的良方，尤其是能救我们可怜的莱昂诺拉太太的命。我们主人日日监视着她，与她形影不离，连一刻也不离开她，这可把我们太太缠苦了。我的主啊，快把这些药粉拿给我们吧，上帝定会保佑你的！来吧，快给我们吧，不要再犹豫了，我的先生！我愿意前去将粉末混到酒里，并为主人斟酒。要是他能够睡上三天三夜，那我们就能尽情狂欢了。”

“那我一定将药粉带给你们，”罗亚沙说，“事实是这样的，这药粉对人身体不会有任何副作用，只是会让人熟睡而已。”

她们都希望罗亚沙能早日将药粉带来，而且还决定某天晚上在中门上钻个洞，将莱昂诺拉太太带来，让她也来听听这美妙的歌声。说着，罗亚沙便先行离开了。那时已至拂晓，但路易斯却想要再次练习罗亚沙教过的那些曲子。他的老师还曾告诉他，他是所有学生中听力最好的，但这个可怜的黑人却不知道，或许他永远都不会知道，事实上他连最基本的指法都不会。

一天夜里，罗亚沙的朋友们来到德加里萨莱斯家门外，为了看看他们的朋友是否需要他们提供什么帮助或者是否有话想对他们说。他们在门外向罗亚沙发出了事先约定好的信号，门内的罗亚沙看到了信号，便通过门轴边的那个洞告诉了他的朋友们事情进行得很顺利，并且一再地请求他们帮忙找一些能让人入睡的药剂。为了让德加里萨莱斯陷入昏睡，罗亚沙还对他们说他听说有一种药粉有这种功效。他们听后便自信满满地告诉罗亚沙，他们有个医生朋友，能帮助他搞到最好的药剂，希望他能将此事早日办成，并且答应他第二天晚上就将这些药带来。

又是一个夜晚的来临，那些女仆带着天真无邪的莱昂诺拉一起来听罗亚沙的演奏。期间，莱昂诺拉表现出了些许担忧，她十分害怕丈夫在夜里会突然醒来，发现她不在身边。事实上，她并不是十分想要来这里，只是听了那些女仆们的讲述，尤其是那个女管家的生动描述，才激起了她前来一看究竟的愿望。在那女管家的形容下，音乐是如此的悦耳动听，音乐家更是非常英俊潇洒，才华横溢。在她眼里，他的才华甚至不输奥尔菲奥和奥博萨隆。在这样一轮轮的怂恿下，莱昂诺拉终于做了一件她从前想都不敢想的事情。她们先是一起在门上打了一个洞，为了看一眼那位潇洒的音乐家。今天罗亚沙并没穿着褴褛的衣衫，而是穿着一件镶有金丝的紧身上衣和一条宽大的海军式米黄色塔夫绸[①]裤子，还戴着一顶黄色的绸缎帽子。这些衣服都是他事先装在塔夫绸裤子里带来的，其实他早就料到总有一些场合得更换衣衫，这样的衣服总会派上用场。他既年轻，长相又十分养眼，由于那些女仆和莱昂诺拉整日面对着年老的德加里萨莱斯那张苍老的面庞，当看到罗亚沙时，顿时感觉眼前出现的是一张天使般的面容。她们拿着蜡烛一个接一个地从那个狭小的洞口张望着，仔细端详着眼前的这个美男子，为了她们能看得

① 用优质桑蚕丝经过脱胶的熟丝以平纹组织织成的绢类丝织物。

更清楚，那个黑人还拿着蜡烛将罗亚沙从上到下照了个遍，在所有的人都见过罗亚沙后（也包括那几个女黑奴），罗亚沙拿起了他的吉他，那晚唱得格外卖力和投入，听完几曲后，所有人都惊得目瞪口呆，深深折服于罗亚沙的歌声，有的语无伦次，有的甚至半晌说不出话来。无论年长年幼，所有的女仆一致要求路易斯竭尽全力让这位伟大的音乐家到中门里面来，这样她们就能和这位潇洒的音乐家面对面了，好好地端详他那张俊俏的脸庞，更清晰地听到他那极具魅力的声线。罗亚沙进来后，女仆仍旧可以将他悄悄藏起来，这样一来，她们既可以日日与其相见，又不用像现在这样担惊受怕了。此刻女主人却提出了各种反对的理由，还说不必让他进来，倘若让他进来了，她的灵魂将受到拷问，内心也会受到谴责。如果让他站在门外的话，她既能听他弹唱，自己的名节也不会受损。

"什么名节？"女管家说道，"国王有什么名节！您和您的马杜萨兰成天呆在一起吧！让我们大家随心所欲好了。再者说了，这位先生是如此的正直，除了我们让他做的事情外，怎么会去做其他的事情呢？"

"我亲爱的女士们啊，"此刻罗亚沙说道，"倘若我没有用我的灵魂和生命为你们所有人效劳的决心，我是不会来这里的。我是如此的同情你们那被禁锢着的生活，和你们所失去的主宰自己生命的权利。像我这样有着如此诚实恭顺的父亲的人，怎么可能干出你们要求以外的事情呢！如果你们中的任何人让我干什么，我就干什么，让我往东，我就往东，让我往西，我就往西。我会遵循你们的一切旨意，就像法兰西国王的那条狗一样，国王让它跳，它就跳，让它叫，它就叫。"

"如果真是这样的话，"天真无知的莱昂诺拉说道，"我们又有什么办法能让老师进来呢？"

"有了！"罗亚沙说，"你们只要能把这门的钥匙印在一块蜡上，我第二天晚上就能给你拿来打开门的钥匙。”

“那么只要拿到那把通用钥匙，”一个女仆说，“就等于拿到了家里所有的钥匙，所有的门都可以打开了。”

“这最好不过了！”罗亚沙说。

“就这么办吧，”莱昂诺拉说，“但是这位先生得发誓，首先，进入门里后，你不可以做除了弹唱之外的任何事，其次，得关在房里并且老实地呆在我们指定的地方。”

“好，我发誓。”罗亚沙说。

“这样起誓没有任何作用，”莱昂诺拉说，“得让他当着我们的面，在十字架前以他父亲的性命起誓，起誓后，还得亲吻十字架。”

“我以我父亲的生命起誓，”罗亚沙说，“面对着这圣洁的十字架，我将用我肮脏的嘴来亲吻你。”

罗亚沙用手指交叉成十字，又吻了三次。

罗亚沙做完这些后，另一个女仆说道：“先生，你可不能忘了那包药粉，那可是必不可少的东西。”

那晚的对话就这样结束了，所有人都很享受那场音乐盛宴。更幸运的是，罗亚沙的计划进行的越来越顺利。已然到了午夜两点，罗亚沙的朋友们按照事先的约定，在街上吹起了巴黎圆号，罗亚沙告诉了他们事情的进展，最后还让他们带来能使德加里萨莱斯昏睡的药粉或者其他药品，并且请求他们制作一把通用钥匙。罗亚沙的朋友们告诉他那些药粉第二天晚上会给他带来，这种药粉相当有效，只需要把它涂在手腕或者太阳穴上，这个人就会陷入昏睡状态，直到两天后才会醒来，除非在原本涂药的地方涂上醋，他才会醒来。他们还让罗亚沙把有钥匙印的蜡拿给他们，有了这块蜡，做钥匙简直易如反掌。说完这些，他们就走了。罗亚沙和他的黑人学生在天亮前又稍稍睡了一会儿。之后罗亚沙便盼望着夜晚的到来，想着他的朋友们是否能履行诺言，带来那把通用钥匙。在这个问题的煎熬下，罗亚沙度日如年，然而，时间却不疾不徐地朝前走着，并不以人们的意志为转移。

夜幕终于降临，家里所有的女佣都来到了中门边，不管是老的还是少的，黑人还是白人，此刻都急切地想要在她们的闺房内见到这位音乐家先生。但此刻却没见到莱昂诺拉，罗亚沙便向众人问起了她，她们告诉罗亚沙，莱昂诺拉正和她的丈夫睡觉呢，她丈夫用钥匙将卧室的门锁了起来，之后还将房门钥匙放在了枕头底下，莱昂诺拉还告诉我们说，她打算在她丈夫睡觉的时候，偷偷取出钥匙，并将它印在她事先就已经准备好的软软的蜡上，之后再从猫洞里将这块蜡递给她们。

罗亚沙听后对这个老头子做事之谨慎感到相当惊奇，但这却丝毫没有削减罗亚沙完成计划的决心和信心。就在此时，罗亚沙听到了巴黎圆号的声音，于是立刻跑到洞边，发现他的朋友们已经来了。罗亚沙接过药粉后对他们说，让他们稍等片刻，之后他将把带着钥匙印的蜡模交给他的朋友们。他又回过头，对那个最希望他进去的女管家说，将这个药粉交给莱昂诺拉并告诉她这包药的药性，让她设法趁丈夫不注意的时候将药粉抹在她丈夫身上，之后很快就会见效。女管家便照着罗亚沙的话来到猫洞前，发现莱昂诺拉早已躺在地上，脸贴着地面等候在猫洞口了。女管家也像莱昂诺拉一样躺在地上，贴着猫洞，将嘴巴凑到莱昂诺拉的耳边，轻声说道，她已经把药膏带来了，并告诉了莱昂诺拉药膏的使用方法。莱昂诺拉接过药膏，也凑到女管家耳边说，她这次没办法偷到大门的钥匙，因为他这次没有像往常一样把钥匙放在枕头下面，而是把钥匙放在了两张床垫的中间，并且压在了身子下面。还说道，如果这药膏真像所说的那样管用的话，以后她们想取钥匙多少次就取多少次，也不用按在蜡模上了。莱昂诺拉让女管家把这些话转告给罗亚沙，之后再来看药效如何，因为她打算立刻给她丈夫涂上。

女管家立刻下楼把这些话告诉了罗亚沙老师，于是他把那些等着钥匙的朋友们打发走了。莱昂诺拉颤抖着，小心翼翼地走到那个爱吃醋的丈夫身边，此刻的她紧张得连大气都不敢出，悄悄地将药膏涂到了丈夫的手腕上，同时又在他的鼻孔那里涂上了药膏。当莱昂诺拉恰巧走到他身边的时候，他突然抽搐了一下，莱昂诺拉顿时吓了个半死，好像窃贼在偷盗时被抓了个现行一样。最后，为了能更好地发挥药效，她把药膏涂在了每个需要涂的部位上，就好像在他临终前给他涂圣油一样。

没过一会儿，这药膏便显现出它麻醉神经的功效了，因为这个老头儿突然打起了雷鸣般的呼噜，甚至在大街上都能听到他的打呼噜声音。对于莱昂诺拉来说，此刻的鼾声比罗亚沙的歌曲还要有节奏感。看着熟睡的丈夫，她仍然心存余悸，为了试探一下，她走到他的身旁，轻轻地推了推他，看看他有没有醒来，之后又越来越用力地推他，但他仍旧没有醒来。她的胆子也越来越大，开始将他从床的一侧推到另一侧，他依旧没有醒来。此刻，莱昂诺拉跑到大门的猫洞旁，像先前一样轻声对那个在洞边等候的女管家说："祝贺我吧，姐姐！德加里萨莱斯睡得像死人一样了！"

"那您还不快将钥匙取来，太太，"女管家说道，"您看那位音乐家等了将近一个小时了。"

"稍等，姐姐，我这就去取钥匙。"莱昂诺拉回答道。

莱昂诺拉回到卧室，将手伸到两个床垫之间并在那个老头儿毫无知觉的情况下取出了钥匙。她双手捧着钥匙，激动地跳了起来，迫不及待地打开大门。女管家看见太太站在她面前，仿佛获得了世界上最大的幸福一样。

随后，莱昂诺拉让女管家给音乐家开门，并将他带到走廊，自己则留在房内以防出现意外。但是，她吩咐女管家，在让音乐家进门前，一定要让他再次发誓，除了她们要求他做的事外，他不能做任何其他事情。如果他不再次确认他的誓言，或者再次起誓的话，决不能为他开门。

“好的，太太。”女管家说，“也就是说如果他不重新确认誓言或者再次起誓，并亲吻十字架七次，就决不让他进来。”

“别对他规定次数，”莱昂诺拉说，“他想亲吻十字架几次就几次，但是一定要看着他以他父亲的性命起誓，以所有他所珍爱的东西起誓，这样我们才能放心。我们以后就可以听他唱歌，弹吉他了，快走吧，别磨蹭了，再聊下去一个晚上就这样过去了。”

女管家提起裙角，十分轻盈地跑到众人面前，将带来的钥匙拿给了大家，大家一看到钥匙就兴奋地将她高高举起，并高呼：“万岁，万岁！”此外，女管家还告诉大家，“现在不需要再做一把通用钥匙了，因为那个被涂了药膏的老头现在已经昏睡着，我们想拿钥匙多少次就拿多少次。”

“啊，我的朋友，”一个女仆说，“快把门打开，让这位先生进来吧，他已经等候很久了。不用再费什么周折了，就让我们好好享受一下这音乐吧！”

“还有其他步骤，”那个女管家说，“他还得再次起誓，就像那晚一样。”

“他是如此的正直，”另一个女奴说，“他一定会毫不犹豫地起誓的。”

见此，那个女管家打开了大门，并且只留下一条缝隙，她叫来了罗亚沙，他在门洞旁听到了她们所有的对话，罗亚沙来到门口，想一步跨进去，但那个女管家用手在他胸口推搡了一下，对他说：“我的先生，您应该了解，在这扇门的所有女人，除了太太，我们可都还是未曾生育的处女，尽管我看上去有四十来岁，但事实上我还差两个半月才满三十岁呢。我的确是有些显老，但那是超乎我年龄的繁重工作在我身上留下的印记。正如你所见到，我们怎么能够光听两三次歌曲就献出我们的贞操呢！我们之中就连那个名叫基奥玛尔的黑奴都是处女之身呢！因此，我的先生，在你进入我们的地盘前必须庄严起誓，起誓绝对不做我们要求以外的事情。如果您觉得我们的要求有些苛刻，不去起誓的话，那您将冒更大的风险。但如果您真的是秉着为我们服务的信念来到这里的话，起誓也就不是什么难事了。正如对于那些舍得花钱的人来说，花些钱并不会让他们感到心疼。”

“玛利亚隆索小姐说的太好了！”另一个女仆说，“对待决定，她可是个很慎重的人，如果先生您不愿意起誓的话，是绝对不可以进来的。”

此时，那个笨头笨脑的黑奴基奥玛尔说道：“在我看来，起誓是毫无作用的，一旦走进门内，所有的誓言都会被抛之脑后。”

罗亚沙听到女管家玛利亚隆索的那番话后反而相当淡定，平静而又严肃地回答说：“我的小姐们，朋友们，我来到这里就是为了让你们高兴，因此，如果你们需要我的言语来做担保的话，起誓并不是什么难事。其实像我这样的人，起不起誓都无关紧要，但你们应该明白，不能以貌取人，破烂的衣着下也会跳动着一颗美好的心。为了让你们确信我的良好愿望，我决定以基督教和男子汉的名义起誓。现在，我以所有圣徒的名义，以亚历山大大帝史书中所有豪杰的名义，以巨人费埃拉夫拉之死的名义起誓，无论过去还是将来，我决不违背自己的誓言，决不做小姐们命令以外的事情，必定遵循小姐们的命令，除非有特殊情况发生。”

当罗亚沙带着自己的誓言走到门口时，另一个女仆正聚精会神地倾听着他的誓言，并大声喊道：“这誓言是如此感天动地！在这样的情况下我还让你再次起誓的话，我就太可恶了，带着您刚才的誓言，您都能登上卡普拉山了！”

刚一说完，她们便抓着罗亚沙的裤腿将他拽进门里去了，接着，所有的人将他团团围住。此时一个女仆跑去禀告仍在看着熟睡的丈夫的莱昂诺拉。当那个女仆对她说那个音乐家已经上楼时，莱昂诺拉兴奋极了，连忙问她罗亚沙进门前有没有起誓。女仆回答说起誓了，而且还是用她从未见过的方式起誓的。

“起誓了就好，”莱昂诺拉说，“这样我们就不用担心了，看来我让他起誓是个明智的决定。”

此时，所有的女仆都涌了过来，将那个音乐家围在了中间，那个黑人和黑奴基奥玛尔在一旁打着灯。当罗亚沙看到莱昂诺拉时，便立即扑倒在地，用手抬起莱昂诺拉的双脚，并不断地亲吻它。而莱昂诺拉则被罗亚沙的举动惊得说不出话来，连忙让他起来，在场的所有人都像哑巴了一样，默不作声，生怕会吵醒主人。罗亚沙见状便对她们说，她们完全可以大声讲话，因为涂在他身上的药膏已经发挥药效了，此刻，他睡得就像死人一样。

“确实是这样的，”莱昂诺拉说道，“像他这种平日里睡眠很浅的人，早就醒来不下二十次了，但自从涂了药膏之后，他就睡得像动物一样沉。”

“这样最好了，”那个女管家说，“我们到外面的大厅里去吧，我们可以在那里听先生唱歌，好好享受一番。”

“走吧，”莱昂诺拉说，“但是把基奥玛尔留在这看着德加里萨莱斯，万一主人醒来了，她可以给我们报信儿！”

基奥玛尔回答说：“就让我这个黑人留下吧，你们这些白人都走吧，愿上帝原谅你们！”

于是那个黑人便留了下来，其余的人都到外面的大厅里去了。罗亚沙坐在中间，其余的人坐在四周，此时，玛利亚隆索举着一支蜡烛，开始上下打量这位音乐家。其中一个女仆说道：“他那卷曲的头发实在是太漂亮了。”另一个人又说道：“多么洁白的牙齿啊！简直比玉石还要洁白，比珍珠还要美丽！”又有人说：“他的眼睛又大又圆，我以我母亲的名义发誓，他的双眸一定是绿色，就像两颗绿宝石一样。”有的评论着他的嘴巴，有的称赞着他的双腿，她们将罗亚沙身上的每个部位都端详了一番，只有莱昂诺拉一直默不作声，静静地看着罗亚沙，心里默默地想，这个男人比自己的丈夫要英俊多了。

此时，那个女管家把吉他从黑人那里夺了过来，并放到了罗亚沙手里，请求他唱那首名叫《妈妈，我的妈妈，保护我吧》的曲子，这首曲子在塞维利亚相当流行。罗亚沙答应了她的请求，此时所有人都站了起来并准备伴着音乐起舞，那个女管家会唱些小曲，于是便用她并不优美的嗓音唱了起来：

妈妈，我的妈妈，
保护我吧，

最终，在女管家的带领下所有的女仆都围起了圆圈开始跳舞，但当那个看守人基奥玛尔突然走来的时候，所有人都猛地一惊，立刻停止了手脚的动作，开始变得不知所措，同时基奥玛尔用沙哑而低沉的嗓音说：“主人醒了！夫人！夫人！主人醒了，正起身走过来呢！”

此刻，大家就像一群原本在旷野上怡然啄食食物的鸽子倏忽间被猎手的枪声惊起一样，一个个吓得惊慌失措，她们一边想着如何为自己开脱罪责，一边四处逃窜，寻找藏身之处。有的顺势跑到了阁楼上，有的则藏在了房间的角落里，最后只剩下音乐家一个人，抱着吉他拿着乐谱，满脸惶惑，不知如何是好。

莱昂诺拉则不停地搓着自己的手，女管家在一旁轻轻地拍打着自己脸颊，十分懊悔。最后，大家都陷入了混乱，惊恐而又胆怯的境地。此时，只有那个诡计多端的女管家，分外镇定，命令罗亚沙去自己的房间，自己和夫人留在大厅里，只有这样主人才不会起疑心。

罗亚沙藏起来之后，女管家开始注意是否有主人走来的脚步声，但什么声音都没有听到，于是她渐渐地恢复平静，也越来越大胆，一步一步地向主人的卧室走去。走到门前，听到主人和之前一样震耳的鼾声，于是她确信主人还睡着。她便提起裙子，飞快地跑去告诉夫人主人还睡着。

女管家不想放过这样一个如此难得的享乐机会，尤其是当她想象着能和罗亚沙在一起时，于是她便对莱昂诺拉说，让她在大厅内稍等片刻，自己去将这个好消息告诉罗亚沙。说罢，便走进了罗亚沙所在的房间。此时，罗亚沙则在房间里陷入了沉思，他的思绪如此混乱，既希望着那些涂在老头儿身上的药膏能再次起作用，又咒骂起那些药膏的药效，还懊悔自己不该轻信朋友，在给德加里萨莱斯涂药膏前就应该在其他人身上做个试验。此时，那个女管家进来了，十分肯定地告诉他那个老头儿仍然睡得很沉，除此以外，玛利亚隆索还对罗亚沙说了许多暧昧的言辞，罗亚沙也从她的话里看出了她的不良企图，盘算着恰好以此为筹码来夺取莱昂诺拉的芳心。就在他俩浓情蜜语的时候，躲在家里各个角落的女仆们也都陆陆续续回来一探究竟。此时的大厅就只剩下莱昂诺拉一个人，女仆们都蹑手蹑脚地跑来问莱昂诺拉主人是否真的醒了，又问女管家和音乐家去哪里了。莱昂诺拉回答说主人还在睡梦中，并告诉了她们音乐家和女管家在哪里。于是，女仆们偷偷摸摸地来到房间门口，在两扇门之间偷听他们俩的谈话。

那个叫基奥玛尔的黑人也跑来凑热闹，但是另一个黑人却不在场，因为当他听说主人醒来时就已经抱着那把吉他躲到自己的草屋里去了。他拿起床上的一条破毛毯将自己裹了起来，已经被吓得大汗淋漓，就算这样，他还时不时地拨弄着他的吉他，他对音乐是如此痴狂！

女仆们都仔细听着女管家对音乐家说的甜言蜜语，私下里她们都叫女管家“老巫婆”，“长了胡子的老巫婆”，或者在老巫婆前面添些其他形容词，总之没有一个不这么叫她的。为了表示对她的尊重，这里就不列举出来了。其中，那个叫基奥玛尔的黑奴给她取的绰号最有意思。因为基奥玛尔是葡萄牙人，平日里又有点傻傻憨憨的，所以当她斥责女管家的时候就分外有趣。最终，音乐家同意遵循女管家的意愿，但在此之前女管家必须为音乐家和莱昂诺拉牵线搭桥。为了回报女管家为自己所做的事情，音乐家同意事后将替女管家完成她的心愿，而此刻的女管家也被罗亚沙搞得神魂颠倒，性情大乱，哪怕罗亚沙提出决不可能满足的要求，女管家也会拼命完成。于是乎，女管家走出房间，去找莱昂诺拉，但当她看到门外站着所有的女仆，便决定先将她们打发走。女管家让她们先回各自的房间，改天晚上再一起好好欣赏音乐家的歌声，今晚由于之前的那场惊吓，大家都没了兴致。

此时，大家都明白女管家的意图，她想要独自留下来，但谁也不敢违抗她的命令，因为在这个家里她掌控着一切。等到女仆们都离开后，女管家来到大厅，走到莱昂诺拉身边盛情邀请莱昂诺拉去她的房间，见见罗亚沙。她说的是如此委婉而动听，句句有理，让人觉得她似乎满腹经纶。她不断地赞美罗亚沙是多么的潇洒，英俊，有着无数的迷人之处。她的嘴不仅像抹了蜜一样，而且还说得绘声绘色，在一番番的劝说之后，不要说是莱昂诺拉这善良柔软的小心脏，就是坚硬的磐石也被说动了。莱昂诺拉应允后，女管家还补充道，和音乐家拥抱在一起可比和那个老头在一起有趣多了，还让莱昂诺拉放心，她一定不会泄密的，她们可以长久地欢乐下去。这些女管家啊，生来就是为了毁掉那些良家妇女的，她们原本是来帮助主人们管理家务的，可最终总是违背初衷，做出伤天害理的事情来！这次，在女管家的连番怂恿下，莱昂诺拉最终还是投降了，上当了，被毁了！德加里萨莱斯苦心筑起的所有防线都在瞬间崩塌了，此时，他还毫不知情地昏睡着。

于是，玛利亚隆索牵起莱昂诺拉的手，眼里含着泪水，半推半就地将她带到了罗亚沙所在的房间，强颜欢笑地祝福了他们后就关上房门离开了，将他们俩锁在了房间里。女管家出来后便在大厅里睡下了，更准确地说，她正等待着那个被报答的幸福时刻，但由于前几晚实在是太累了，便一觉睡过去了。

倘若不知道德加里萨莱斯还在昏睡的话，真想不合时宜地去问问他，此刻，他的警觉与机智，他的担心与害怕，他的信念与坚守，还有他家里的那些高墙都去哪里了呢？他不允许任何男性甚至是雄性的动物进入家中，他筑起了高高的围栏，他建起了一圈圈的围墙，他封死了窗户甚至透不进一缕阳光，他让整个屋子成了“高级监狱”，他给了莱昂诺拉家丰厚的嫁妆，他不断地送给莱昂诺拉各种礼物，他善待每一个女仆和女奴，甚至给她们丰厚的犒赏，设法满足她们想要的一切……但是做了这一切又有什么用呢？不过这一切问题对他而言都毫无意义，因为此刻他还在昏睡，就算他能听到我们一切疑问，他也无法给出更好的回答，也只能耸耸肩，摇摇头，无奈地说：“这一切都源于那个狡诈的年轻人和懒散而又极度堕落的女管家！当然在一次次的劝说前，那些女孩们也十分缺乏警惕性。希望上帝能帮助我打倒这些敌人，就连以小心作盾，警惕做剑也无法抵御这些敌人的进攻。”

但是，尽管如此，莱昂诺拉还是具有极大的勇气，就在她与罗亚沙见面的短暂时间里，她便凭借着自己的智慧让这个精明的骗子始终无法俘虏她。没多久，罗亚沙便筋疲力尽，顺利地被莱昂诺拉俘获了，最后，两个人都疲倦地睡了过去。此时，被涂上药膏的德加里萨莱斯突然从昏睡中醒来，和往常一样，他习惯性地去搂身边的妻子，却发现身边空无一人，见状他便立即从床上跳了下来，这动作竟然拥有超乎年龄的迅猛。他环视四周，发现妻子不在房间，同时还注意到房门是开着的,他便顺势去找两张床垫间的钥匙,此时,钥匙竟也不见了,刹那间,德加里萨莱斯便像疯了一样,但他极力克制着自己的情绪,悄悄地走出了房间。他蹑手蹑脚地从走廊一步步走到大厅,此时却只看到女管家一个人在大厅里睡觉,仍旧不见莱昂诺拉的踪影。于是,他再次走向了女管家的房间,小心翼翼地将反锁着的房门打开,却见到了他今生都不愿意见到的画面。当下,他是多么希望自己的眼睛出了问题,眼前的一切都不是真的啊!他亲爱的莱昂诺拉躺在罗亚沙的怀里,睡得那么沉,那么香,仿佛那药膏是涂在了莱昂诺拉的身上而不是这个爱吃醋的老头儿身上。此时的德加里萨莱斯怔怔地望着眼前的情景,一言不发,仿佛失声了一样,双肩耷拉着,手臂也毫无气力地垂着,整个人好像要瘫倒在那里一样。他心如刀绞,满心愤恨,像一尊大理石雕像一样直直地站在那里。此刻倘若他的手里有武器的话,他一定会毫不犹豫地报仇雪耻。于是,他决定回到自己的房间去取那柄短剑,然后再回来杀死这两个败坏名声的无耻之徒,同时也要杀死全家上下所有的奴仆。他便带着这样坚定而又合情合理的决心像之前一样蹑手蹑脚地回到了自己的房间。回到房间后,他心痛不已,竟晕倒在了自己的床上。

第二天清晨,罗亚沙和莱昂诺拉仍旧沉浸在睡梦中。玛利亚隆索醒来后,连忙跑到房间以为轮到自己享乐了,但注意到此时已经天亮,便打算等到晚上再来好好享受。此时,莱昂诺拉醒了,见到已是清晨,便埋怨起自己的粗心和女管家的草率来。她们俩,满心忐忑,蹑手蹑脚地走向德加里萨莱斯的卧室,边走边向上帝祈祷,希望他还打着鼾沉浸在睡梦中。当她们看到德加里萨莱斯仍然不声不响地躺在床上时,都以为药膏还在起作用,他一直昏睡着没有醒来。见状,她们高兴地互相拥抱起来。莱昂诺拉走到她的丈夫身边,抓着他的一条胳膊,将他从床的一边移到了另一边,看看他能不能就这样醒来，还是像人们所说的需要用醋来洗。但是就在莱昂诺拉挪动德加里萨莱斯的时候，他突然醒了过来。他长叹了一口气，失望地说："我是如此的不幸！这样的不幸要到何时才能结束啊！"

莱昂诺拉并没有明白她丈夫所说话的含义，但看到丈夫醒来并能够正常说话，她从心底里佩服这药膏的功效。她靠到丈夫身上，将脸贴到丈夫脸上，并紧紧地抱着他，说："您是怎么了？我的丈夫，我感觉你刚才似乎在抱怨什么。"

这个可怜的老头儿一听到这个女仇敌如此甜美的嗓音，便立刻睁大了眼睛，怔怔地望着她，一动不动，足足有一刻钟，之后才对她说："我亲爱的夫人，您待会儿就将您的父母们接过来吧，因为我也不知为何，我的心脏感觉很累，很痛，恐怕我将不久于人世，我希望在我死前能见他们一面。"

莱昂诺拉丝毫没有怀疑，对丈夫的话信以为真，以为这个药膏的药力太猛才使得她的丈夫心脏不适。于是她便按照丈夫的意愿，派那个黑人去请她的父母，而自己则抱着丈夫，以从未有过的温存爱抚着他，并不时地询问丈夫感觉如何，她的甜言蜜语，让人感觉她仿佛是这个世界上最爱德加里萨莱斯的人。但在德加里萨莱斯看来，她的温存与蜜语都似根根利剑直刺他的心脏，让他心如刀绞。

此时，女管家已经告诉了所有奴仆和罗亚沙，主人生病了，但这个病很快就会好的。当黑奴去请莱昂诺拉的父母时，她甚至忘了嘱咐他将临近大街的大门锁好。所有人都对主人派遣黑奴去请莱昂诺拉的父母感到奇怪，因为自从主人和莱昂诺拉结婚后，从未邀请莱昂诺拉的父母来家里过。

最终，所有人都沉默不语，对主人生病的真正原因感到很疑惑。此时，主人正不断地叹着气，他是如此地悲痛和伤感，每一声叹息都仿佛是灵魂被撕裂的哀叹。

莱昂诺拉见状眼里满是泪水，但德加里萨莱斯却像发了狂一样，不停地笑着。

就在此时，莱昂诺拉的父母们来了，他们发现临街的大门和院子里的门都敞着，整个家里都笼罩着死一般的沉寂，便感到十分不解，心中满是疑虑。他们径直走到女婿的房间，看到女婿正死死地盯着他们的女儿，还紧紧地握着她的手，眼里噙满了泪水。女儿也在哭着，她哭到眼前的整个世界都是模糊了，甚至看不清自己的丈夫是不是在哭泣，但在丈夫的眼里，她流的都是鳄鱼的眼泪。

此时，莱昂诺拉的父母走了进来，德加里萨莱斯对他们说："你们二位请坐，其余的人全部出去吧，玛利亚隆索一个人留下就够了。"

大家都照做了，只留下他们五个人，还没等到其他人开口，德加里萨莱斯就擦干了眼泪，极其平静地说："好了，我的太太和我的父母们，我很清楚，我不该请你们亲自过来就为了听我讲这件事情。你们应该还深切地记得(这是绝对不可能忘记的)在一年一个月零五天九小时前的今天，我带着满心的爱意和真诚取了令爱作为我的合法妻子。你们也应该清楚，我为她置办了多少嫁妆，我所给她置办的嫁妆足以供三位富家女子出嫁使用了！同样，你们也应该记得我为她添置了多少新衣和首饰，我尽可能满足她的一切要求。正如你们所见，以我现在的处境，毫无疑问，我的年纪告诉我，我将不久于人世，所以我竭尽所能地保护着我的这个掌上明珠，也是你们赐予我的珍宝。因此，我在房子周围筑起了高高的围墙，不让临街的窗户能看到街道上的一花一草，每道门上加固了门锁，还在家里用上了修道院的转箱，我决不允许任何男性进入家里，甚至连男性的影子都不允许见到。我还嘱咐所有女仆和女奴好生伺候太太，无论是她们中的谁有求于我，我都尽量满足。我和她无话不谈，还将我所有的财产都交给了她。我所做的这一切都是为了在我有生之年能过得幸福快乐，希望她不会给我招惹任何麻烦，让我不用整日担惊受怕，提心吊胆地生活。但是，倘若神灵要惩处那些违背他们意愿的人，我们这样的普通百姓也无法避免。我们不约而同地制造了夺取我们生命的那些毒药。看到你们一脸的疑惑和满心的费解，我将结束这些冗长的独白，用最精简的三言两语来讲述那千言万语也无法道清的真相。先生们，太太们，我刚才所说的一切都是为了告诉你们，就在今天清晨，这个生来就是为了折磨我，让我伤痛的人（他边说边指着他的妻子），依偎在一个浪荡的男人怀里。这个男人到现在为止还被关在这个万恶的女管家房间里！”

还没等到德加里萨莱斯的话音落下，莱昂诺拉就捂着自己的胸口，晕倒在丈夫的面前。玛利亚隆索也大惊失色，莱昂诺拉的父母们此时也无话可说，仿佛喉咙被打了结一样。德加里萨莱斯见状站到他们面前继续说：“我想着我将采用一种与众不同的方法来为我自己报仇，我向来是一个极端的人，这次的报仇也同样如此。我一直觉得在这个罪恶的事件中我也有一定的责任，我当初就应该考虑到让一个十五岁的姑娘和一个七十岁的老头儿成为夫妻是一件多么可怕的事情。我就好比那个作茧自缚的蚕，建造了这座大房子将自己困起来，直至自己死在里面。这绝不是你的过错啊。你这个被欺骗了的可怜女孩儿！”说着德加里萨莱斯低下头，轻轻地吻了一下已经昏过去的莱昂诺拉。“这不是你的错啊！”他又接着说，“像你这样天真善良的女孩子，是很容易被这样狡猾的老女人的甜言蜜语和那个爱上你的青年的暧昧情话所骗的！但是，因为我想让天下所有人一起见证我对你的一片真心，所以在我生命的最后时刻，我想用实际行动证明给所有人看，虽然我的行动日后不会成为宽容的范例，但至少可以证明我是个宅心仁厚的人。我决定叫来公证人，重新写一份遗嘱，我会在上面写道，不久我将会死去，在我死后希望莱昂诺拉能和那位青年结合，我将会给莱昂诺拉双份的嫁妆。正如你们所见，我这个白发苍苍的老人并没有动这个年轻人一根汗毛。这样，无论我生前还是死后，都不会做任何有悖于莱昂诺拉意愿的事情了。我希望她能和自己爱的人度过余生。我其余的财产都将捐献给慈善事业。还有您，我的先生太太，我希望你们能体面地度过晚年。公证人一会儿就来了，我现在过于激动，胸口很闷，如果继续下去，我很快就会死的。”

说到这儿，德加里萨莱斯又昏过去了，恰巧倒在了莱昂诺拉的身边，他们的脸紧紧贴在了一起。莱昂诺拉的父母们不可思议地望着他们亲爱的女儿和女婿。这个可恶的女管家不想继续留在那里等着莱昂诺拉的父母责备她，便不声不响地溜出了卧室，跑去将发生的一切告诉了罗亚沙，还劝他赶紧离开这个房子，之后的事情她会派黑人去告诉他的，日后这个家的大门也不会像过去一样紧闭了。罗亚沙听了女管家的话感到十分惊讶，便采纳了她的意见，重新穿上那些破烂的衣裤，准备去告诉他的朋友们这个从未在他的情史上出现过的怪事。

此刻，莱昂诺拉和德加里萨莱斯还没有醒来，莱昂诺拉的父亲已经叫来了他的公证人朋友，公证人来的时候，恰巧他的女儿和女婿也醒了过来。德加里萨莱斯让公证人照着自己刚才说的话拟写了遗嘱，遗嘱中甚至一点都没有提及莱昂诺拉所犯的错。不仅如此，他还希望在自己去世后，莱昂诺拉能够和那个青年结婚，莱昂诺拉听到这些话，立刻扑倒在她丈夫的脚下，她的整个心脏都在剧烈的颤抖，她说：“您还会活很多年呢，我的先生！只有您过得好，我才会幸福。我不能强迫您相信我说的每一句话，但我希望您能知道我绝对没有在行动上做出任何有损您名声的事情，我只是在思想上犯了错。”

此时，莱昂诺拉便开始请求丈夫的原谅，并向他解释事情的始末，但没等到自己讲完便再次晕了过去。这个老头儿最后一次拥抱了晕倒的莱昂诺拉，她的父母也前去拥抱了她，所有人都悲伤地哭了起来。遗嘱中还写道，家里所有的女仆们都会被辞退，女奴和那个黑人也将重获自由。还规定玛利亚隆索归还她的所有工钱，做完这些德加里萨莱斯心痛不已，第七天便入土了。

莱昂诺拉也因此成了寡妇，她很富足，却常常以泪洗面。此时，罗亚沙一直盼望着能够像德加里萨莱斯遗嘱里所说的那样和莱昂诺拉结婚。结果却被告知，一个星期后莱昂诺拉就跑到城里最偏僻的一个修道院做了修女。罗亚沙听后既费解又气愤，没过多久也离开此地去了西印度洋群岛。莱昂诺拉的父母们虽然十分悲伤，但也因为女婿的遗产而得到了些许安慰。所有的女仆们对此也心怀感激，那个被阉割的黑人和女奴也获得了他们渴望的自由，而那个恶毒的女管家则因为自己邪恶的念头而变得贫困潦倒。

我将保留这个故事的结局，它就像是一个示例，一面镜子，告诉那些迷信钥匙，围墙和转箱的人们，如果有人真的想要进来，最终还是会踏入的。而对那些年轻的男男女女们来说，是绝对不能盲目相信像女管家这样的人的花言巧语的。其中唯一让我不解的就是莱昂诺拉为何不及时地向德加里萨莱斯解释清楚，为何不让她那个嫉妒成性的丈夫了解，她仍然是清白之身，那件事并没有给他带来任何的侮辱，然而她这样的沉默不语只会带来更多的困扰。当然，我也不明白德加里萨莱斯为何会这么快就去世，甚至没有给莱昂诺拉一个为自己辩白的机会。

在圣·于尔根养老院

[德] 施托姆 著　章丽华 译

我的故乡是一座朴素的小城，它坐落在光秃秃的海岸边，城里的建筑古老而黯淡。一直以来，我把那里当成适合居住的地方，两种被人们看作神圣之物的鸟儿，和我有着相同的想法。乘着夏日的长风，白鹳飞过城市上空，它们把巢设在下面城里某处房子的屋顶上。四月里，当第一缕南风吹起，小燕子也必定会随之而来，于是邻居们会互相转告，传递着小燕子归来的消息。就如此时此刻，在我窗下的花园里，盛开着最初的紫罗兰，花儿对面厚木板搭成的园篱上，已经蹲着两只小燕子，它们呢呢喃喃地，正在哼唱那首古老的歌曲：

> 当我告别的时候，当我告别的时候……①

它们唱得越久，我就越加思念一个已去世很久的人，为了我年轻时代度过的许多美好时光，我必须向她感恩。

我的思绪顺着长长的街道往上，一直抵达最远端，也就是圣·于尔根养老院所在的地方。正如北方的大多数城市一样，我们的城市也拥有这样一些有特殊意义的建筑。现在的这所房子，是早在十

① 德国诗人吕克尔特（1788—1866）的《青春之忆》一诗中的句子。

六世纪的时候由我们的一位公爵所建，后来由于市民们的乐善好施，渐渐积累起一笔相当的财富，从而使它能够发展为如今这所养老院。那些操劳了一生的老人们，在走向永远的安息之前，可以在这里找到一个相当舒适的落脚处，从而过上一段最后的平静生活。养老院的一侧与圣·于尔根教堂墓地相邻，墓地里那些高大的菩提树下，早在第一次宗教改革的时候就有改革者在那里布道了。养老院的另一侧是一所内院儿，挨着它的是一个窄窄的小花园，我年轻的时候，修女们总是在这个花园里采集周日做礼拜时所需的鲜花。在两面厚重的哥特式的山墙下，有一条与城中街道相连的幽暗甬道，它穿过养老院的大门，直接通到养老院的院子，从院子里，人们必须再经过一道道小门，才能到达内庭，去到宽敞的礼拜堂，或是老人们的房间。

在我还是个小男孩儿的时候，曾无数次地穿过这座大门，因为早在我记事之前，规模宏大的圣母教堂由于有倒塌的危险而被拆除了，于是有许多年，我们都是在圣·于尔根养老院的礼拜堂里做礼拜。

常常是在夏日，当我踏进礼拜堂之前，总要在洒满阳光的院子里逗留一会儿，享受星期天早晨那特有的宁静。四周弥漫着从旁边小花园里传来的花香，应着不同的节气，有桂竹香，康乃馨，或者是木樨草。但这可不是我喜欢来教堂的唯一原因。有许多次，特别是在我早到了小一个钟头的时候，我常常会继续往院子深处走，一边走一边窥视着楼上一扇被朝阳照耀着的小窗，有两只燕子在小窗的一侧为自己筑好了巢。那窗户的一个窗扇大部分时间是敞开着的，每当我的脚步声在石板路上响起，就会有一个头发花白，戴着雪白小帽，帽下光滑地梳着中分的老妇人从窗内探出头来，亲切地冲我点头打招呼，我于是大声说："早晨好，汉森！"只有对这位老朋友，我们这帮孩子才敢直呼其姓，我们几乎忘了，她还有一个好听的名字叫"阿格娜丝"。想当初，当她蓝色的眼睛还年轻，当她灰白的头发还是金黄色的时候，这名字与她该有多么的相配啊。汉森曾在我祖母家里做过许多年帮佣，之后，大概在我十二岁的时候，作为一个对这座城市有过贡献的市民的女儿，她被允许来到这里养老。从那以后，对我们这些祖母家的人来说，一个最重要的人就此消失了，因为汉森在任何时候都了解我们，知道怎样既不引起我们的反感，又能引导我们去做些愉快而有意义的事情。她给我妹妹裁剪娃娃的新衣服纸样儿，而我在她的要求下手中握着铅笔，练习写各式各样的花体字，或者照着她所收藏的画片的样子，临摹出一座现在比较罕见的老式教堂。在我们的交往中，有一件事是我后来才想起来的，那就是她从来没给我们讲过任何一个童话或者传说之类的东西，实际上在我们这个地区，这两方面的资源都是相当丰富的。当别的什么人想开始讲述这些故事的时候，她总是把那些看作是没用的，甚至是有害的东西加以制止。但是，她可一点儿都不是个冷冰冰、缺乏想象力的人。正相反，她喜欢一切动物，尤其喜欢燕子，她知道如何才能保护住这些小东西的巢，使它们免遭我祖母手中大笤帚的祸害，我的祖母几乎有着荷兰式的洁癖，不能忍受这些小小的不速之客。另外，汉森好像对这些鸟儿的习性有过细致的观察，于是乎我又想起一件事。有一次，我把一只燕子拿给她看，这只看上去奄奄一息的燕子是我在院子里的石板路上捡到的。

“这只漂亮的小动物就要死了。”我一边抚摸着小燕子带着光泽的棕黑色的身体，一边难过地说。

汉森却摇了摇头，她说：“这个可是空中的女王，它只是缺少自由的天空罢了！为了躲避老鹰它才会掉到地上，可是现在，只凭借自己长长的翅膀它是飞不起来啦。”

说完，她带着我走到院子里，小燕子静静地躺在我的手心里，用大大的棕色眼睛望着我。

“现在，把它扔到空中去！”汉森喊着，于是我吃惊地看到，那从我手中抛出去的，看上去已了无生气的燕子，是如何转瞬间展开了它的翅膀，大声地叫着飞向晴空，仿佛一支羽箭直插云霄。

“从塔上看它飞翔才带劲儿呢。”汉森说，“我是说从老教堂的钟楼上，当初也只有那钟楼才配被叫作‘塔’。”

随着一声叹息，她摸了摸我的脸颊，然后走进屋接着做她的日常活计去了。“汉森为什么要叹息呢？”我觉得奇怪。这个问题的答案是我在多年以后才找到的，是从一个当时对我来说完全陌生的人的口中知晓的。

如今，汉森虽然退了休，但燕子们还是能找到她，我们这些孩子也能。当我在星期天的早晨，做礼拜之前，走进她那间老处女的洁净房间时，她总是已经穿戴整齐地坐在那里，面前放着赞美诗的歌篇。我于是想坐到那只小沙发上，她连忙说：

“哎呀，你从那儿看不到燕子的！”然后她就会把窗台上的一盆天竺葵或者康乃馨移开，让我坐到离窗更近的她自己的靠椅上去。“但是，可别这样张牙舞爪地挥动胳膊啊，”她微笑着补充说，“像你这么朝气蓬勃的伙伴儿，它们可是很少能见到的哦！”

我于是安静下来，坐在那里看那两只纤细的鸟儿，看它们如何在阳光下时而飞来飞去，时而为它们的小巢添砖加瓦，时而又在给它们的宝宝喂食。汉森坐在我对面，开始讲那些过去的美好时光：讲我曾祖父家里的节日庆典，讲老式射击比赛的游行队伍，或者讲那个她最喜欢的话题——老教堂中那些富丽堂皇的画像和祭坛。汉森本人曾经站在过那所老教堂里，当时她的身份是最后一个敲钟人的小孙女儿的教母。汉森讲啊讲，一直讲到从礼拜堂那边传来第一声管风琴的音响，她这才站起身来，和我一起走过一条狭长的，仿佛没有尽头的走廊。走廊两边是一个接一个的小房间，每个房间的门上都有遮着帘子的小窗，只有透过那些小窗才能有一点微弱的光线照进走廊里来。这儿或那儿，不时会有一扇门被打开，在那打破黑暗的瞬间的光亮中，我看到一些穿着古怪的老男人或老女人，步履蹒跚地走出门来，走到走廊里，他们中的大多数在我出生之前就已经退出了城里的生活。我于是很想提一些关于这个人或那个人的问题，但是在去教堂的路上我是不能指望汉森给我什么回答的。我们默默地往前走，到了走廊的尽头，汉森和其他老人一起，沿着后楼梯走到下面他们自己的座位上去了，而我则来到上面的唱诗班的旁边，在这里我总是着魔般地盯着管风琴上转动的簧片，那玩意儿让我总也看不够，一直到神父登上了讲坛。我必须承认，神父的说教相当精彩，可在大多数情况下，他的话对我来说只是些单调的音波从远处传来，毫无意义地强行塞进我的耳朵。因为，就在我对面的墙上，靠下的位置，挂着一幅真人大小的画像，就是它吸引了我的全部注意力。画像上是一位老年传教士，他披着卷曲的黑色长发，小胡子修剪得十分古怪。他忧郁的黑眼睛同样露出奇怪的神情，仿佛正从沉闷的中世纪，那个神迹与女巫组成的世界望出去，望向一个崭新的时代。他好像还在继续向我讲述着这个城市的过往，与编年史上记载的一模一样，比如有关那个凶狠的贵族地主的故事，他最后一次暴行的受害者们就埋在老教堂的墓地里，墓碑上记录了这件可怕的往事。当然啦，一旦管风琴突然奏起《上帝保佑我们离开》这首曲子，我大多数时候会马上偷偷溜出去，否则我的老女友会来考问我刚才神父说教的内容，那可不是闹着玩儿的。

汉森从来没讲过她自己过去的事情。直到我已经上了好几年大学，才在一次放假回家的时候第一次了解了她的往事。

那是在四月里，她过六十五岁生日的时候。像往年一样，我照例给她带去两枚我祖母奖赏她的金币，还有一些我们兄妹准备的小礼物，她呢，从墙上的小柜子里拿出马拉伽酒，招待我喝上那么一小杯，这酒是她为了类似的喜庆日子备下的。我们闲聊了一会儿，然后我请求她，就在今天，满足我长久以来的那个愿望，带我去看看那个庆祝大厅。过去的几个世纪里，养老院的院长们每年都会在年终结算完成后，邀请大家去那个大厅里分享盛筵，庆祝一番。汉森竟然同意了。因为大厅位于礼拜堂的另一侧，也就是整座房子的另一端，所以我们必须一起走过昏暗的走廊。我在下后楼梯的时候不小心脚下打滑，从最后几级台阶上栽了下去，这当口，楼下门廊里的一扇门被拽开了，一个看上去足有九十岁的老头儿伸出他恐怖的大光头，含糊不清地骂了几句脏话，他呆滞的双眼直勾勾地盯着我们，直到我俩走进礼拜堂的大门。

这个怪老头儿我认识，养老院的人都管他叫"幽灵望远镜"，因为他们宣称，他是能看到些什么的。

"那双眼睛看了让人害怕。"当我们穿过礼拜堂的时候我对汉森说。

汉森却说："他根本看不到你的，他只能回头看到他自己那昏聩、罪孽的一生。"

"可是，"我半开玩笑地说，"他在角落里确实看到过棺材盖子立了起来，那里面躺着的死鬼，像活人一样地在你们这些人中间游来荡去。"

"那只是些捕风捉影的事儿，我的孩子，他再也干不了坏事了。"汉森又补充说："本来呢，他是没资格来这里养老的，他之所以能来，只是因为他曾经狡猾地在一位官员那里谋到了一个免费的职位，当过一段时间的公差而已。而我们这些人在被批准进入养老院之前，都必须证明自己是个清白的公民才行。"

说着话儿我们找女管家要到了钥匙，爬上通往庆祝大厅的楼梯。我们进入的其实只是个不特别宽大，顶棚也很低的屋子。其中一堵墙边立着一个老式座钟，它是一位在这里去世的老妇人的遗物，对面墙上挂着一幅真人般大小的肖像画，画上是一个穿着样式简单的红色马甲的男子，除此之外房间里再没有别的装饰。

“那位就是我们仁慈的公爵，是他创建了这个养老院。”汉森说，“但是人们只享受他的恩泽，却不再像他生前希望的那样去继续怀念他。”

“但是你还记着他呀，汉森。”

汉森用温柔的眼光看着我，说道：“是的，我的孩子，这就是我的天性，有许多事我很难忘记。”

朝向街道和教堂墓地的两面墙上各有一排窗户，窗户上有一块块用铅框镶的小玻璃，几乎每块玻璃上都有一个用黑色颜料烧上去的名字，它们中的大部分都来自我听说过的家族，比如其中一个写着“本城食品商某某，卒于……”，接着是他的死亡年份。

“看那儿，那是你的曾祖父。”汉森指着其中的一块玻璃说道，“我也忘不了他老人家，我父亲曾经跟着他学做生意，后来又从他那里得到过许多建议和指导。可惜啊，在我们最困难的时候，他已经合上了双眼。”

我又读着另一个名字：“利波流斯·米夏埃尔·汉森，食品商，卒于 1799 年。”

“那是我的父亲！”汉森说道。

“你父亲？那为什么……”

“你是想说，作为一位德高望重的绅士的女儿，我为什么会给别人当了半辈子的女佣？”

“我是想，你们家究竟遭遇了什么样的不幸？”

汉森坐到一张老旧的皮椅上，说道：“也没什么特别的，我的孩子。那是公元 1807 年的事情。当时正是大陆封锁时期[①]，不守规矩的家伙们如鱼得水，而老实人可就遭了殃。我父亲就是其中一位，而且他把这老实的名声一直带到了坟墓里。”停顿了一小会儿，她接

① 公元 1806 年，拿破仑为把英国排斥在欧洲市场之外而采取的措施。

着说："我现在还清楚地记得，当初他和我一同走过商业街，他把一座如今早已不存在了的房子指给我看。'记住这处地方，'他对我说道，'1549 年的时候，一位名叫迈恩克·格瑞夫雷的虔诚教徒曾经住在这里，复活节后第三个周日的那场著名的大火就是从附近烧起来的。当时火势迅速蔓延，迈克恩抱着尺子和秤跳到街上，向上帝哀求说，如果他曾经有意欺骗别人，让别人遭受了哪怕是小米粒那么大的损失，就让上帝把他的房子烧掉吧。结果，火焰当真跳过了他家的房子，而周围的一切却化为了灰烬。'

"我父亲高举着双手继续说道：'你看，我的孩子，这个我也能做到。我们的家也会逃过天主的惩罚。'"汉森看着我接着说："一个人是不可以自吹自擂的。你现在已经长大，我给你说这些，是想如果有一天我不在了，你必须了解我是个怎样的人。我父亲有个弱点，他太迷信了。在那些极端困难的日子里，正是这个弱点促使他做了一件事，从而使他的心儿破碎，再也不能讲述这个虔诚商人的故事了……

"我家隔壁住着一位木匠，很早的时候夫妻双亡，留下一个儿子，我父亲就做了那孩子的监护人。男孩儿叫哈勒，是一个弗里斯兰[①]语的名字。他酷爱读书，已经在我们这里的拉丁学校读到了五年级，可是家庭条件不允许他继续读大学，他于是只好留在他父亲曾经工作过的手工作坊里，当起了学徒。后来，他在外面游历了两年，接着又在一位师傅那里工作了两年，很快，他就凭借着精细的做工和过人的天赋在这个行当里美名远扬。我和哈勒从小一起长大，还在当学徒的时候，他经常从过去的同学那里借书来读给我听。你知道，我们当时住在市场旁边，市政厅对面把角儿的那所房子里，直到今天，那里的小花园里还有一棵高大的山毛榉树。我们曾经多少

---

① 荷兰北部边境省份，靠近德国。

次坐在那棵树下读书，周围有小蜜蜂在花草间嘤嘤嗡嗡！当他游历归来，一切都没有改变，他还是经常来我们家。直说了吧，我亲爱的小孩儿，我们两个相爱了，而且一点儿都不想隐瞒。

“我的母亲早已过世，我的父亲对这事有什么想法，甚至他是否真正想过，我永远都不会知道了。更何况我们俩的关系还没发展到要正式订婚的程度。

“早春时节的一个清晨，我来到花园里，番红花和毛茛花已经含苞待放，周围到处生机盎然，清新无比。但我的心情却是沉重的，对父亲的担忧压在我的心头。尽管他从来没对我说起过他的麻烦，但我能感觉到，一切都越变越糟。在过去的几个月里，我越来越多地看到公务审查人员走进他的书房，那人离开之后，我父亲就好几个小时地把自己锁在屋里，有的时候，当他从午餐桌边站起来，桌上的饭菜却一动都没动。在最后的几个星期里，他整夜地用纸牌算命，有时我装作开玩笑似地问他，他到底在为什么事占卜吉凶，他却总是一言不发地挥挥手让我走开，然后，潦草地说一声‘晚安’，就走进他自己的房间去了。

“这一切让我忧心忡忡，尽管太阳照耀了整个外面的世界，我的心里却看不到半点阳光。我听到城外沼泽地那边传来百灵鸟的歌声，你知道的，我的孩子，人在年轻的时候，心是多么的轻盈，一只小鸟都能把它带上高空。突然之间，我仿佛越过忧愁的阴霾，看到了一个阳光明媚的未来，我只需向前迈步，就能到达那里。我也想起，我是如何跪在花圃里，满心欢喜地观察那些花蕾和从泥土中随处发出的新绿。我还想到了哈勒，到最后，我相信，我一心只想着他一个。就在这时，我听到花园的门被打开，我抬起头来，看到哈勒本人正向我走来。

“难道是百灵鸟也让他的心情大好？他看上去是那么神采奕奕。‘早晨好！’他说，‘你听到新消息了吗？’

“‘是个好消息吗，哈勒？’

“‘当然，否则还会是什么！我马上就要出徒当师傅了，可以开自己的作坊了。’

“你能想象吗，我正儿八经地被吓住了！因为我立刻想到：上帝啊，他现在需要一个贤内助了！

“我当时的表情一定是太惊讶了，因为哈勒这样问我：‘你怎么了，阿格娜丝？’

“‘我，哈勒？我没什么呀。’我回答说，‘只是风吹得我有点冷。’我说了谎话，只有亲爱的上帝才能如此安排，在这种情况下，我们无法说出那些对方想听的话。’

“‘可是我还缺少些什么，’哈勒说，‘我还缺一件最好的东西！’

“我沉默着，一言不发。哈勒默默地陪着我走了一会儿，然后问道：‘你怎么想，阿格娜丝，是否已经有过这样的事情，一个商人的女儿嫁给了一个木匠师傅？’

“我抬起头，看到他那好看的棕色眼睛正可怜兮兮地望着我，我向他伸出手来说道：“‘让我们来开这个先例吧。’

“‘阿格娜丝，’哈勒喊道，‘可是其他的人会怎么说我们！’

“‘我不知道，哈勒。但是，如果商人的女儿变穷了呢？’

“‘变穷有什么关系，阿格娜丝？’他冲动地用双手把我抓住，‘难道年轻和美貌还不够吗？’

“那可真是幸福的一天。春日的阳光暖暖地照着，我们俩手拉着手走在花园里，当我们不说话的时候，听到头顶上仿佛有千百只百灵鸟在纵情歌唱。我们不知不觉走到了住房对面，花园的接骨木墙边，那里有一口水井，我探身越过木板井栏向井底望去。‘井里的水在闪闪发光呢！’我说。

“幸福会使人情趣盎然，哈勒故意想逗我。‘井水？’他说，‘那在深处闪光的可是金子。’我不知道他这话是什么意思。

“‘你难道没听说过，你家的井下可藏着宝藏哪。’他继续说，‘仔细瞧瞧，井底坐着一个戴着三角帽的灰色小人儿，下面那些奇特的闪闪发光的东西，可能只是他手里的照明灯，因为他就是那个看守财宝的人。’

“父亲的窘境从我的脑子里一闪而过。哈勒拿起一块石头，扔到井里，过了一会儿，才从井下传来一声闷响。‘听到了吗，阿格娜丝？’他说，‘砸到宝箱上了。’

“‘哈勒，别胡说！’我喊道，‘瞧你那傻样儿！’

“‘我只是人家怎么说我就怎么说。’他回答。

“可是，我的好奇心被唤了起来，也许还有我对地下财宝的渴望，它可以帮我们解除一切烦恼。

“‘你打哪儿听来的？’我再次问道，‘我怎么从来没听说过。’

“哈勒笑嘻嘻地看着我说：‘让我从何说起呢！从张三或李四那儿，我想，归根结底这消息是从那个会造金子的光棍儿那里传出来的。’

“‘造金子的？’，我脑海里开始胡思乱想。那个所谓会造金子的人本就是个游手好闲的混子，他自称会祈福和算命，降妖伏魔，为人和动物治病，以及诸如此类神乎其神的勾当，在那个年代，在那些轻信无知的人们中间，这可是个收益颇丰的好买卖。他就是那个如今被称为“幽灵望远镜”的人，无论现在还是当初，这名字可真是配他。前些天，我因为总在外屋做事，有好几次看到他走进我父亲的书房。起先，他总是用谦卑的声音问我‘汉森先生在家吗’，但他从不等待我的回答，只是用羞怯的目光看看我，便从我身边溜了过去。有一次，他在我父亲房间里呆了差不多有一个小时，临走前，我听到那个很熟悉的拉开书桌抽屉的声音，然后又好像听到有钱币叮当作响。这一切我这会儿全都想起来了。

“但是，哈勒开始摇晃我。‘阿格娜丝，你在做梦吗？’他喊道，

‘或者你想去挖那些财宝?’

“哎,他不了解我父亲的难处,他只是想着自己的未来,那未来还关系到我。哈勒抓起我的双手,高兴地喊:

“‘我们不需要什么财宝,阿格娜丝。我那点儿遗产你父亲帮我收藏着,已经够我们建起我们的房子和作坊。至于以后的事情嘛,’他微笑着继续说,‘就让我这双不太笨的手去解决吧!’

“我无法回应他这些满怀希望的话,财宝和造金子的人还占据着我的思绪。我不知道,那只是个疯狂的希望,还是个危险重重的灾难的阴影,它压在我胸口使我喘不过气来。也许它在向我预示,在不久的将来,我生命中的所有宝藏都会沉入井底。

“第二天,我离开城里去到附近的一个村庄,那里有一位亲戚,也是位女教友,因为孩子生病而急需我的帮助。但是我在那里心神不宁,在此之前的几天,我父亲的表现是那么异常,他时而寂静无声,时而狂躁不安,我甚至看到他在花园里疾速地跑来跑去,忽然又停在井边,眼睛死盯着井下。我开始害怕他会做出什么可怕的事来。到了第三天,我记起他是怎样迫不及待地、急匆匆地送我上路。越临近夜里,我就越是不安。快到十点的时候,月亮升起来了,我请求表兄,允许我今夜就回城。他试图劝说我平静下来,但是没有奏效,我于是真的踏上了回家的路程。当午夜的钟声敲响,马车终于停在了我家门前,一切都好像沉沉睡去。我敲了很久的门,里面的门链才被打开,出来开门的是睡在楼下门廊旁边的小学徒。‘老爷在家吗?’我问。

“‘老爷十点就睡下了。’

“我这才放下心来,往自己的房间走去。我的卧室的窗户是朝着花园的,窗外月光皎洁,我没有点灯,又一次站在窗前。月亮正好爬到接骨木墙的墙头,接骨木还没长出叶子的光秃秃的枝杈,斜斜地映在夜空中。我的目光越过这世间的一切投向伟大而仁慈的上帝，我要向他诉说我心中所有的烦恼。当我正准备从窗边走回房间的时候，突然看到，从位于阴影中的井口处喷出一道红光，我看见井边生长的草木和上边的树枝熠熠生辉，仿佛陷入金色的火焰中。突然一种迷信的恐惧向我袭来，因为我想起了那个蹲在井底的灰色小人儿和他手中的蜡烛。等到我定睛观瞧，发现井边的墙上立着一架梯子，我只能看清梯子的上端。就在这个时刻，我听到井底一声惨叫，然后是扑通、扑通的声音，和沉闷的混沌不清的人声。突然，亮光瞬间熄灭，我接着清楚地听到有人一蹬接一蹬地爬上了梯子。

“对幽灵的恐惧消失了，随之而来的是我对父亲的无限担忧。我颤抖着双腿走向隔壁他的卧室。当我小心翼翼地掀开他床上的被单，看到月光正好照在枕头上，他曾把他可怜的头枕在上面长时间地辗转反侧，可是现在，枕头上空空如也，完全没有被动过的痕迹。带着死亡的恐惧我跑向院门，但是它被锁上了，钥匙也已被拔走。我调回头跑进厨房，点亮灯，还是什么也没有，接着我又冲进他的书房，那里的窗户同样朝向花园。我在窗前无助地站了很久，眼睛盯着窗外。我听到在接骨木的树丛间有脚步声，但我的眼睛却什么也分辨不出。转眼间，书房的门被打开了，我的父亲走了进来。——虽然已经到了这把岁数，但我永远也忘不了那一幕——他花白的长发湿漉漉的，像是刚在水里洗过或是被汗水浸透，平日里过于干净的衣服上，粘满了绿色的泥浆。

“当他看到我时，吓了一大跳，严厉地说：‘怎么回事！你怎么在这里？’

“‘我表兄让我回来的，父亲！’

“‘这么深更半夜的？他可真不该让你这么做。’

“我望着我的父亲，他眼睛低垂，站在那里一动不动。‘我无法让自己平静，’我说，‘我觉得这里需要我，我必须回到你身边来。’

“老人瘫倒在椅子里，双手捂住了脸。‘回你房间去，’他无力地

说，'我想自己呆一会儿。'

"但是我不肯走。'让我在你身边陪着你吧。'我小声请求。我父亲并没有在听我说什么，他抬起头，看上去好像在聆听外面的动静。突然，他跳了起来。

"'安静!'他叫了一声，'你听到了吗?'他瞪大眼睛看着我。

"我走到窗边，向外张望。外面是死一般的寂静，只有接骨木的枝杈在夜风中摇摆，相互碰撞。'我什么也没听见!'我说。

"父亲一直站在那里，仿佛在倾听什么东西，那东西让他充满恐惧。

"'我想过，那不是罪恶，'我父亲自言自语道，'不是亵渎上帝的事情。井还在那里，至少现在还是如此，都是因为我的缘故。'然后他向我转过头来：

"'我知道，你不相信这些，我的孩子，'他说，'但那是确定无疑的，树条打了三下，而那些信息，我为它们花了大价钱的信息，全都应验了，在我们井里有一份财宝，是瑞典人在的时候[①]埋进去的。我为什么不可以把它弄上来呢! 我们堵住泉眼，把水淘干，今晚我们就要把它挖出来了。'

"我问道：'我们? 你说的另一个人是谁?'

"'那只是城里的一个人，他懂得这些事情。'

"'你该不会是说那个会造金子的人吧? 他可是个坏事的家伙!'

"'用树枝来算命，并不违背上帝的旨意，我的孩子。'

"'可是搞这种鬼把戏的人，都是些骗子。'

"父亲重又坐回到椅子上，满心疑虑地看着眼前的某个地方。接着，他摇了摇头说：'那铲子已经碰响它了，但是紧接着怪事儿发生了。'他断断续续地说着，'十八年前你母亲去世了。当她自己心里明白，她不得不离开的时候，她伤心地哭了起来，那哭声再没停止

---

① 在1700年至1721年的北方战争中，瑞典国王的部队曾经占领过作者的故乡。

过，直到她长眠睡去。那哭声就是你母亲留给我的最后的声音。'他停顿了一下，然后继续说下去，有点儿欲言又止，好像对他自己的声音有些害羞似的：'今天夜里，在十八年之后，当铲子触到箱子的时候，我又听到了那个哭声。那声音不仅钻进我的耳朵，像多少年来时常发生的那样，而且来自我身体的下方，从地下的那个洞穴传上来。人家都说挖宝的时候是不应该讲话的，但是我觉得，每一铁铲都像是挖在你死去母亲的心上。我尖叫了起来，灯就灭了，然后……我看到了你。'他阴郁地说，'所以，那一切又都消失了。'

"我扑过去跪在父亲面前，双手搂住他的脖子。'我不再是孩子了。'我说，让我们一起挺过难关吧，父亲，我知道，有灾难要来了。'

"他没有说话，而是把湿漉漉的额头放到我的肩上，这是第一次，他从他的孩子这里寻求帮助。就这样，不知坐了多久，我感到有滚烫的泪水打湿了我的面颊，那是老父亲昏花的眼中流出的泪水。我把他搂在怀里，'别哭，父亲。'我恳求道，'贫穷我们也能忍受。'

"他颤抖的手抚摸着我的头发，用低得几乎听不见的声音说：'贫穷还好，我的孩子，但是不能欠债啊。'

"这时候啊，我的小伙子，一个悲惨的时刻到了，可是直到今天，在我这个岁数，我依然认为那一刻是我一生中最欣慰的时刻，因为作为孩子，我第一次有能力用自己的爱去回报父亲，而且正是从那一刻起，我成为他在这个世界上最宝贵的，不久也将会是唯一的拥有。我坐在父亲身旁，泪水悄然滑落，他向我坦白了一切。我只知道他面临破产，但不知道那还不是最糟的。在一个不眠之夜，当他躺在枕头上徒劳辗转，想寻一条走出困境的出路时，那个几乎被遗忘了的传说闪入他的脑海，就是那个关于我家的井里埋藏着财宝的传说。从那以后，这个念头就一刻不停地缠住了他，无论在白天，他翻看那些账簿的时候，还是夜晚，当他终于心情沉重地坠入睡眠的时候。在梦中，他看见金子在深色的井水中燃烧；早晨起来，他又被邪念驱使着来到井边，着魔似的注视着深不可测的井底。到后来他把这件心事托付给了那个坏蛋。但那个家伙才不会马上帮他，而是先向他要了一笔数目不小的钱，说是要做必要的准备。我可怜的父亲到这会儿已经完全丧失了意志力，他给了他，很快就是第二笔，第三笔。那梦中的金子一直在吞食着现实中他手里的金币。可是，那些金币并不是他自己的啊，是他受哈勒之托，为他这个被监护人代为保管的。补偿回去是不可能的了。我们左思右想，没有一个亲戚可以帮我们，你的曾祖父也已经不在人世，最后，我们不得不承认，从外界是不能奢望援助了。

“蜡烛已经烧尽，我把头放到父亲的胸前，手放在他的手中，就这样在黑暗中久久地坐着。我们在那个夜晚的私密对话中还说了些什么，我已经记不清了。但是，在这个夜晚之前，当父亲在我面前还是那么完美无缺，几乎就是上帝的化身的时候，我从没有像此时此刻这样，对他怀有一种神圣的温柔之情，因为他向我坦白了一个行为，一个不只在世人眼中，而且在上帝面前也是有罪的行为。

“天空中的星星渐渐隐没，一只小鸟从接骨木树丛中唱出歌来，第一缕霞光照进幽暗的房间。我父亲站起身，走到堆满账簿的书桌前。墙上真人大小的画像中的祖父，头戴假发套，身穿皮色马甲，仿佛正用严厉的目光居高临下地注视着他的儿子。

“‘我要把它们再算一遍。’父亲说，‘如果结果还是一样的话，’他望着父亲的画像犹豫了一下，仿佛在请求他的原谅，接着说，‘然后我将进行艰难的下一步，因为我需要上帝和世人对我的仁慈宽恕。’

“在父亲的要求下我离开了书房，整幢房子里不久就热闹起来，新的一天开始了。我忙完了手头必须做的几件事，走进花园，穿过后门儿来到街上。哈勒每天早晨去手工作坊干活儿会经过这里，他到现在为止还在那个作坊里打工。

“没等多久，钟敲六下，我看见他走了过来。‘哈勒，等一下！’我说，然后招呼他和我一起走进花园。

“他用诧异的眼光看着我，因为我那些坏消息已经明明白白地写在了脸上。我把他拉到花园的一个角落里，站住，很长时间抓着他的手说不出话来。最终，我把一切都原原本本地告诉了他，然后对他说：‘我父亲会去找你，你可别对他太严厉了。’

“哈勒的脸像死人一样惨白，他眼中的表情，或者说绝望，吓坏了我。

“‘哈勒，哈勒，你会怎么对待那位老人？’我喊道。

“他把手压在胸口。‘没什么，阿格娜丝。’他带着忧伤的微笑望着我，说道，‘但是我现在必须离开此地了。’

“我吓了一跳。‘为……为什么？’我结结巴巴地问。

“‘我不能再见你父亲了。’

“‘可你会原谅他的，哈勒！’

“‘是的，我会的，阿格娜丝。我欠他的远比那个要多，可是——总之他不需要在我面前低下他花白的头。还有就是，’他好像是顺便说一句，‘我想，还是先不去做师傅了吧。’

“我再也说不出话来，只是看着我昨天已经到手的幸福，又消失在模糊不清的远方。但是什么都无法再改变，现在最好的办法就是让哈勒离开这里。我只是又说了一句：‘你什么时候动身，哈勒？’我自己都不知道我在说什么。

“‘你只要费心，别让你的父亲今晚来找我。’他回答，‘到明天一早我就会把这里的事情处理好。别为我担心，我会很容易找到一个落脚的地方。’

“说完这些，我们就分了手，两个人都心事重重，再也说不下去了。”

讲故事的老妇停顿了片刻。然后她说：

“第二天早晨我又见了他一次，从那儿以后就再也没见过，整个长长的一生中再也没有。”

她把头垂在胸前，两手在怀中无声地绞在一起，以此来平复心中的伤痛。当初，这伤痛折磨过年轻金发少女的心，如今，它又让老妇人衰老的身躯颤抖不止。

但她没有在沮丧的情绪中逗留多久，就打起了十二分的精神，从椅子上站了起来走到窗前。“我没什么可抱怨的！”她一边说一边用手指指向写有她父亲名字的那块玻璃。“这个人经受了比我更多的痛苦。让我继续给你讲下去……

“哈勒走了。走之前他给我父亲写了一封情真意切的告别信，从那儿起他们再也没见过面。很快，针对我们的最后的司法程序启动了，紧跟着就要宣布破产。

“在那个时候，我们这个城市有个规定，凡是需要公之于众的事项，不是像如今这样由神父在教堂里宣布，而是由市府的秘书通过市政大厅的窗户向外宣读。在公告宣布之前，钟楼的钟要连敲半个小时，以便告知市民前来聚集。因为我们的房子正好位于市政厅的对面，所以我曾经很多次看到过这种宣读公告的场景。我看到，伴随着钟楼的钟声，孩子们和那些下等人是怎样聚集到市政大厅的窗户下，或者站到市政厅地下室酒馆上面的台阶上。宣布破产判决的程序也是如此。渐渐地，人们给这个程序赋予了恶毒的意义，于是那句‘钟声为他敲响’的话，就成了骂人的话。这种说法我同样曾经听到过很多次，但都没太当回事儿。而现在，一想到这个过程我就会浑身发抖，它将给本已深受打击的父亲带来怎样的感受啊。

“父亲悄悄告诉我，他已经托一位熟识的市议员到市长那里去疏通，而那个议员，一位好心的牛皮大王，向他保证，这一回的宣布仪式不会敲钟。而我自己却从可靠的消息处得知，这个保证是靠不住的。但我还是让父亲继续相信下去，同时极力劝说他，到了那一天，去乡下亲戚家做一次短暂的旅行。但是，他带着痛苦的微笑告诉我，在彻底沉没之前他绝不离开正在下沉的船。忧惧之中，我突然想起，在我家深深的拱顶地窖里隔出了几间贮藏室，在最里面的一间贮藏室中，我们从没听到过敲钟的声音。就此我设计出了我的计划。我成功地说服了父亲，和我一起到地库中列一份库存清单，这样一来，当法院的人来点收财产时，就可以让那个难堪的过程缩短一些。

“当那个大凶的时刻到来时，我和父亲已经在地下工作了很长时间。父亲负责整理清点那些存货，而我就着灯光，在一张纸上记下他报出的名称和数据。有好几次，我仿佛听到了远处的钟声，于是赶紧大声说点什么，甚至故意把木桶和箱子推来拉去，用以掩饰外面传来的声音。一切看上去还算顺利，父亲完全沉浸在工作中。就在这时，我突然心惊地听到地窖的门被拽开了，老女仆玛格丽特，忘了是因为什么事，在喊我的名字。与她的喊声同时，响亮的钟鸣声清晰地传进了我们的耳朵。我父亲侧耳倾听，手中抬着的箱子掉到了地上。‘耻辱的钟声！’他哀叹一声，便有气无力地靠在了墙上，‘我到底没有躲过啊。’可是转眼间，他挺直身子，在我还没来得及吐出一个字的情况下，快速离开了房间，接着我听到他沿着地窖的台阶爬上楼去。我也赶紧追回到楼上，在书房找了一圈没找到，最后还是在起居室找到了他，他双手合十交叉，站在敞开的窗户前。片刻间，钟声停止了，在早晨明亮阳光的照射下，市政厅大楼上的三扇窗户被推开了，我看到工作人员把红色的靠垫放到椅子上，市政厅台阶旁的铁栅栏上已经爬满了一群半大不小的孩子。我父亲纹丝不动地站在那里，睁大眼睛望着这一切。我想用温柔的语言劝他离开，但是他不听我的。

“‘就让我待在这儿吧，我的孩子，’他说，‘这是关于我的，我必须听。’

“就这样，他留在了那里。老朽的市府秘书的头出现在中间的窗户里，头上戴着扑过白粉的假发套，另外两个议员坐在他两侧，身子靠在红色椅垫上。市府秘书双手擎着一页纸，用尖锐的嗓音宣读着破产公告。在春日早晨清朗的空气中，公告中的每一个字都清清楚楚地传入我们的耳朵。当父亲听到他完整的名字和姓氏响彻在市场上空时，我看到他身子一抖，但他还是硬撑着站住了，一直坚持到一切结束。随后，他从兜里掏出从他父亲那里继承的金表，放到桌子上。'它也属于破产抵押，'他说，'锁到钱匣里去吧，明天一起查封起来。'

"第二天，那些人来办查封手续，可是父亲已经不能下床了，头天夜里他中了风。几个月后，我们的房子也被卖掉了。我们从医院借来轮椅车，把父亲推到城边我新租的房子里。作为一个瘫痪的，垮掉的人，他在那里又继续生活了九年。在他身体状况允许的时候，他会为别人做一点写写算算的事情，但绝大部分收入必须要靠我的双手来赚取。不过后来，他相信上帝的仁慈，怀着坚定的希望平静地死在我的怀里。他死后，我来到了你祖父家，遇到了好心的人们。"

我的老女友沉默了。我却想着哈勒。

"那么，"我说，"后来那么长的时间里，你再没得到过你那位年轻朋友的消息吗？"

"从来没有，我的孩子。"她回答。

"你知道吗，汉森，"我说，"我不喜欢哈勒，他不是个守信用的男子汉！"

她把手放到我的胳膊上。"你可不能这么说，孩子，我了解他。除了死亡之外，还有别的东西会让人身不由己。但是我们现在应该回房间去了，你的帽子还在那儿，而且很快就要到中午了。"

于是我们重又锁上空荡荡的庆祝大厅，沿着原路走了回去。这一次，"幽灵望远镜"的门没有打开，我们只听到那扇门后面，门廊的沙土地上，他拖拖拉拉的脚步声。

我们重新回到汉森的房间，上午的最后一缕阳光照进窗户来。汉森拉开一个小厨柜上的一个抽屉，从里面取出一个桃花心木的小匣子，小匣子表面打磨得非常光亮，只是样式是老款。那也许是早年间小木匠送给汉森的生日礼物。

"这个你也有必要看一看，"汉森说着打开了小匣子。里面都是些有价证券，持有者的姓名统统是哈勒·延森，"在本城故去的，木匠师傅哈勒·克里斯蒂安·延森的儿子。"但是票据上的日期却都是十年之内的。

"你从哪儿弄来的这些证券？"我问。

她笑了笑。"我又不是没报酬白干活儿的。"

"可是它们都没归在你的名下！"

"这是我父亲欠下的债，我得替他还上。还有，像在这里死去的所有老人一样，我的遗产都要归养老院所有，所以我就毫不犹豫地把这些钱写在了哈勒·延森名下了。"

过了会儿，她把小匣子合上，在手里掂了掂。"财富又积攒起来了，"她说，"可是幸福，我的孩子，当初装在里面的幸福，却再也回不来了。"

正说着，窗外飞过一队大声欢叫着的燕子，很快，其中两只扑扑地飞到窗前，然后站在打开的窗户的窗框上，叽叽喳喳地叫个没完。它们是我在这个春天里看到的第一批燕子。

"你听到这些来祝贺的小家伙了吗，汉森？"我喊道，"就是为了你的生日它们才赶回家来的！"

汉森只是点了点头。她越来越美丽的蓝眼睛忧伤地望着这些唱歌的小朋友，之后她把手搭在我的胳膊上，慈祥地说："走吧，我的孩子，我感谢大家，他们还能想到我。现在，我想一个人待一会儿了。"

许多年以后，我有一次结束了中部德国的旅行，踏上了回乡的道路。那时候已经进入了蒸汽机车时代。在一个大火车站，一位花白头发的老人走上车来，进了我的车厢小间，在此之前我都是一个人坐在这里。我帮他把小旅行箱塞到他的座椅下面，他在我对面坐下，友好地打趣说："我们还从来没有坐在过一起呢。"当他说这话的时候，嘴角周围和棕色的眼睛流露出善意，我甚至想说，那善意让人不由自主地想和他倾心交谈。他外表整洁，不仅棕色的呢子外套和白色的围巾十分醒目，而且整个人都体现出一种绅士的优雅，一切都让我如沐春风。没过多久，我们就开始进一步谈起了彼此的家事。我从谈话中得知，他是一名钢琴制造商，住在施瓦本地区的一个中等城市。我突然想起来，我的旅伴讲的是南方方言，而我看到他的箱子上的名字是"延森"，一个据我所知只有在北德才有的姓氏。

我向他说出了我的疑问，他笑了笑。"我已经差不多是个施瓦本人啦，"他说，"因为我在那个好地方已经住了四十多年，这期间从没离开过。但我的故乡是在北方，我的姓也是从那儿来的。"接着，他说出了他的出生地，正是我故乡小城的名字。

"这么说来，我们绝对是老乡啦，"我叫道，"我也是在那里出生的，眼下正在回乡的路上。"

老人抓住我的双手，十分亲切地看着我。"这都是亲爱的上帝的安排，"他说，"如果您方便的话，我们就一道儿走吧。我的目的地也是我们的家乡，我盼望着在那里的一次重逢，如果上帝允许的话。"

我愉快地接受了他的建议。

我们抵达了当时的火车终点站，前面还有五英里的路要赶，很快我们就一同坐在了一辆弹簧马车舒适的坐垫上，天气秋高气爽，我们让马车的顶棚敞开着。周围的景色渐渐熟悉起来，森林消失了，路两边生机勃勃的长满草木的树篱，甚至可以叫它树墙，也不见了，出现在眼前的是宽阔的没长树木的平原。我的旅伴静静地看着车外。"这样的无边无际，我已经不太习惯了，"他突然说了一句，"这里对我来说，就好像从任何一个方向看出去都能望到永恒。"之后他又沉默了，我没有去打扰他。

当我们大概走过了一半的路程，从一个村庄穿出来，重新进入旷野的时候，我注意到，我的旅伴向前探着头，看上去非常急切地向外张望。然后他手搭凉棚，明显地变得不安起来。“我能看得很远的，”他终于开口说，“但我费了半天力气，怎么从这儿看不到我们的钟楼啊，在我年轻的时候，每当游历归来，总是它首先从这里开始迎接我的。”

“您一定是搞错了，”我回答，“那么矮的钟楼从这么远的距离是看不到的。”

“矮！”老人喊到，甚至带了点儿怒气，“几个世纪以来，它甚至能给许多英里以外，海面上的那些船只当路标呢！”

我这才想了起来。“说到底，”我犹豫地说，“您想的是那个老教堂的钟楼吧，它四十年前就被拆掉了。”

老人瞪大眼睛看着我，好像我在说天书。“教堂被拆掉——四十年前！天啊，我离家多长时间了啊！我从没听人说起过啊！”

他双手合十，仿佛失去了勇气似地，坐在那里垂头丧气。过了许久他才说：“在那个美丽的钟楼上，那个如今只存在于我记忆中的钟楼上，算起来将近五十年前，我曾经许下‘一定回来’的诺言，正是为了完成这个夙愿，我才有了这次旅行。如果您愿意，我想给您讲讲我生命中的这一段儿，或许，您对我所怀的希望，能给些具体的建议。”

我向他表示我愿意聆听。就这样，当我们的马车夫在中午温暖的阳光下，在他的座位上打着瞌睡，马车慢慢碾过沙质的地面，他开始了他的讲述：

“我年轻的时候本想继续我的求学之路，但是因为早年父母双亡，家产不足以支撑我的深造，所以我就留在了当年我父亲的手工作坊里，也就是说，成了一名木匠。当我作为学徒四处游历的时候，我已经有了些兴趣，想要迁居到家乡以外的地方去。因为我那会儿不是特别缺钱，卖掉了我父亲的房子之后，我拥有了一笔还算丰厚的遗产，已经足够开始我自己的事业。但我还是回到了家乡，只为了满足一个年轻金发女孩儿的心愿。我没看到过比她更蓝的眼睛。她的一位女友曾经开玩笑地说：‘阿格娜丝，我把你眼中的紫罗兰摘出来吧！’这句话我永远也忘不了。”

老人沉吟了一下，憧憬地凝望前方，仿佛又一次看到了他年轻时代见过的那双紫罗兰般的眼睛。接下来，我几乎不由自主地，念出了那个我在圣·于尔根养老院的老朋友的名字，老人却又开始讲下去：

“她是一个商人的女儿，她父亲也是我的监护人。我们两家是邻居，我和她自幼一同长大。她早年间失去母亲，单独由父亲抚养，父亲对她的管教特别严，生活很是寂寞。所以后来慢慢地，她对我这个她唯一的童年玩伴儿越来越依赖。当我游历归来，我们两个相处得非常融洽，几乎可以算是订婚了，并且已经商议好，我就在故乡创立自己的一份事业。但是一件出乎意料的事情使我失去了全部财产。于是我不得不离开故乡重新上路。走之前的最后一天，阿格娜丝向我许诺，晚上的时候会到花园后面的小路上来，与我做最后的道别。但是当我按着钟楼的钟声准时到达那里的时候，她却没有在。我站在接骨木树篱边，一棵椴树伸出来的枝杈下，侧耳聆听着，徒劳地等待着。我当时不能踏进她父亲的房子，不是因为我和他父亲之间存在的纠葛，相反，我相信他父亲会不加犹豫地把女儿的手交到我的手上，因为他很器重我，而且他不是个傲慢的人。我不能进门是另有原因，一个我想从记忆中抹去的原因，现在就不提它了吧。我至今清楚地记得，那是四月里一个黑暗的，刮着大风的夜晚，有好多次，我都被屋顶上的风向标的声音所迷惑，以为听到了那个熟悉的、院门被打开的声音，但是接着并没有脚步声从花园那边走下来。我还是那样靠在树篱上，眼望着黑云快速地飘过天空。最后，只得心情沉重地离开。

“第二天早晨，仍旧是钟楼的钟敲响五下，在经历了一个不眠夜之后，我从所住的小屋走下楼来与房东告别。狭窄、不平的石板路上还很昏暗，到处是冬天里堆积的脏东西。整个城市看上去还在熟睡，我没有遇到一个我认识的人，就那么孤独地、悲伤地走着。就在我正想拐往教堂的时候，一道强烈的阳光破云而出，市府药房的老房子那带有狮子标徽的下半部分还隐藏在阴霾中，而上半部分梯形山墙的尖顶已经沐浴在春天的阳光中。就在我抬头观望的同时，头顶的空中传来一声悠长的号角，然后一声接着一声，好像在向远方的世界发出呼唤。

“我沿着倾斜的街道向上，走到教堂公墓，抬头瞭望钟楼，看到敲钟人站在瞭望台的走廊里，手里还拿着长长的号角。我至今还能清楚地记得，当时第一批燕子正在到来，老雅各布吹响号角向它们表示欢迎，号角声响彻整个城市上空，预告春天的来临。为此他还会在市政厅酒馆里免费喝一杯葡萄酒，还会从市长那里得到一枚崭新的银元作为奖赏。我认识这个敲钟人，以前也经常到这里来。还是个小男孩的时候，我是到这里来欣赏我的信鸽飞翔，再后来是和阿格娜丝一起，因为老雅各布有个小孙女儿，阿格娜丝做了她的教母，并且从各个方面照顾她。有一次圣诞夜，我甚至帮他们把一棵完整的小圣诞树拖上了高高的钟楼。

“这会儿，熟悉的橡木门敞开着，我不由自主地走了进去。四周突然被黑暗包围，我慢慢地往楼梯上爬，走完楼梯，接着是像手扶梯子那样窄窄的简易梯。我耳边只能听到大钟走动时发出的‘嘎啦嘎啦’的声音，这声音在寂静中显示着大钟的存在。我还清楚地记得，那个该死的大钟让我恐惧，从它旁边经过的时候，我甚至想伸出手去抓住它的铁齿轮，好让它停下来。这时，我听到老雅各布走下楼来，他好像正和一个孩子说着话，提醒孩子要小心走好。我抬头朝着上方的黑暗，冲他喊了声‘早上好’，并且问他是否带着小梅塔。

“‘是哈勒吗?’老头儿回应道，‘当然带着她呢，她也必须一起去见市长。’

“终于，他们祖孙两个冲着我走了下来，为了给他们让路，我退进侧面墙的凹陷里，那里还设有方便让声音传出去的小窗。当雅各布看到我一身旅行的装束，吃惊地喊道：‘怎么回事，哈勒？你带着拐棍儿和雨帽儿爬到我的钟楼上来做什么？你难道又要离开我们去出远门儿吗?’

“‘正是如此，雅各布。’我回答，‘但愿不会太久。’

“‘我可完全没想到你会这样！’老人嘟囔道。‘好吧，既然是非走不可，燕子也已经回来了，正是出门旅行的最好时候。那就谢谢你，为向我们告别还又跑过来一趟！’

“‘那么，再见吧，雅各布！’我说，‘有一天，当你们从钟楼往下看，看到我又一次在明媚的阳光下走进门来的时候，请为我吹起迎接的号角吧，就像你们今天为燕子所做的那样！’

“老人和我握了握手，抱起他的小孙女。‘就这么说定了，哈勒师傅！’他微笑着大声说，他在开玩笑的时候总这么叫我。我于是准备和他们一起下楼，可他却继续说：‘如果你想从阿格娜丝那里听到一句一路平安的话，她已经在上面待了很久了，她还是那么爱她的小燕子。’

“我从来没有那么快地爬上过最后那些陡得要人命的楼梯，随着心的剧烈跳动，我几乎喘不过气来。我来到上面的平台，一下子步入耀眼的天光中，不由得站住了，我的目光越过铁栏杆望出去，看到下面深深的地方，是我沐浴在第一抹春光中的故乡。连绵的屋顶之间随处可见高高的樱桃树，树上盛开的花朵早早地就被温暖的春风吹开了。那边是市政厅小钟楼对面的尖顶山墙，它下面的房子正是我监护人的家。我看到了那个花园和花园后面的小路，我的心被浓浓的乡愁淹没，禁不住长叹一声。突然我感到自己的手被抓住了，抬头一看，阿格娜丝站在我身边。

"'哈勒，'她说，'你到底还是来了！'说着一丝幸福的微笑掠过她的脸庞。

"'我没想到会在这里碰到你，'我回答，'我现在必须走了，你为什么昨天晚上让我白等那么久？'

"她脸上的幸福全都消失了。'我没法儿去啊，哈勒。我父亲的状态使我不能离开。后来我还是跑到花园去了，可是你已经走了，再没回来，所以我今天一大早就爬到塔上来，我想，我或许可以看到你走出城门去。'

"我眼前的未来变得错综复杂，但是我是有个计划的。我曾经在一家钢琴厂工作过，现在打算再去找一份这样的工作，然后用挣来的钱或许能自己开一家钢琴作坊，因为这种乐器在当时已经非常盛行了。我把这一切都告诉了姑娘，还告诉了她我下一步打算去哪里。

"她靠在栏杆上，心不在焉地望着空旷的天穹。这时，她转过头来。'哈勒，'她小声说，'别离开我，哈勒！'

"我没有回答，默默地望着她，她又大声说：'不，别听我的，我只是个孩子，我都不知道自己在说些什么。'几缕金发被晨风吹散，轻轻抚过她的脸庞，她现在重新平静地看着我。

"'我们必须等待，阿格娜丝，'我说，'我们的幸福还停留在远方，我想把它重新找回家来。我不会写信的，时机成熟的时候，我会亲自回来。'

"她睁大眼睛盯了我好一会儿，然后握住我的手。'我等着你。'她用坚定的声音说道，'上帝与你同行，哈勒！'

"但我还是舍不得走。这个托负着我俩身体的钟楼，是如此寂寥地伫立在蓝色的天穹下，只有钢蓝色翅膀上闪动着耀眼阳光的小燕子，在我们周围上下翻飞，仿佛浮动在光与空气组成的海洋上。

我一直握着她的手，就好像，我不用再离开这里，我们两个，她和我，已经升到高处，凌驾于人世间的一切痛苦之上……

“可是时间不等人，我们脚下传来催人的钟声，又是一刻钟过去了。当大钟的声波还在围着钟楼环绕，一只小燕子飞了过来，它的翅膀几乎擦到了我们，之后它无所畏惧地停在我们伸手可及的栏杆沿儿上，我们紧张地注视着它小小发光的眼睛，突然，它展开歌喉，向着空中唱起了春天的赞歌。阿格娜丝一下子扑到我的怀里。

“‘别忘了回来啊！’她喊道。那鸟儿展开双翅飞向远方……

“我不知道自己是如何走下钟楼的。我来到城门外的大路上，停下脚步，回过身去。我仍然能清楚地看到披着万道霞光的钟楼上她可爱的身影，她远远地把身子探出护栏的边缘，以至于我吓得禁不住惊声尖叫。但是，那个身影却一直一动未动。

“最终，我转过身迈开脚步，沿着大道快速走去，再也没有回头。”

老人沉默了片刻。接着说道：“她到头来没有等到我，我再也没有回过故乡。我想向您讲讲，这一切是怎么发生的。

“我在维也纳找到了第一份工作，是在当时最好的一家钢琴厂里。一年半以后，我来到了符腾堡，也就是我现在住的地方。我厂里的一个工友的哥哥求他帮忙找一个可靠的人做帮工。那是一对还很年轻的夫妇，我于是来到了他们的家。钢琴作坊很小，但主人是个和气又能干的人，很快我就学到了比在大工厂里多得多的手艺，在大地方他们总让我干些细枝末节的杂活儿。因为我肯出力，再加上在维也纳积攒的经验，我很快就获得了这些好人的信任。尤其让他们高兴的是，我在工作之余给他们的长子上德语课，因为他们喜欢我那时的北德口音，并且希望他们的孩子有朝一日也可以说一口纯正的德语。不久，小儿子也加入了进来，于是课程就不能仅限于枯燥的语法了，我想办法找来一些书，把各类有趣的和知识性的内容加到课程里去。这样一来，孩子们也对我充满了依恋。一年合同期满，我第一次独立制作了一架音色非常美妙的钢琴，整个家庭都为之欢欣鼓舞，就好像他们中最亲近的一员完成了一件伟大的作品。而我，却一心只想着该回故乡了。

“就在这时，年轻的师傅患了病。一次普通的感冒最终发展成了肺炎，而病根儿很可能早已潜伏在他身体里了。生意上的事自然而然地几乎全部由我来代管。我这会儿不能再离开了。我与这个家庭结下的友谊越深，也就越为他们的处境担心。‘和睦’与‘勤劳’是生活在这个屋檐下的两个安居客。但是还有一个坏东西，第三个房客，让这些好心人赶也赶不走。在每个阳光照射不到的角落，生病的主人都能看到它蹲在那里。这个坏东西就是忧愁本身。‘快拿笤帚把它扫出去，’我经常对我的朋友这样说，‘我来帮你，马丁！’他总是会握住我的手，一丝凄苦的笑意瞬间出现在苍白的脸上，但是，他很快又看到每件东西上结满了黑色的蜘蛛网。

“可惜这并不只是他的凭空瞎想。他开业时的资金本就不多，最初几年雇的工人又都很差劲，造成了一些损失，这些还不说，成品钢琴的销售也不是一天两天能搞上去的，现在又来了个没有指望的病。我不仅要为整个家的生计操心，还得去安慰那几个健康的人。不久，师傅就不能下床了，两个男孩和我一起坐在他们爸爸的床前，拉着我的手不肯松开。每到这时，随着肉体上力气的逐渐消失，师傅灵魂上的不安却在不断加强。他躺在枕头上冥思苦想，为未来做着谋划。有几次，他感到了死亡迫近的恐惧，会突然坐起身大喊：‘我不能死，我不想死啊！’然后又会双手合十轻声说道：‘我的上帝，我的上帝，我愿意的，只要你愿意！’

“解脱的时刻终于来了。我们所有人都聚在他的床前，他向我表示感谢，向每个人告别。然而后来，他仿佛看到有什么可怕的东西在眼前，使他必须去保护家人，于是他把妻子和孩子紧紧地拽到身边，用绝望的眼睛看着他们，大声哀号起来。我劝他说：‘把你的忧愁抛给上帝吧，马丁！'他却绝望地喊道：'哈勒，哈勒，那已经不再是忧愁了，那是贫穷啊！它很快会爬过我的尸体，我妻子，噢，我亲爱的孩子，都逃不脱它的魔掌！'

"在一个垂死病人的床前，情形是比较特殊的。我不知道你是否能了解，我年轻的朋友。但是在那一刻我向我的师傅许下诺言，从此以后照管起他的妻小，直到那个在他临死前困扰他的幽灵，不再能伤害到他们。我的诺言一出口，死神就再也等不及似的悄悄溜进门来。马丁伸出他的双手，我以为他是向我伸过来的，但是那看不见的上帝的使者却接住了它们，因为在我还没来得及碰到它们的时候，我的师傅就已经一命归天了。"

我的旅伴摘下帽子，放在怀里。正午时分微微的风吹拂着他的白发。他沉默地坐着，好像是在悼念他许久以前去世的那位朋友。而我则想起了我的老汉森对我说的那句话："除了死亡之外，还有别的东西会让人身不由己。"可是到底还是死亡，把活着的人分开了。很显然，我已经知道了坐在我身边的这个人究竟是谁，对此我不再有疑问。又过了一会儿，老人慢慢戴上帽子，继续讲他的故事。

"我遵守了我的诺言，"他说，"但我必须承认，我违背了另一个，因为到这个时候我已经无法离开了。事实很快证明，情况比我想象的更加糟糕。师傅去世的几个月后，他们的第三个孩子，一个女婴降生了，在这种局面下真是雪上加霜。我已尽我所能，但一年年过去，情况还是没有好转。我不仅竭尽全力，而且把我以前的积蓄也都搭了进去，但是在抗击贫困幽灵的战役中还是没能取胜。我清楚地看到，如果换成任何一个稍微比我少一点忠诚和细心的人，那么我所保护的这一家人就会被彻底毁掉。

"当然，我在工作的时候常常会想家，阵阵乡愁咬啮我的心，折磨消耗着我的身体。不止一次，凿子停留在手上，我却毫无察觉，直到好心的主妇叫我，我才吓了一哆嗦，清醒过来。因为我的思绪早已飘回了故乡，另一个女子的声音在耳边回荡。在梦中，我又看到了故乡的钟楼。起先是在明媚的阳光下，四周围绕着成群的燕子。后来，再做梦时，我却又看到钟楼的样子变得凶险起来，它黑黢黢地耸立在空荡荡的苍穹下，秋季的狂风暴雨摧打着它，我听到大钟在一声声地敲响。但是，无论开始还是结束，阿格娜丝永远站在高高的瞭望台上，身子靠在栏杆上。她还是穿着那条蓝色的裙子，当初她就是穿着它和我道别的，只是裙子已经变得破烂不堪，轻薄的裙裾飘荡在空中。'燕子什么时候再归来呢?'我听到一个声音在呼喊。我听出是她的声音，在暴风雨中，那声音显得格外凄凉。——每当我从这样的梦中惊醒，在朦胧的晨光中，总是会听到有几只小燕子正在我窗前的屋檐上呢喃。最初的几年，我总是撑起脑袋聆听，直到整个心被那充满渴望和乡愁的歌声填满。但是到后来，我却不能再忍受。不止一次，当它们啁啾不停的时候，我就拉开窗户，把那些可爱的鸟儿赶跑。

"就是在这样的一个早晨，我突然宣布我要离开，现在是时候该为我自己的生活考虑了。但是那两个男孩立刻伤心地大哭起来，他们的妈妈一言不发地把手中抱着的小女儿推到我的怀里，小姑娘立刻用双手紧紧搂住了我的脖子。我的心系挂着孩子，亲爱的先生，我不能离开孩子啊。于是我想：'再留一年吧。'就这样，我与我的年轻时代之间的鸿沟越来越深，最后，一切都被甩到了身后，变得遥不可及，就像那些不堪回首的旧梦。当我四十开外的时候，在已经长大成人的孩子们的撮合下我与他们的母亲结了婚，我成为这个女人唯一的支柱实在是太久了。

"这时候，在我身上发生了一件奇怪的事情。我一直以来对那位妇人怀有好感，她的言行也确实无可挑剔。但是现在，当她真正成为我的伴侣，我却开始讨厌起她来，一种几乎可以称为仇恨的情绪开始滋长，我常常要花大力气才能掩饰住它。人啊就是这样，我把一切都怪罪到她的头上，包括那些由于我自己性格懦弱所造成的后果。这时，是上帝给了我一次考验，从而挽救了我。

“那是盛夏时节的一个星期天。我们到一位亲戚居住的邻村去郊游。两个儿子带着小妹妹走到前面去了，远远地把我们两个老的甩在后面，他们的欢声笑语已经完全消失在森林里，我们正是沿着穿过森林的小路在前行。这时，我太太提了个建议，她想带我走一条采石场边上的山路，这样没准儿可以插到孩子们的前边去。

“‘我做新娘的时候和马丁来过这里，’当我们拐入一片冷杉林的时候，她说，‘就在前边不远的地方，我们曾经采到过深蓝色的花朵，我想知道，那些花儿这会儿还在不在。’

“不一会儿，我们身旁的森林消失了，小路紧挨着陡峭的悬崖向前延伸，路的另一侧长着茂密的黑莓枝蔓和其他的灌木丛。我太太精神抖擞地走在前面。我在后面慢慢跟着，不由得又陷入了往日的梦境。故乡就像是我的失乐园，始终停留在脑海中，我殚精竭虑却又徒劳无功地寻找通往那里的路。仿佛隔着一层纱幕，我看到断崖边上铺满了一大片蓝色的花，我太太正一次次地弯下腰去采集它们。这一切与我有什么关系呢！突然，我听到一声尖叫，我抬头看到她的双手在空中乱抓，接着又看到她脚下的乱石已经松动，有的已经滚落到峡谷中去，而在她下方十步远的地方就是万丈深渊。

“我瘫痪了似的站在那儿，有个声音在耳畔响起：‘别动，让她掉下去，你就自由了！’——然而，是上帝帮助了我。一闪念的工夫，我就来到了她的身边，我向悬崖边缘探出身去，抓住她的一只手，幸运地把她拉了上来。

“‘哈勒，我的好哈勒，’她边哭边喊，‘你又一次用你的手把我救出了深渊！’

“她的话像温暖的甘露滋润了我的心。这么多年来，关于我的过去我从没吐露过一个字，开始的时候是因为年轻，羞于表达出那些神圣的感情，后来又是出于掩盖内心矛盾的需要。这一刻，突然之间好像有什么东西逼迫我，毫无保留地把一切说出来。就这样，坐在悬崖边上，在刚刚不久前还希望她掉下悬崖去的太太面前，我把我的心和盘托出。即使是那件事我也没有隐瞒。她泪如泉涌，她为我哭泣，也为她自己哭泣，更是为阿格娜丝痛哭不止。‘哈勒，哈勒，’她叫道，但是她把头贴在了我的心口上，‘我以前不知道这些啊，可是现在太晚了，没有人能帮我们摆脱罪孽！’

“现在该轮到我去安慰她了。许多个小时之后，我们才在村子里与等了我们很久的孩子们会合。但是从那个时候起，我的太太以她温柔正直的心成为我最好的朋友，我和她之间也再没有秘密。——岁月如梭。渐渐地，她好像已经忘记，我带给她和孩子们的幸福，是以牺牲另一个陌生人的幸福为代价的，而我的内心也越来越平静。只有在春天里，燕子归来的时候，或者那之后的日子里，当黄昏来临，其他的倦鸟已归巢，只有燕子还在落日的余晖中纵情歌唱，我往昔的痛苦才会卷土重来，我总是听到一个可爱的年轻的声音在耳边说：‘别忘了回来啊！’

“今年的一天傍晚，我坐在房前的长椅上，望着夕阳落到葡萄山的另一边。我最小的儿子的小女儿爬到我的怀里，她玩儿累了，想在爷爷的臂弯里舒服地躺一会儿。不一会儿，她就闭上了她的小眼睛，晚霞已经消失在天边，但是，在对面邻居家的房檐上还有一只燕子停在黑暗中，呢喃地诉说着往日时光。

“我的太太从房里走了出来。她在我身边默默地站了一会儿，我并没有抬眼看她，她于是温柔地问我：‘老伴儿啊，你怎么了？’我没有回答，只有鸟儿的歌声在暮色中回荡：

“‘又是因为燕子吧？’

“‘你是知道的，老妈妈，’我说，‘你总是能体谅我。’

“其实，我并不完全了解她，她为我做得更多。她把两手放在我的肩头。‘你怎么想呢?’她大声说,同时用年华老去但善良依旧的眼睛看着我,‘我们现在负担得起了,你必须要与阿格娜丝见上一面,否则,你在坟墓里,躺在我旁边都不会安心!’

“我几乎被这个建议吓到了,想要提出异议,但是她说:‘听上帝的安排吧!’

“我于是真的照办了,就这样我来到了这里,又一次回到了故乡,但是当我穿过城门的时候,老雅各布是不会为我吹响号角了。”

我的旅伴沉默了,我却再也不能保持平静,因为我的内心已被深深触动。

“我认识您,我非常了解您,哈勒·延森,我也认识阿格娜丝,她曾经在我祖母家生活了很多年,她本人对我来说就像祖母一样亲近。从她本人口中,我了解了一切,还有那些您没说到的部分。”

老人双手紧握。“伟大的,仁慈的主啊!”他说,“这么说她还活着,可以宽恕我了!”

那一刻我没有意识到,我唤起了一个只有在阴间才能满足的希望。我只是回答:“她了解她年轻时代的朋友,她从来没有怨恨过他。”

接下来开始由我来讲述。老人屏住呼吸全神贯注地听着,贪婪地捕捉着我嘴里吐出的每一个字。

这时,车夫甩了个响鞭。故乡那个矮矮的平顶的钟楼从地平线上显露出来。我伸手指给他看,老人却抓住了我的手。

“我年轻的朋友,”他说,“我为就要到来的时刻激动得发抖了。”

不久,我们的马车驶过城里的石板路。正是个秋高气爽的好天气,街上行人很多。因为我远行归来,又是这里土生土长的城里孩子,所以一路上不断有行人和我打着热情的招呼。至于我身边坐着的年迈老人,他们最多向他投去惊讶或者还带有好奇的一瞥。最终,我们停在了客栈前边,我想今天就在这里向我的朋友告别,因为他希望独自前往圣·于尔根。

几分钟后，我回到了家，立刻被父母和姐妹们团团围住。

“你们大家都还好吗？”我上来就问。

“你看到的，我们大家都健健康康的，”母亲说道，“只是，有一个人你是见不到了。”

“汉森！”我叫了起来，除了她我还会想到谁呢。

我的母亲点点头。“但是什么事把你吓成这样，我的孩子？她的时辰到了，今天早晨她平静地在我的臂弯中闭上了眼睛。”

我用飞快的速度讲述了我把什么人带了回来，所有人都被深深震撼，呆立在原地，而我已经离开了家，连衣服都没有换。现在，我不能再让那个老人自己去了。我先来到客栈，得知他已经离开，于是我沿着大街一路向上，朝着圣·于尔根的方向走去。

到达之后，我看到“幽灵望远镜”正站在养老院房前的路中间，我忍不住想，就连死神都不屑于光顾这个人吧。他两只手背在身后，双腿悠哉地左晃右晃，宽宽的帽檐儿下，两只眼睛向上盯着一面山墙。当我顺着他的目光望去，只见在顶层的楼梯上，甚至挂在墙间的大钟上，一只挨一只密密麻麻地停满了燕子，几只单独的燕子在周围上下翻飞，时而冲上天空，时而又叽叽喳喳地高声叫着，俯冲了回来。有几只好像还带回了新的伙伴，新来者于是必须努力地、在墙沿上其他的燕子旁边找个位子。

这个景象牢牢地吸引了我。我看着它们如何为即将来临的远行做准备，对它们来说，故乡这会儿的阳光已经不够温暖。站在我身边的老家伙扯下头上的帽子冲着燕群挥来挥去。

“呼——哧！”他吆喝道，“快给我滚，你们这帮臭崽子！”

但是，山墙上的一幕还是持续了一段时间。突然，就像被大风刮起来一样，所有的燕子都腾空而起，几乎是笔直地冲上天去，转瞬间消失在蔚蓝的苍穹里。

“幽灵望远镜”还站在那里，嘴里小声嘀咕着什么。我穿过深色的大门走进养老院的院子。汉森房间的一扇窗子像往常一样敞开着，燕巢也还在老地方。我迈着犹豫的脚步走上楼去，打开了房间的门。我的老汉森安详、宁静地躺在床上，身上盖着的亚麻被单掀开了一半。床沿上坐着我的旅伴，他的目光越过汉森的遗体投向了空空的墙壁。我看到，他凝视的目光仿佛要穿越一条空洞而无边无际的鸿沟，因为在鸿沟的彼岸矗立着他可望而不可即的青春幻梦，如今，那幻梦被时间的狂流带走，消失在永恒的迷雾中。

好像并没有引起老人的注意，我坐到了敞开的窗子前面的靠椅上，从那里可以清楚地看到已经空了的燕巢，巢里面的软草和羽毛都还在，它们当初是被用来保护羽翼未丰的燕宝宝的。当我把目光重新移回到屋里，看到老人的头很近地伏在死者的头上，他看上去已然痴狂，久久端详着那张消瘦而苍老的脸，那张脸上的表情带有死亡特有的严厉。

“要是能再看一次这双眼睛该多好啊！”他喃喃地说。“可是上帝把它们闭上了。”

接着，好像是要证明躺着的就是他心中的那个人，他拿起一缕披散在死者头侧被单上的灰白而光亮的长发，放在手心里轻柔地抚摸。

“我们来得太晚了，哈勒·延森。”我痛苦地喊道。

他抬起眼睛，点了点头。“五十年啊，”他说，“一生就这样过去了。”之后，他慢慢地站了起来，拉过被单把它重新盖在死者安详的脸上。

一阵风吹进窗来。我仿佛听到从窗外遥远的天际，燕子们飞翔的地方，传来那首古老歌曲的最后几句：

当我归来的时候，当我归来的时候，

一切皆已成空。

平凡的姐姐

[希腊] 德米特里·比克拉斯 著　韦宇 译

第一章

派拉特斯先生是西拉岛文科学校的一位希腊语教授，他每天下午都要散步，此刻他刚散步回来。

过去，他常常沿着维泊利亚这条步行街散步，不过，自从通向岛另一端克罗沙的马路开始修建，他就改变了散步的方向，不再每天沿着西拉城里唯一的步行街来回走四次了。他对于正在修建的这条马路有着极大的兴趣，每周散步的距离也随着马路修建的进度加快而走得更远些。他那些学识渊博的同事都说等马路修好的时候，他就可以走到克罗沙；但是在1850年的时候，城里的保守党提出这项工程花费太大，又毫无意义，只会增加政府的负担，于是整个工程停滞了数月。

马路修到位于马纳的石谷就停止了，所以这里也是教授每天散步的终点。一眼看去，没有人会认为教授需要为自己的健康担忧，但事实上日益增长的体重已经让他很是焦虑不安，这也是他决定每天锻炼的原因。也许是因为他个头矮小，他看上去比实际要胖，但不可否认，他的脖子是非常艰难地挤出衣领，而他干净红润的脸颊，在两旁浓密胡子的映衬之下，也显得有些突出。教授已经年过四十，依然精力充沛。不过，每当有人和他一起散步，上坡路的时候，他总是想办法让对方多说话，而他自己则是在下坡路或是平路的时候再说话。

如果说这样锻炼，减肥效果不是很明显，但至少体重也没有再增长。他每个月都会去海关称体重，他在那里有个朋友，专门负责称重。他的私人医生建议他可以试试海水浴。大多数朋友包括一些医界人士和外行人士都反对这个提议，可教授一旦下定决心，就很难再动摇，而且他对自己很有信心；不少人规劝他或是戏谑他，说海水的滋养最终会使体重增加，他都不相信。他已经坚持了两个季节，如果不是发生了那场意外让他对海水产生了恐惧，他会将海水浴坚持到底。而那场意外却让他情愿体重加倍，也不愿再面对那样的危险，若不是里亚科斯法官英勇地把他救起来，他可能就这样被淹死了，当然这是后话。

事情是这样发生的。

教授的水性并不是很好，但他特别喜欢漂浮，他可以让自己漂在水面上。夏天的某一日，他正心不在焉地漂在温热的海水上昏昏欲睡，忽然感到身下海水涌动，好像有个巨大的物体冲开海水，向他袭来。他一下子想到了鲨鱼，赶紧转身想要逃离，但不知是因为急促，还是因为惊慌，还是因为身体太重了，他一下子失去了平衡，重重地沉了下去。所有事情都发生在一瞬间，但对于他来说，好像经过了几个世纪。想象力在那一刻被涌向大脑的血液刺激着，飞速迸发。事后教授提到，如果把当时他头脑中想到的每件事都记录下来，可以编成一部厚厚的书。童年的场景、年轻时的遭遇、得意门生的面孔、母亲去世及那天早上吃的早饭，所有的一切在他脑海中飞速闪过，交织成一片但并不混乱；配乐是他耳中反复回荡的瓦劳里蒂斯《钟声》里的那句诗：

“叮咚！钟声响起！”

前一天晚上，可怜的派拉特斯先生一直在读《钟声》这首诗。诗歌讲述的是一个叫卢卡迪亚的年轻水手，在返回家乡的途中，为了能尽快靠岸，跳入海中，但是在海里，他听到了丧钟的声音，那是为他心爱姑娘的葬礼而鸣的，最后这位可怜的水手也葬身海水猛兽之口。诗中对水手的不幸描写得淋漓尽致，这也深深地影响了教授，他后来把那场意外也归咎于这首诗。若不是那晚读了《钟声》，他也不会把他身下的海胆错当成鲨鱼。那些淘气的家伙在教授宽大的肩膀下钻来钻去已不是第一次，他也从来没怕过，但那天，诗歌中的情节，不断地回荡在脑海里，差点要了他的命。

幸好，里亚科斯先生当时也在附近海里。他发现教授离奇地不见了，只留下水面上一圈圈散去的波纹，他立刻意识到有些不对劲，赶紧游到事发地点，潜入水中，抓住溺水的教授，拽着他游向水面，最终把不省人事的教授带到岸边。由于营救及时，派拉特斯先生苏醒了，虽然费了很大周折，但他最终还是醒了过来；就在海边，他发了两个誓：一是再也不下水了，二是永远不会忘记他欠里亚科斯先生一条性命。

教授一直谨遵誓言，他的救命恩人却觉得有点夸张。虽然里亚科斯法官从没后悔救了教授的性命，但有时候也会感慨一下当时没多找几个帮手，这样就不用他一个人来承受这让人有些尴尬的赞语了。派拉特斯先生每到一处就大肆宣扬他救命恩人的种种优点，整座小岛都回荡着他的溢美之词。两人每天都会碰到几次面，每一次，教授都会激动地冲到法官面前，生怕错过任何一个表明决心的机会。“我的命是你救回来的，它是属于你的，”他还会说，“我已将生命献给你。”

法官也抗议过，极力声称他所做的也没什么大不了，任何人遇到那样的情况都会那么做。但他的抗议是徒劳的，派拉特斯教授并没有动摇，仍然坚持对他歌功颂德。虽然法官经常被弄得厌烦，但他还是被教授的真诚感动，逐渐接受教授成为他生活中的一部分；虽然两人各个方面的差距都很大，但他们还是成为了非常要好的朋友。

就这样，派拉特斯先生又回归到散步这项保健运动之中。这是二月迷人的一天，金色的阳光洒满杏树初生的嫩芽，碧蓝的海面波光粼粼，倒映着万里无云的天空，春天的脚步确实是近了。此刻已是黄昏，太阳就要下山，教授很小心，不敢在傍晚凉飕飕的空气中多做停留，因为一旦太阳落下山去，冬天就又回来了。当他正沿着海边走，快要到城郊造船厂的时候，他看到了敬爱的里亚科斯先生正从远处走来。教授圆圆的脸上浮起满意的笑容，他举起双手，其中一只手还握着拐杖，提高嗓音以便远处的朋友可以听到他朗诵《伊利亚特》中的句子：

(希腊语)“你们谁，是人类中最勇敢的那一位?”

教授喜欢在各个场合引用《荷马史诗》中的诗句，他也因为熟知《伊利亚特》和《奥德赛》而有名。虽然他谦逊地否认自己学识渊博，但这样反复引用反而更加证实了这一点。一些挑剔的人说他的引用有时候并不合时宜，岛上研究希腊文化的学者对此不置可否，也许是因为他们还不够格去做出评价。所以每当教授在谈话中，哪怕是在一些无关紧要的谈话中，突然大声吟诵起《荷马史诗》中的六步格时，大家都微笑以待。

当两人离得很近的时候，派拉特斯先生停了下来，热情洋溢地和他的恩人握手。

“亲爱的朋友，为什么不早点告诉我你今天也要来散步呢？我们俩也可以相互做个伴，现在都该回去了，你怎么这么迟才出发呢?”

“是的，我迟了，我以为得再走远点儿才能见到你，”里亚科斯先生说着，语气有些冷淡，“今天出来散步的人多吗?”

“非常少，你也了解我们的岛民，他们更愿意在拥挤的广场上走来走去，只有有品位的人才会到这儿来享受生活。

（希腊语）“在那岸边，听着惊涛骇浪。”

“那今天是哪些人这么有品位？”法官问道，脸上浮起一丝笑容。

“说到有品位，我自己肯定算一个！”派拉特斯先生因为自己说的话笑了起来。他的朋友也笑了，但希望得到一个更精确的答案，于是继续问：

“至少有人和我俩一样吧，你见到多少人，他们都是谁？”

“还不就是那些人，A先生、B先生。”教授开始掰着手指数那些“漫游哲学家”——这是教授为那些经常来散步的人起的外号。除了一个自认为是诗人的浪漫小伙子，出来散步的基本上都是些老人，至少也是中年人。

“没有女士吗？”法官问。

“哦，有的。有位女士带着她的孩子们，还有一个经商的老人，叫什么来着，哦，对，叫米托范尼斯先生，带着他的两个女儿。”

法官已经得到了他想要的信息，他的朋友并没有觉察出他提问的目的。其实想要发觉也并不难，只是教授不是当代林叩斯[①]，他并不能觉察出眼前的异样。当然这也是因为教授心性简单，为人正直，没办法隐藏或是捏造任何东西，总是轻信别人。所以每到四月一日愚人节，他总能成功被朋友们戏弄。在愚人节的前天晚上他还念叨着要提高警惕，小心提防，但结果还是一样。教授非常在意给别人的第一印象。他时常会在事情发生后才意识到自己的问题，觉得自己不应该这样说或那样做，但往往这些反思来的太迟，也已于事无补，他就会安慰自己：过去的就让它过去吧。

---

① 林叩斯(Lynceus)：希腊神话中，墨塞尼亚的英雄，阿法柔斯之子，以目光锐利而著名，他的目光能透视土地和石头。

“怎么样，你还要和我继续散会儿步吗？”法官问。

“什么？都这时候了，我亲爱的朋友！”

“只走到前面拐弯的地方就好。”

“不如你随我回家去吧，我那儿有一些香醇的美酒，昨天刚刚收到，从锡弗诺斯岛运过来的，我强烈推荐你去尝尝。”

“你真是太客气了，我很乐意去品尝你的那些美酒；但先让我们在这里坐一会儿，呼吸一下新鲜空气。”法官指着一家咖啡馆——“在沙滩上”。这家咖啡馆看上去极其简易，是几周前临时搭起来的，就是用厚木板围了一小片，放了几张桌子。

教授望了望咖啡馆，又望了望马上要落山的太阳，拿出手表，看了下时间，轻叹了一口气。

“好吧，随你，只要你高兴就行。”一边说一边跟着里亚科斯先生走了过去。

第二章

咖啡馆里空荡荡的，见到来客，老板很高兴，服务很热情。法官坐下后不断调整座位，他想面对着通往马纳石谷的那条路。教授则坐在法官对面，面对着回城的那条路。他似乎很紧张傍晚的天气，不时地打着冷颤，把外衣扣一直扣到脖子处。

他们开始聊一些平常的话题；总是由里亚科斯引起话题，教授负责接下去，不时还引用一些《荷马史诗》中的诗句，沉醉其中。然而教授也注意到他的同伴并没有留心他说的话，而是一直望着远处的马路，身体不断向前倾，似乎想要看到再远点。派拉特斯顺着法官的目光不时回头望去，他甚至把身体转成直角，透过玻璃酒杯去窥探，想要弄清楚法官到底在看什么；但是他什么也没发现，只能把椅子摆正，继续闲聊。

终于，里亚科斯看到了他想看到的，眼睛一亮；他的整个面部表情都不一样了，也不再假装在听他朋友的故事——什么雅典大学的两个教授你争我斗的八卦。当派拉特斯看到法官的目光凝视在他身后的某一个物体上时，他迟疑了一下，然后用他肥大的手推着桌子打算站起来看看到底是什么让里亚科斯先生如此着迷。法官发现了他同伴的意图，赶紧用手拍了拍教授的肩膀，把他按了下来，然后轻轻地用命令的口吻说道：

“不要回头！”

派拉特斯先生张着嘴巴，坐在那儿一动不动，眼睛紧盯着他的朋友，而法官仍在注视着那条马路，从他面部表情可以看出他关注的对象正在靠近，但教授既不敢乱动也不敢乱说话。

“说点什么吧，”里亚科斯轻声说道，“咱们继续聊天。”

“可是，亲爱的朋友，我应该说些什么呢？你已经让我无话可说了。”

“那就随便背诵点什么。”

“背诵些什么呢？”

“你喜欢的，比如说《伊利亚特》里的诗句。”

“但我此刻一句也想不起来。”

“那就说说《使徒信经》里的句子吧，随便什么都可以，不要光呆坐在那儿不说话。”

可怜的教授开始结结巴巴一字一句地背诵《使徒信经》中的前几句话；也许是因为觉得不够虔诚，也许是因为头脑有些混乱，他背着背着突然跳到《伊利亚特》的第一章，他的记忆出了些差错，如果他的学生知道他们老师如此亵渎那些不朽的吟游诗人，不知会是什么反应。

教授还在那里背诵着，法官收回他的手，站起来深鞠一躬。派拉特斯先生转身望去，只看到一位老绅士的背影，左右伴着两位年轻的姑娘。他一下子就认出了这三人，即便他只是看到了他们的背影。

里亚科斯再一次坐了下来，脸色涨得通红；而教授则在那儿一脸茫然，比划着十字。

“愿主保佑你！”他说，“原来这场手忙脚乱就是为了米托范尼斯先生和他的两个女儿？”

“你说什么呢，”法官回答道，声音难掩激动的情绪。“我不想让他们觉得我们正在议论他们。”

“天哪！你不会是想说你正在热恋之中吧？”

“啊，是的，我全心全意地爱着她！”里亚科斯再一次望向远处，目光追随着其中一位姑娘的身影。

听完这话，教授有些不自在。法官的真情流露让他感动，但同时，他也有点儿嫉妒和惊讶，因为他的朋友从未提过恋爱这回事；他又有点儿纳闷，自己怎么没有早点发觉他朋友的这些情况。所有的想法和情绪混杂交织在一起，他也说不清楚此时此刻的心情。

短暂沉默之后，法官的激情告白仍回响在耳边，教授也没做多想，便天真地问道：

“你喜欢的是哪一位姑娘？”

里亚科斯有些惊讶地看着教授，虽然他没有说出口，但他的表情已经说得很明白：“这还用问吗？”

派拉特斯用手一拍额头。

“我怎么也不动脑子想想！”他叫道，“不好意思，我亲爱的朋友，但仅从刚刚看到的背影，我很难分辨出谁是谁；她们姐妹俩，姐姐长得不是很出众，妹妹长得非常漂亮，我刚刚都忘了这一点。”

法官只是听着，并没有答他的话。

“你知道吗，”教授最终还是想说说他的疑虑，“我不了解你们是怎么相爱的，你也不用告诉我；但是你怎么能向你的朋友隐瞒你的感情呢！如果换了是我，我会让你陪着我一起感叹！”随后教授就风情万种地感叹了一声“啊！”或许是因为这声感叹，或许是因为教授说到恋爱这个事情，法官愁云密布的脸上浮起一丝笑容。

“但是你为什么一直都没和我说呢？”派拉特斯继续追问着。

“因为我不想麻烦你，”里亚科斯说。他看到教授一脸责备的表情，有些动容，赶紧加了一句，“不过，如果你想知道，我会把一切都告诉你。”

然而法官还是沉默着，好像不知道该如何开口。教授看到太阳已经落下山去，不禁又打了个冷颤，说道：

“我们最好还是在回去的路上说吧，或者到我家去，是时候该往回走了。”

说完，两人站起身来，往城里走去。

一位心情沮丧的恋人能对朋友说些什么呢？他感情纯粹，值得尊敬，但也会有控制不住的时候。他想把这份密恋隐藏在某个圣殿，不愿把它暴露在世俗的目光中；他犹豫着，迟疑着，但他迟早会按捺不住，他必须要有一个诉说的对象，有一个知己。

法官其实已经找人诉说过一次了，所以他并不急着接受教授给他提供的另一次诉说的机会。他保持着沉默，开始有些后悔未经深思就答应把一切都告诉他的朋友。他尊敬也很喜欢派拉特斯先生，也不后悔把教授作为吐露心事的对象，因为他相信教授能够理解他微妙的情感；但对于他来说，再一次向别人说出这个秘密，就好比让他叛国一样。

派拉特斯注意到法官的犹豫不决，他把这种犹豫归结为激动。过了一会儿，他发现让法官主动坦白是不可能的了，于是他试图通过提问让法官说出来。不过，法官的回答非常简短，即便如此，教授还是大概知道了些情况：三年前，法官刚到西拉岛这座城市就陷入了相思，曾经发誓非米托范尼斯先生的小女儿不娶，就在几个月前，里亚科斯先生与那位年轻的姑娘在一个朋友家里第一次正式见到面，他发现自己并不是在单相思，他的爱恋有了回应。

“这是在哪儿发生的？”

“我表姐家。”

“她认识那两个姑娘吗？”

“是的，她和她们的母亲是朋友。”

“啊！我总算明白了，”教授大声说道，“你表姐听到了你的叹息声，你已经向她吐露过心事了！怪不得你什么都没对我说。”

法官笑了笑，可怜的教授感到有点嫉妒这个表姐。

“当你知道她也喜欢你的时候，为什么不立刻向她求婚呢？”教授继续问。

“我求了，一周之前，我让表姐专门去拜访米托范尼斯先生，但是——”

“但是什么？他上哪儿去找像你这么好的女婿？他肯定不会拒绝你的，不是吗？”

“是的，他没有拒绝，但是他有个条件，天知道这个条件什么时候才能满足！在这个条件满足之前他不希望我和他的女儿再见面，我已经有十天没有见到她了，哪怕是远远地见上一面也好啊。这下你可以理解我刚才的心情了吧。”

“到底是什么条件呢？”教授问。

“只有等姐姐出嫁以后，妹妹才可以嫁人，他不允许妹妹在姐姐之前结婚，连订婚都不行。”

“啊，我的朋友，那真是太遗憾了！我恐怕你要等很长的时间。把姐姐嫁出去好像没那么容易，但一切皆有可能，你不要绝望。”

法官沉默了，很明显，他有些悲伤。过了一会儿，他说：

“那个姐姐虽然长得不太好看，但绝对也是完美的珍宝。世上没有比她更善良的人了；她恳求父亲改变主意；并且向他表明她并无结婚的打算，只想呆在他身边照顾他终老，帮助妹妹抚养孩子。但是老人家很固执，一旦做出决定就很难改变。”

法官的话匣子打开了，他滔滔不绝地谈论着姐姐的种种美德，和刚才吞吞吐吐地述说自己的爱恋完全相反。也许谈论姐姐让他更加自在，而且谈论姐姐就像在谈论他的心上人，赞美姐姐也就等于是赞美妹妹。

“她简直是天使的化身，”他继续说道，“她像母亲一样爱着她的妹妹；确实，她们母亲去世以后，她也接替了母亲的职责，照料着家中的一切事务，家里上上下下都被打理得井井有条；我表姐总是不厌其烦地告诉我，她从没见过收拾得那么整齐，维护得那么完好的房子。与此同时，她也并没有因为这些家务事而忽略了其他方面的修养。在我们这个年代，读过书，见过世面的女性很少。米托范尼斯先生在这方面还是值得赞赏的，他的两个女儿都接受过良好的教育。虽然从外貌上看，两姐妹差别比较大，但这也不是他的错；单从美德上看，两姐妹是一致的。姐姐也是个珍宝，娶到她的人会很幸福。”

起初，法官一下子变得热情洋溢，这让教授感到有些惊讶；但慢慢的，他的惊讶变成了不安，他开始有所怀疑。他并不是那种藏不住想法，随意打断别人说话的人，但是这一次他打断了法官滔滔不绝的赞美之词。

“可你为什么要告诉我这些呢?”他问道，“你为什么要和我讲她的美德呢，难道你想诱惑我去娶她?”

里亚科斯先生一脸惊愕。他从没有过这样的想法，他从没想过教授是会结婚的人。但为什么不呢？教授不正缺一个妻子吗？好朋友成为连襟不是件让人热烈期盼的事吗？所有这些想法在头脑中依稀闪过，他站在那儿盯着派拉特斯，对于这突如其来的问题，他不知该如何作答。教授继续激动地说：

“听着，里亚科斯，我的命是你救的，它是属于你的，但如果让我用婚姻作为报答，我情愿马上回到海里，就是你救我的地方，在你眼前溺死。”

教授突然而至的这番激烈言辞表明他确实是伤心了。不论法官是真的在赞美姐姐，还是借着赞美姐姐逃避关于妹妹的话题，这都令人怀疑。也许善良的教授并不了解法官的用意，他只是觉得受伤了，这一点可以很明显地从他说的话以及他说话的语气看出来。

里亚科斯有些生气。

“派拉特斯先生，”法官冷淡地说道，“我已经说了很多次，我现在最后再强调一遍，我从来没有想过要你报答我。至于你的婚姻，我向你保证，我从没想过让你向谁求婚，或是帮你找个妻子。我在和你说着我的事情，一点儿都没有往那方面去想。我现在有点后悔麻烦你了。”

两人继续沉默地走在马路两边，内心都迫切希望可以快点儿分道扬镳，而不失礼貌。当他们走到分开的路口时，教授再一次发出邀请。

“你不过来尝尝我的美酒吗？”

“不用了，谢谢；太迟了，我还和人有约。”

“是不是要去见你表姐？”

“可能吧！”法官试图挤出笑容。

“我希望你不要生我的气。”教授语气里带着安抚。

“我为什么要生气呢？”

“也许是我想太多了，你其实并没有想干涉我的自由。”说罢，他笑了起来，“但这样的事情还是说清楚比较好。”

“那是当然，已经说得很清楚了。”

教授友善地伸出他那圆乎乎的大手，法官一把握住，他还要继续赶路，而他的同伴也慢慢向家里走去。

第三章

教授的家建在半山腰上，靠近孤儿院。因为离市中心太远，当初修建的时候，周围几乎没什么人家，看上去有些荒凉。教授之所以被这里吸引，不是因为这里景色优美，而是因为这里土地价格低廉。他的房子是自己动手建造的，一砖一瓦都是他辛勤劳作的结晶。这个房子虽然其貌不扬，但这个房子是完完全全属于他的，他不用还贷款，也不用交房租，这种自力更生的快感完全弥补了每日两次拖着臃肿的身躯爬过陡峭的"河流"所带来的不便。"河流"是一条小路的名字，所有来过西拉岛的人都知道这条小路，之所以起这个名字是因为它曾经是一条小溪的河床，山上冬天的雨水就是从这条小溪流向大海。事实上，直到现在，山上的水还是会流向这条小路，在雨季，你甚至可以看到水流奔腾。小溪两旁，昔日的岩石砂砾已不复存在，取而代之的是住家的房屋，为了防止洪水，这些房屋的门槛都修得很高。即便是今天看来，这条小路名字的由来也是显而易见的。

幸运的是，西拉岛很少下雨，可一旦下雨，这条叫"河流"的小路就没法通过了；每当这个时候，教授就不得不绕上一大圈；有几次整个交通都被阻断，教授就没法出行，只能待在家里。

对于教授来说，这座房子最让他满意的地方是可以让他母亲在自己的屋檐下走完生命的最后一程。母亲历经千辛万苦才将儿子抚养成人，又看着他克服各种困难，一步一步开始学术生涯。一年前，她就是在这个房子里安详地走了，她的房间仍然保持着她走时候的样子。虽然教授急需一间书房，但他宁愿让这个房间空着，以纪念他去世的母亲。

母亲唯一留下的，就是她的老仆人，沉默寡言的芙洛罗。芙洛罗年事已高，有时候会出些差错，厨艺也不怎么样，对于这些，教授一直耐心地承受着。芙洛罗掌管的范围仅限楼下，她的主人可以在楼上享受安宁。他在楼上工作，在窗边的写字台备课，读着他欣赏的作家的作品，在这里，他经常手里握着笔，面前摊着书，望着别人家房子的屋檐和远处岛屿朦胧的轮廓发呆，有时候，他就倚在那儿，眼睛闭着什么也不看，那是他睡着了。

教授非常喜欢自己的房子，自从有了这个房子，他除了上课和散步，就喜欢呆在家里。每次回到家打开房门，他都显得很开心。

这天晚上他回到家里，似乎比往常还要高兴，因为他成功躲过一场危险，这个危险就隐藏在他朋友赞美那位平凡姐姐的言辞当中。

“这件事就这样结束了！”他一边大声地自言自语，一边说小心地整理好外套，和平常一样，他换上旧睡袍，把丝帕系成帽子状，戴在头上。

“真的已经结束了！娶个媳妇进门只会让一切都乱了套，我想呆在家里，她让我出去；我想出去，她让我呆在家里；我想安静，她要和我说话；我冷的时候她要开窗因为她太热了；我热的时候她要关窗因为她冷了！”他这么想着，然后关上了窗户。

“对于年轻的人来说，婚姻非常美好；但随着一个人的成长，他会越来越谨慎，就不会再去想这件愚蠢的事了。我逃离这种束缚那么多年，我才不要在今晚放弃我的自由！”

“他们休想夺走我的自由！”

他回忆起年轻的时候有个门当户对的姑娘，大概一年前，他回家乡探望，再看见她，已是满头白发，皱纹重重，身边围着一群孩子在那儿嬉戏打闹。

“谢天谢地！”他大声说道，“我没有那样的负担！我希望那个取代我的男人过得幸福！”

芙洛罗突然开门，打断了他的思绪。她有些惊讶，以为房间里还有其他人，但当看到她的主人只是在自言自语时，她不由地摇了摇头，简单说了一句：

“晚餐准备好了！”

“好的，我来了。”他下楼来到客厅，客厅靠近厨房所以也做餐厅用。教授坐了下来，看得出他胃口不错。酒足饭饱之后，他开始回味散步时发生的事情。开始的时候，他一直想着单身的优势；后来他想到了他的朋友里亚科斯先生，觉得有些可惜。

“可怜的家伙！”他自言自语道，“丘比特的爱神之箭射中了他，他已身不由己，认为自己正在通往幸福的大道上；希望他真的能得到幸福，永远不要发现自己错了！当然，我们生活在这个世界上，不是每一次都能刚好得到自己想要的东西，一个人的幸福取决于他自己如何去感受和思考。”

派拉特斯先生把想法上升到哲理的高度，事实上，只是为了掩盖他内心的不安。他怎么也忘不了法官那无法掩饰的沮丧神情。他的朋友里亚科斯先生可能真的想让他去娶那位平凡的姐姐！也许只是不好意思说出口，再加上他当时出言不逊，所以他的朋友也就否认有那样的想法了。

谁会愿意做出那样的牺牲呢？他不是欠法官一条性命吗？他要怎么还呢？他竟然想逃避这份人情！他竟然忽略了他朋友的想法，还卑鄙地威胁说，宁愿淹死也不愿成全他恩人的幸福。教授越想越觉得自己忘恩负义。他确实伤害了那个曾经救他一命的人！

他满脸通红，懊恼之情愈演愈烈，那些哲理也不能起到一丝安慰。吃完了最后一点儿葡萄干，他生气地推开盘子，把餐巾扔在桌子上，气呼呼地回到了自己的房间。

“我真是太可恶了，”他自言自语说，“我为什么要惹他不高兴呢？真不知道我当时是怎么想的，我的反思总是来得太迟。”

他敲着自己的脑袋，在房间里来回踱步，一直到夜色降临，芙洛罗进来把书桌上的台灯点上。

她悄悄地进来，又悄悄地出去，没有说一句话。

教授停了一下，目光停留在台灯上，灯光让他想起他还有工作要做，他要准备明天上课的内容。这是他头一次发现自己难以集中精力看书。他犹豫着，然后又开始来回踱步，想着里亚科斯先生，想着学生们，想着米托范尼斯先生的两个女儿，还有学校的教学总监，这些人一下子全都涌上了教授的心头。最终，在一片混乱的思绪中，他的职业道德占了上风。他坐在书桌前，像往常一样，依次摊开研究古希腊语的三本大书：盖茨大词典、艾修比奥句法学，以及其他相关的学习手册。笔和纸都已准备妥当，也把《伊利亚特》翻到了他明天要讲的那一页。他开始工作了，认真地写着注释：每个词的词源，每个句的句法，以及每个六步格格律的独特性。他教的班已经学到《伊利亚特》的第六卷。

然而没过多久，他就把这些句法，词源，格律通通抛之脑后了，他忘了他的学生，也忘了要和学生分析这些诗句的优美之处。他一口气读完了他要讲的这一段，这一段是讲赫克托耳和安德洛玛刻（赫克托耳的忠实妻子）分开的故事。教授对于这个故事有了新的认识和感悟。诗句中所描绘的夫妻之爱，情侣之爱，以及两个相爱的人相聚的幸福和分离的痛苦，让教授有了前所未有的感触。他从来没有如此深情地朗诵过《伊利亚特》里的诗句，读着读着，里亚科斯先生变成了赫克托耳，教授想到他的朋友此刻也在忍受着和心爱的人分离的痛苦;而他的朋友还不如赫克托耳,因为他还没享受过夫妻之爱,就经历分离之苦了。

派拉特斯合上书,站起来,从书桌走到床边,又从床边走到桌边,头脑中思绪万千。

"哎!"他大喊道,"我怎么会去相信里亚科斯从没有过让我结婚的想法？我真是个笨蛋！我看上去像个要结婚的人吗?"

他站在镜子前,镜子的一边被灯光照得明亮,他清楚地看到自己的脸以及头上缠绕的丝帕,镜子的另一边没被照到,有些灰暗,在他前额留下两片阴影。

"真是的,"他笑着,"我们之间需要一个阿斯蒂阿纳克斯[①]!"

他又坐了下来,稍微冷静了一些;但头脑里闪过的一幅幅画面都与第二天课程内容无关。他发现自己根本没法认真地工作,于是决定上床睡觉,想着睡眠也许可以让他紧张的神经放松下来,第二天可以早点起床,等头脑恢复清醒再备课。他把灯熄灭,上床躺下。但是他毫无困意,躺在床上辗转反侧;黑幽幽的夜晚,悄无声息,这让他愈发紧张,愈发懊悔。

漫漫长夜,终于在天快亮的时候,他睡着了;但是他头脑中凌乱的思绪扭曲成一个可怕的噩梦,他一下子被惊醒。在梦中,他的床是一片海,他的枕头是一只鲨鱼,而他的头就在鲨鱼的嘴里,然后突然,鲨鱼的模样变成了米托范尼斯先生大女儿的面孔,然后里亚科斯的声音一遍一遍地回荡在耳边:

"叮咚！忘恩负义的家伙！叮咚！忘恩负义的家伙!"

他从床上坐了起来,用丝帕擦拭着额头上的冷汗,那条丝帕也在噩梦的挣扎中散开。他做了一个勇敢的决定。

"我要娶她!"他大叫道,"我欠恩人太多了,我要做我该做的事

---

① 阿斯蒂阿纳克斯:特洛伊王子赫克托耳和安德洛玛刻之子。

情，我要对得起自己的良心。”

他裹着被子又坐了起来，心情轻松多了；他现在心里很平静，已经完全从质疑、犹豫和懊恼中解脱出来。

清晨的阳光已洒满房间，他比平时晚起了一个小时。这对于一向准时的教授来说是第一次。芙洛罗显然也忘记叫醒他了。他头昏眼花，急急忙忙穿上衣服，吞下咖啡，坐在书桌前想要完成前天晚上未完成的工作，但他的头脑依然混沌不已。

然而，他还是准时到达学校，开始他日常教学工作。这课上得可真是糟糕！开始的时候学生们还在奇怪他们老师怎么少了平时的严厉，很快他们就意识到这种宽容不是因为他们表现良好，而是因为他们老师今天心不在焉。奇闻中的奇闻！派拉特斯先生竟然心不在焉！发现了这点后，学生们开始明目张胆地犯各种错误，随意玩弄《伊利亚特》中的诗句，才不管词源，句法还是韵律。教授坐在那儿，泰然自若，一直到下课。学生们走出教室，没有像往常一样在谈论诗句，而是在谈论他们老师今天前所未有的宽容。而当教授走出教室的时候，他又背起了思想包袱，想着如何把他的决心化为行动。

事情远没有他昨晚想得那么简单。仅仅下了决心要娶米托范尼斯先生的大女儿是不够的；事情要一步一步来，但这一步一步到底怎么走？他如何向他朋友解释呢？经历了昨晚的事情，他肯定不能直接走到法官面前说：“我已经决定牺牲自己来成全你！”他当然不能那么做。那要不要向里亚科斯的表姐求助呢？这样做也不太合适；他认得那位夫人，也认得她的丈夫；偶尔在街上遇到，也习惯相互鞠个躬打个招呼，但他从来没和那位夫人说过话，如果就这样请求她作为中间人去提亲不是很合适，而且他也没有那样做的勇气。

他想了又想，没有得出任何结论，于是穿过广场，准备回家吃中饭去。突然，他看到迎面走来的米托范尼斯先生。他一下子疑虑全无，临时起意，决定直接向米托范尼斯先生提亲。还有什么比这更简单的方法？他没有时间仔细权衡利弊，因为他太高兴了，终于找到了摆脱困扰的方法。他鞠了一躬，然后停在了老人家的面前。

"米托范尼斯先生，很高兴见到您，我有些话想对您说。"

"是派拉特斯先生，对吧？"对方说道，礼貌地回鞠一躬。

"正是在下。"

"请问有什么事吗，派拉特斯先生？"

教授开始感到了一丝尴尬，但现在退缩已经来不及了，于是他鼓起勇气，继续说道：

"米托范尼斯先生，请恕我直截了当，我想成为您的女婿！"

这突如其来的求亲让老人家吓了一跳，他当然不会同意。求亲本身并没有让他惊讶，因为他的小女儿太漂亮了，作为父亲，他不得不经常拒绝类似的求婚；但如此唐突的求亲他也是第一次碰到。更何况，在众多追求者中，派拉特斯先生无论从年龄还是从其他各方面来看，都不是最合适的。但老人家心里想得最多的是："怎么他也来凑着这个热闹！"

"你的求婚让我深感荣幸，"他对派拉特斯先生说道，"但是我的小女儿还年轻，我暂时还没有考虑她的婚姻大事。"

"什么小女儿？我想娶的不是您的小女儿，我想娶的是另一位小姐。"他本来想说出她的名字，这才发现自己并不知道她叫什么名字，"我想娶的是您的大女儿。"

听到这话，米托范尼斯先生难掩惊讶的神情；这样的事情以前从未发生过，他什么也没说，只是严肃地看着急不可耐的派拉特斯先生。

"我必须承认，派拉特斯先生，"老人家最终还是开口了，"我完全没有预料到你会来求婚，这有些不符合常理。你难道不觉得像这样敏感的事情最好找个中间人比较妥当吗？”

教授不知道如何作答，他甚至曾经想过，老人家会因为他的大女儿终于找到了婆家，激动地在大街上和他拥抱，但他没有想过如何回答老人家提出的问题。

“我，我本以为，”他结结巴巴地回答道，“我本以为您对我挺了解的，所以想着直接和您说会简单些。”

“当然，这一点毫无疑问。但如果你可以让你的一个朋友来和我说，让我有一些思考的时间，我会更加高兴。”

“这没问题！我让里亚科斯先生去。”

听到这个名字，老人家皱了皱眉头。

“啊！原来里亚科斯先生是你的好朋友。”他说。

可怜的派拉特斯先生知道自己犯了错，他不应该提到他朋友的名字。他想再说些什么，但又不知道说什么好，米托范尼斯先生先他一步，化解了尴尬。

“好吧，那我就等着里亚科斯先生。”老人家行了个礼就走了。

教授从未如此心神不宁过，从昨晚开始，他就饱受折磨。他目前的痛苦程度不亚于他当时在水里快要淹死的时候。危险就这样突然而至，他只有在危险结束的时候才能完全反应过来。现在，未来的不确定性又加剧了他的痛苦，就好比他觉得快要靠岸了，却发现自己仍然完全在海里。他站在广场中央，双臂无助地耷拉在那儿，望着老人渐行渐远的背影。

“我一定要去见里亚科斯。”他自言自语地说，“可这会儿上哪儿去找他呢？”

就在此时，教堂的钟声响起，已经十二点了。派拉特斯先生这才想起来，第一，他自己要回家吃中饭；第二，他的朋友喜欢在广场的一家餐馆就餐。于是他向餐馆的方向走去，正好在门口遇到法官。

“哦，我亲爱的朋友！”他大叫道，“我亲爱的朋友！”

“怎么了？你出了什么事？”里亚科斯问，有些担忧。

“我出了什么事？我从没想到过的事！我刚刚请求米托范尼斯先生，让他把他的大女儿嫁给我，而不是……”

“你要和他的女儿结婚？”

“是的。这很让人惊讶吗？”

“为什么？你昨天不是还说……”

“那如果我确实是这么做了呢？昨天晚上我彻彻底底地想了很久，最终决定我要结婚，而且我也找不到更好的妻子人选了。”

“听着，派拉特斯先生，”里亚科斯先生说，显然他有些感动，“我理解你为什么突然变卦，因为我了解你，但是我不能让你做出这样的牺牲。”

“什么牺牲？谁说这是牺牲？我已经下定决心要结婚，因为我想结婚了；我会去结婚，如果她父亲不同意，我就带着她私奔！”接着他又把刚刚遇见米托范尼斯先生的事情详细地说了一遍。

法官听着，微笑着，昨晚之后，他也想了许久，而且越想越觉得教授和那位姐姐是多么合适的一对。他反复思量，告诉自己不用担心，那位姐姐和他朋友在一起会很幸福。至于姐妹们的父亲，也会同意这桩婚事。只是，他真的不愿意接受这项提亲的任务，一想到老人家听到他名字时脸上浮起的表情，他就有些害怕；但他又觉得自己义不容辞，最后他还是答应当天就去见米托范尼斯先生，争取在晚上就给他的朋友带来好消息。

第四章

教授离开后，法官开始担忧起来，想要顺利完成任务还是有不少困难的。这件事情如果能够成功，他是极大的受益者，所以由他来当中间人不是很公正。他的朋友应该把这项任务委托给一个与此事没有利益冲突的人。如果教授不是那么急急忙忙地点名让他去当中间人，他们还可以问问他表姐，甚至完全可以让她来处理这件事；而他此时的出现只会让米托范尼斯先生觉得不高兴。

但为什么不悄悄地问问表姐的意见呢？她处事理性又经验丰富，也许可以帮他们找到走出困境的方法。里亚科斯正要去找他的表姐，但又觉得没有经过他朋友的同意，就这样把这个秘密告诉第三个人太轻率了。而且，他觉得就这样把事情推给别人，有推脱责任之嫌。他只好鼓起勇气，向前冲！

就这样，里亚科斯往他心上人父亲的办公室走去，虽然他心里有些忧虑和恐惧。

米托范尼斯先生正在接收一批刚从海关运来的咖啡豆，小推车一辆接着一辆，搬运工扛着麻袋一个跟着一个，全都往仓库里走，法官想走进办公室都有些困难。

这是一个巨大的方形建筑，办公室在角落里，窗户是带有格栅的；由于光线太过昏暗，里亚科斯看不出仓库里发生了什么事情。他站在门口，发觉自己来的真不是时候，正赶上一场争吵。他不理解也不想去理解他们在吵什么，只是从来来回回激烈的言辞中，他听到米托范尼斯先生洪亮而专横的声音。

法官愣住了，他知道老人家会发脾气，但是没有想到平时冷静高贵的米托范尼斯先生会因为怒火变得那么尖刻。他有些担心，打算在被发现之前悄悄离开。突然米托范尼斯先生中断了争吵，叫住了他，声音从仓库里传来：

“有什么能帮到你的吗，里亚科斯先生？”

“我本来是想和您说些话的，但是看到您在忙，打算改天再来。”

“先到我办公室坐一下，我一会儿就来。”

法官跨过那些装着咖啡豆的麻袋，好不容易来到办公室，坐在老人家办公桌旁唯一的一个空位上。空气里飘荡着殖民地农作物的气息。争论的声音又从仓库里传来，“称重”\\“麻袋”\\“海关”这几个字眼不断地被重复。里亚科斯坐在那儿听着那些声音，试图辨认出前天晚上和两个女儿安静地散着步的老人家。终于声音停了下来，米托范尼斯先生走进办公室，脸上皱着眉。

“我来的真不是时候。”法官暗自思忖。

“我想你是为了派拉特斯先生而来。”老人家打开了话题，语气略带嘲讽。

“是的，他已经告诉我他今早和您谈过。”

“我必须得说，里亚科斯先生，您替我大女儿找丈夫的决心真是让人刮目。”

“我向您保证，我朋友的求婚完全是自发的，绝不是我鼓动的。”

老人家笑了笑，并不相信。

“我唯一后悔的就是，”法官继续说道，“昨天把我的秘密告诉了派拉特斯先生。我从来没有想过他会这么做；是他自己主动要这么做的，如果您认为我为了自己的利益而让他这么做，您真是冤枉我了。”

“我相信你说的话，也不再过问他怎么会在得知你秘密的第二天，就向一个他并不了解的姑娘，也就是我的女儿求婚。”

“但不管怎样，”他继续说着，没有给里亚科斯任何开口的机会，“我不能立刻答复你；我需要考虑考虑。一旦有了决定我就告诉你，在此之前，请你不要再来找我。”最后几句话说得冷冰冰的。

法官离开办公室，有些仓皇失措。他没有被拒绝，也没有获得肯定；最令他不安的是老人家的语气和态度。仓库里的争吵可能是部分原因，但很明显老人家是在质疑他，质疑他的目的不单纯，质疑他更多是为了自己的利益。

他还有好多话想要和米托范尼斯先生说，但是他不敢！他觉得自己这个中间人做得太失败了，他把事情变得更糟，而且可能没办法再挽回。如果想要结局圆满，就必须找一个经验丰富善于处理此事的人。他开始悔恨，为什么没有坚持自己最初的想法问问表姐呢？为什么不现在就去找她呢？如果这件事情可以办成，他的朋友是不会生气的；可怜的法官，深陷困境，急需鼓励和支持。他一边往表姐家走，一边想着，到她家门口的时候，他已打消一切疑虑。

里亚科斯进门时，表姐正在把大儿子穿不下的一件夹克衫改造成小儿子的外衣。除了两个在学校上学的儿子，她还有三个女儿，年龄在两个儿子之间，女儿们在家里上学，除了学习课本上的知识，也从母亲那里学习管理家庭的经验。

表姐是一个聪明的女人，她看了一眼法官就知道他想和她单独说话，于是她让女儿们都出去玩儿了。

“怎么啦？”女儿们一走开，她就问道，“有什么新情况吗？”

“你怎么知道我有新情况？”

“啊，还真有！我还不了解你吗！你一进门我就看出你有心事了。”

确实，她凭着女性的直觉，对里亚科斯的判断很少出错，因为她是看着他长大的，非常了解他。站在法官的角度来说，他也自信非常了解她。他本该知道这件事如果没有从一开始就让表姐插手，她现在不一定愿意帮忙。虽然她特别喜欢帮朋友们张罗婚姻大事，也自信有能力组织整个事情的策划和实施；但如果不能由她来主持大局，她就不会同意帮忙，有时候甚至就直接断然拒绝。里亚科斯肯定得想些办法来哄哄他的表姐，但是因为先前和米托范尼斯先生的会面实在太狼狈，他竟然一下子忘了，不过，很快他就意识到了这一点，明白自己犯了一个大错。

当他突然宣布他为自己心上人的姐姐找了一个丈夫的时候，表姐的反应很冷淡，没有很高兴，也没有很好奇，只是继续织着她的衣服，淡淡地说了声“哦!”“哦”是介于疑问和感叹之间的一个回答，法官不确定这是在表达讽刺还是在表示惊讶，不论是哪种都足以让他感受到表姐的冷漠。

“一切都对我不利!”他暗想着。

“人选是谁?”短暂停顿之后表姐问道，并没有停止手上的工作。

“是派拉特斯先生。”

她放下手中的针线，诧异地望着里亚科斯，一脸嘲弄的神情。

“派拉特斯先生!”她叫着，然后开怀大笑起来。法官从未见过她如此开心。

“我不觉得这有什么好笑的。”法官严肃地说。

“你一定要原谅我，”她试着忍住笑，“希望你能原谅我，我只是很难想象派拉特斯先生也会恋爱。”她又开始大笑起来；法官的脸色不大好看，她忍住笑又问：“你怎么会想到这样安排的?”

“不，”他没有回答她的问题，“请你告诉我找他有什么不对。”

“有什么不对?”她学着表弟的语气，又重复一遍。“我没有觉得他有什么不对，只是觉得这很荒唐。”

“我承认他这个人是有点与众不同。”

“与众不同！瞧瞧你用的词！接下来你是不是也要像你的朋友一样开始引用《荷马史诗》当中的诗句了。”

“听着，”法官也顾不上礼貌了，“一开始我和你有一样的感觉；但我越往深处想，就越觉得自己的想法有问题。派拉特斯先生具有成为一个好丈夫的一切品质。虽然我必须承认，作为恋人他是有点荒唐，他如果结婚，头上戴花环的样子肯定也很奇怪。”

听到此话，表姐又是一阵狂笑，法官也不得不附和着。这阵短暂的欢乐平息后，他们开始谈正题。里亚科斯把事情的来龙去脉通通告诉了表姐；随着他的叙述，他欣喜地发现表姐脸上轻蔑嘲讽的神情逐渐消失，虽然她对教授的性格仍持有保留态度。

“他有强迫症！”她说。

“那是他在意自己的健康，”法官回答说，“因为他也没有其他事情可以做。一旦他结了婚，他可以照顾他的妻子就像他母亲在世的时候他照顾他的母亲一样。而你所谓的强迫症，也会很快消失的。”

“他为人迂腐。”

“谁让他是一个教授呢。”

最后问题缩小到教授的品格问题，对于这一点，里亚科斯很有信心，他感觉表姐这边已经没什么问题了，现在唯一担心的就是她心上人的姐姐是否会同意。

“她会同意的！”表姐大声说道，“她当然会很乐意地接受派拉特斯先生。既然她无法说服她的父亲让她保持单身，她会去接受第一个愿意成为她丈夫的人，而不会挡在她妹妹追求幸福的道路上。她像天使一样善良。”表姐继续激动地说，“她没有意识到自己的价值；她认为自己不漂亮，自卑让她更加觉得自己平淡无奇；但是，她的善良无私绝不是让她成为牺牲品的理由。”

“这么说，你认为嫁给派拉特斯先生是一种牺牲？”

“谁知道呢？”

表姐留有余地的回答让里亚科斯看到了希望。

“如果她是你的妹妹,甚至说她是你的女儿,你会愿意把她嫁给他吗?”

这个问题正中要害,里亚科斯自己都没有意识到。因为表姐的一个女儿也不是很漂亮,她这个做母亲的,也已经开始为女儿的未来担忧。她收起笑容,闭上眼睛,没有作答。法官没有深究表姐的情绪,他一厢情愿地把她的沉默当成认可。

他继续说:“那么,你一定要帮我促成这桩婚事。”

为了显出表姐的重要性,迎合她单纯的虚荣心,里亚科斯又绘声绘色地描述米托范尼斯先生有多么难缠,他是如何周旋的,他直截了当地承认自己这个中间人做得很失败,让他朋友的婚事受阻,并且说如果事情一开始就是由她来掌控,肯定会容易许多。最后,他坚持声称表姐凭一己之力就可以挽回他的失误,带来一个圆满的结局。

表姐不同意帮忙的态度渐渐动摇,最后,经过三个小时的软磨硬泡,法官终于成功地说服她放下手头工作(虽然对她小儿子来说暂时有点损失),穿上外衣戴上帽子,两人一起走出了大门。她去拜访米托范尼斯先生,而他则去找教授。

第五章

可怜的派拉特斯先生正在焦急地等着他朋友的回音。

他到家的时候，正午已经过了二十分钟，饭菜也都已经凉了，他反常的迟归让芙洛罗有些担心；教授因为肚子很饿，吃得津津有味，可他的心情还是局促不安的。他很想找人说说话，但是周围没有可以说得上话的人。他本来很愿意把他的事情说给芙洛罗听，可芙洛罗既不想听又不想说；她并不擅长和人聊天。

除此之外，她的主人也不知道如何开口告诉她他已经决定要结婚了，她在家里掌控的时代就要终结。他母亲去世以后，一直是芙洛罗张罗着家里的里里外外；何必在事情最终敲定之前让她不高兴呢？不过，他憋不住了，如果再不和人说说话，都不知道会发生什么事情。

然而，他也不敢直接谈论这个话题，他试图拐弯抹角地把话题从吃饭引到婚姻上去。

"芙洛罗"，他说道，"肉煮得有点过了。"

芙洛罗没有理他，却抬头看着窗外的太阳，好像在说错不在她而是怪她的主人回来太迟了。

他并不介意她的不作答。

"事实上，"他接着说，"今天的午餐做得不怎么样。"

"但你已经吃了。"

芙洛罗已经习惯这么回答这个问题了。她的主人经常笑称他之所以把饭菜吃完是因为他太饿了而不是因为饭菜烧得可口。然而,今天她的回答让他十分不满,并不是因为她说的话,而是因为他意识到,和往常一样,他没有权利去抱怨她的厨艺。

他气呼呼地居然忘了要接着把话题引到婚姻上去,就这样安安静静地吃完了中饭;当芙洛罗收拾碗碟准备离去的时候,他又想到了一个新的托辞可以把话题引到婚姻上。他第一次注意到桌布上有个小洞,事实上,这个小洞已经存在很久了。

"看看这里!"他手指着小洞,说,"这间屋子需要一个女主人,不然没办法修补像这样的东西。我必须要有一个妻子!"

芙洛罗耸了耸肩,似乎认为主人是在说着玩呢。

"你听到了吗?我必须要有一个妻子。"

老人家笑了笑。

"你笑什么?我已经下定决心要结婚了。"

芙洛罗凝视着他。

"我告诉你我要结婚了!"

"那么谁会嫁给你?"

"谁会嫁给我!"他大叫道,有些怒不可遏。

他气极了,想用严厉的言语回击她;但是她的无动于衷让他不知所措。他无语地回到房间。他一个人待在房里,怒气渐渐地消了一些;但他发现自己还是在那儿骂骂咧咧的,等他停下来的时候,他开始有些担心,芙洛罗说的也不全都是错的。

他想起来他的朋友一开始是否定他去求婚的,又想到米托范尼斯先生奇怪的犹豫。里亚科斯先生怎么还没来,什么事情让他耽搁了?如果已经成功完成任务,他应该立刻把消息带回来。答案很简答,不是"同意"就是"不同意";结果肯定是"不同意"了,法官说不定正想着隐瞒这个坏消息。

他真傻，真不该一时冲动让自己面临被拒绝的情境，真是个大傻瓜！他干吗要让自己陷入这样的困境？不对，他只是想尽自己的义务；他已经向他的恩人证明了他诚挚的友谊和深深的感激。但是为什么里亚科斯还不来呢？他为什么不快点儿回来，打消这个悬念呢？

教授不耐烦地一遍又一遍地看着手表，每次都惊叹指针怎么走得这么慢，好像根本就没动一样。他坐下又站起，望着窗外，还是没有里亚科斯的踪影！他试图读会儿书，可精神无法集中，于是他又不耐烦地把书合上，在那儿狂躁不安。

这时候，他每天固定的散步时间到了，派拉特斯还在那儿坐如针毡。他不能再呆在屋子里等他的朋友了；为了尽快知道结果，他决定今天的散步走到维泊利亚步行街就回来，所以他叫来芙洛罗，告诉她他不会去太长时间，但如果里亚科斯先生来的话，就让他去维泊利亚步行街去找他。随后他又很仔细地将他来回要走的路线告诉了芙洛罗，以便她可以清楚地告诉他的朋友。这其实完全没有必要，因为通往维泊利亚的是一条笔直的马路，两个人除非互相避而不见，否则是一定能碰到面的；但是他坚持一遍又一遍地向芙洛罗说明他要走的方向，最后，芙洛罗也失去了耐心，大声喊道：

“知道了，知道了！”

老人家很少这样重复一个句子两遍。

维泊利亚步行街上没有一个人，派拉特斯先生可以不受打扰，尽情想他自己的事情。说实话，他的想法也是凌乱无序的，差不多就是把同一件事情翻来覆去地想来想去；或许是他想得太入神，竟然一整天都没有引用《荷马史诗》里的句子。如果这样的担忧再持久一些，也会影响到他的健身计划，之前海水浴的计划已经失败，如果这个散步健身的计划再失败，这个可怜人将一直生活在阴影之中。

可里亚科斯为什么还是没有出现！有那么一会儿，教授想直接去找他的朋友；但是他又该去哪儿找呢？法官答应过会来的，芙洛罗也已准备他们俩人的晚餐，里亚科斯肯定会来。

但是为什么他到现在还没有出现？派拉特斯在维泊利亚步行街来来回回走了二十圈，他一直望着他家的方向，可一直没有见到法官的踪影。终于！他终于看到了他的朋友从远处而来。

“到底是‘同意’还是‘不同意’？”法官刚一靠近，教授就大声问道。

“先让我喘口气。”

从教授的表情上看来，里亚科斯先生感觉教授更希望听到的答案是“不同意”。

“难道他后悔了吗？”法官思忖着；然后亲昵地挽着教授的胳膊，继续散着步，试图安抚他朋友的情绪。

“你别乱想了；她不是傻瓜，她有着良好的判断能力和辨别能力。她会把你的请求当成一种荣幸，也会很高兴有你这样的丈夫。”

“没有关系，”教授说道，语气很镇静，“告诉我到底发生了什么，这段时间你都上哪儿去了？”

关于事情的经过，里亚科斯没有完全告诉他的朋友。他跳过了米托范尼斯先生的顽固不化，也没有提表姐不得体的嘲笑，只是很巧妙地告诉教授，事情有一些阻碍，需要表姐帮忙从中斡旋；他已经把事情完全交给她来处理，也让她一旦有消息就派人去教授家里。这是他们谈话的主要内容；但是派拉特斯问了许多问题，法官不得不不断重复每个细节，太阳渐渐落下山去，他们俩也往回走，去享用芙洛罗为他们准备的晚餐。

晚饭还没结束，敲门声就响了起来。芙洛罗走进来手里拿着一张纸条，是给亚科斯先生的。

派拉特斯站了起来，手里还拿着餐巾，他倚着法官的椅子，急切地看着纸条上的内容，法官已经大声地读了出来：

“亲爱的表弟，今晚带上你的朋友来我家，人家姑娘也会在那儿，早点儿过来，表姐。”

“我说什么来着！”里亚科斯惊喜地叫着，“快点，你要好好准备一下。”

派拉特斯很严肃；和姑娘会面这个想法让他大为紧张。他要和她说些什么？他要怎么做呢？还有，他还不太确定她是否会接受他！为什么纸条上不能只是简单地写“同意”或是“不同意”呢？法官费尽口舌想让派拉特斯相信，这样的邀请基本上就意味着已经成功，而且他表姐和他都会竭尽全力让这场会面万无一失。里亚科斯先生像贴身男仆一般指挥着教授的穿着打扮，让他看上去尽可能的得体，然后陪着他一起出发。

如果可以，教授愿意付出一切代价来逃离目前的困境，但是现在反悔已经太迟。

他们一路走着，法官试着用自己高昂的情绪来感染他那位胆怯的朋友，但是失败了。一想到自己的婚姻大事也有了希望，法官心里很是兴奋。他和心上人已经很久没有见面，这次她应该会陪着姐姐一起来，想到这里法官有些心酸。派拉特斯却没有那么高兴，他一路沉默地走着，根本没有注意到他朋友的兴奋之情，他一直想着等会儿见了面该说些什么，不过想了很久还是毫无头绪。

“顺便问一下，”教授突然问道，“她叫什么名字？”

“谁？”

“我是说我未来的妻子。昨天我见到她父亲的时候竟然说不出她的名字，今晚不能再犯同样的错误了！”

里亚科斯一下子笑了起来，他现在很兴奋，觉得一切都很好笑。他的同伴并不这么认为，又重复了一遍问题：

“她叫什么名字？”

法官刚想作答，这时他听到黑暗中有人在叫他：

“里亚科斯，是你吗?”

原来是表姐夫，他是来带话让里亚科斯不要跟过去。表姐很细腻地想到最好让姑娘和她的求婚者单独待一会儿；如此一来，姑娘的妹妹也不会出现；所以里亚科斯也没必要过来了，表姐的意思是让里亚科斯和她丈夫今天晚上就呆在酒吧里等消息。

派拉特斯觉得有些腿软。进屋后他要独自面对两位女士！不，他还没有足够的勇气那么做。此刻，他左右两边各站着一个支持者，他们一路鼓励着他，为他打气，一直把他送到大门口。门开了，他们不顾他的反对把他推了进去，然后关上门，去了酒吧。

当里亚科斯得知他的心上人今晚不会出现，他有些落寞，开始自我放逐。只是对他来说，酒吧的夜晚好像永远没有尽头。大概十点钟的时候，一名服务生过来传话：派拉特斯先生正在等他。他冲下楼梯，发现他的朋友正站在大街上。借着路灯昏暗的光线，他一下子看到教授脸上胜利的表情，完全像换了一个人似的。

“怎么样?”里亚科斯焦急地问道。

“我跟你说，她一点儿都不平凡!”派拉特斯惊呼，“她说话的声音就像音乐一样，她的表情很迷人！还有她的手，非常精致!”

“我猜，你吻了她的手?”法官说。

“那是当然!”

“你说了些什么，她又说了些什么?”

“真想把一切都告诉你！特别是她的想法!”他降低了声音，继续说，“你知道她对我说什么吗？她说她很高兴也很感激我为了成全你而要和她结婚，因为她相信这样一个重情重义的人一定会是个好丈夫。我让她不要那么说，否则我不禁会认为她接受我是出于对她妹妹的爱。”

“‘为什么不说呢?’她温柔地说，‘这不正是我们未来生活幸福的源泉吗?’”

里亚科斯有些触动。

“但确实,”教授继续说道,“我现在没办法把一切都告诉你,有一点是可以肯定的,我发现了一个完美的珍宝!”

“我之前不就是这样说的吗?”

“是的,但是你还没有告诉我她的名字,我也没敢问,她的名字是什么?”

法官俯下身来,轻轻地在教授耳边说了一个他渴望知道的名字,

“那你现在知道了吧。”

“是的,终于知道了!”于是两人就各自回家去了,其中一人心中充满喜悦,嘴里不停地重复着刚刚得知的名字;另外一人也温柔地重复着一个名字,那是他亲爱的心上人的名字。

几个星期之后迎来复活节后的第一个周日,米托范尼斯先生家里热闹地庆祝着两个女儿的出嫁。两位新郎中里亚科斯是最高兴的,他终于梦想成真,幸福的感觉充溢着他的整个心灵,他都不知道该如何用语言来表达;而派拉特斯也是满心欢喜,他的情绪还感染了其他人,所有参加婚礼的宾客都和他一起笑呵呵的。掌管塔诺斯岛和西拉岛的大主教阁下也为这两对新人送来了祝福,与大家同乐,并且引用了《荷马史诗》里的语句:

(希腊语)“上帝的祝福无处不在。”

派拉特斯庄严地答道:

(希腊语)“最好的征兆是为自己的家乡而战!”

婚礼结束后，法官请了三个月的假期，带着新娘回到老家拜访亲戚。

终于把他们盼了回来，姐妹俩很高兴又重新团聚！她们的老父亲也激动地在那儿颤抖。

两位女婿单独一起的时候，都看到对方的脸上洋溢着幸福。

“那么，你还认为我当时对你妻子的赞美夸张吗?”里亚科斯问道。

“亲爱的朋友，她确实是个珍宝!”派拉特斯大声地说，“一个完美的珍宝！几个月之后，”他继续说，“你的侄子就要出生，我想请你帮个忙，当他的教父。”

“什么！你也!”

“难道你也是?”

石榴石手镯

［俄］库普林 著　刘思艺 译

—

正是八月中旬，在新月没出现之前，坏天气就突然降临了，这在黑海北岸是常有的事。有时浓密的大雾笼罩在大地和海洋上，整日整夜都不散去，灯塔上的大警笛只好日夜不停地咆哮着，活像一头发疯的野牛。有时细细的小雨，好像一层薄纱，从头天早晨下到第二天早晨，把粘土筑成的大道和小径变得一片泥泞。大车和轻便马车陷在这泥泞里，简直是寸步难行。有时从西北边的草原刮来一阵狂风，刮得树梢不停摇晃，好像暴风雨中的巨浪一般。夜里，别墅屋顶的铁皮也被刮得轰隆隆作响，仿佛有人穿着钉铁掌的靴子在上面奔跑。大风摇撼着窗户，吹得房门噼噼啪啪响个不停，烟囱怪声哀嚎。不少渔船在海上迷失了方向，有两只始终都没有返航：一星期过去之后海浪才把渔夫的尸体冲到岸边各个不同的地方。

到城郊海岸疗养区避暑的人，大部分是希腊人和犹太人，和所有南方人一样，充满活力却敏感多疑，现在他们都急忙搬回城里去了。满载着床垫、沙发、箱子、椅子、面盆、茶炊等各式家庭用品的平板大车，络绎不绝地行驶在泥泞的公路上。透过昏暗的细雨，能看到让人感觉破旧、肮脏、寒碜的家什；能看到侍女和厨娘坐在车顶潮湿的帆布上，手里抱着熨斗、铁罐、篮子；还能看到双腿哆嗦，浑身冒汗，时不时停下来，身子不断抽搐的精疲力竭的马和裹着蒲席遮雨，用沙哑的声音骂街的车夫。这样的景象，让人感到又怜惜又惆怅。

看着突然变得宽敞空旷的别墅，狼藉的花坛，玻璃破碎的门窗，被人扔下的小狗，还有从别墅里丢出来的各种各样的垃圾——烟头、纸屑、陶器碎片、罐头空盒、药瓶，叫人更加悲伤。

然而一到九月上旬，天气又突然出乎意料地变得暖和起来。静谧的晴天不期而至，这可是在七月也不曾出现过的阳光灿烂的好天气呀。在已经收割过的晒干的田野上，在发黄扎人的麦茬上，秋天的蛛丝闪烁出云母一般的光芒。片片黄叶从静止的树枝上悄悄地飘落下来。

公爵夫人薇拉·尼古拉耶夫娜·施因娜，首席贵族的妻子没能离开别墅，因为城里的住宅还在装修。现在，美妙的日子来临了，寂静，清幽，空气清爽，即将飞走的燕子在电线上呢喃，略带咸味的海风从海面上习习拂来，这一切都让她感到心旷神怡。

二

而且，今天还是她的命名日——九月十七号。亲切而遥远的童年记忆使她一直喜欢这个日子，并总是期待在这一天发生一件特别而奇妙的事。一清早，丈夫就因为急事进城去了，临走前他把一只装着珍珠镶嵌的梨形耳环的首饰匣放在了她的床头柜上，这件礼物让她更加高兴了。

整个屋子里只剩下她一个人。她的独身兄弟尼古拉，平时和他们同住的检察官，也进城到法院去了。丈夫答应只带几个最亲近的朋友来吃午饭。命名日正好在别墅里过，这是件好事情。在城里不得不花一大笔钱，办一桌盛宴，也许还要举办舞会。但是在这儿，在别墅里，只要花费一笔不大的开销就能应付过去。别看施因公爵社会地位显赫，实际上，大概还是借着社会地位，他才能勉强维持生计。他的前辈将祖上的庞大家业几乎挥霍一空，他还必须支撑起超出财力的生活：招待客人，搞慈善活动，讲究穿着，养马等等。公爵夫人薇拉曾经热烈地爱着自己的丈夫，但是这种爱已经在很久之前就转化为忠诚的友谊了，她尽全力帮助丈夫，免得他彻底破产。她还暗暗地在很多方面放弃自己的需要，并且尽量缩减家庭开支。

现在她在花园里走着，小心翼翼地剪下装饰餐桌要用的鲜花。花坛已经荒芜，显得杂乱不堪。多彩的复瓣石竹已经快要开败，紫罗兰也只有一半还在开花，另一半已经结出散发着白菜味的碧绿的细茵，玫瑰花还开着——这是夏天里的第三次了，不过蓓蕾和花朵都变小了，稀稀拉拉的，像是变了种一样。天竺牡丹、芍药、翠菊开得倒是绚烂，只是显得冷漠傲人。在敏感的空气中，这些草本植物散发出一股令人忧郁的秋天的气息。其余的花木都不再盛放，在夏天孕育足了母性之后，它们此刻悄悄地把无数未来生命的种子洒落在大地上。

公路附近传来几声三音喇叭汽车发出的令人熟悉的声响，这是薇拉公爵夫人的妹妹安娜·尼古拉耶夫娜·佛里叶瑟乘坐的汽车到了。她一清早就打电话告诉姐姐，说她要来帮忙招待客人，料理家务。

灵敏的听觉没有欺骗薇拉，她走出门迎接。几分钟之后，一辆精致的小轿车突然在别墅门前停下来，司机从座位上麻利地跳下来，把车门打开。

姐妹俩快活地亲吻。她们从小就相互关心，相互温暖，彼此都很依恋对方。不过在外貌上，她们可是一点相似之处都没有。姐姐薇拉长得像母亲，一个英国美人，她和母亲一样身材苗条，脸庞娇嫩，但显得冷淡高傲。就像老式袖珍画像上的美人一样，她有两只圆润的手臂和一双迷人的溜肩。相反，妹妹安娜则继承了父亲鞑靼公爵的蒙古人的血统，他的祖父直到十九世纪初才受洗，而他们的家族可以追溯到帖木儿本人或者兰格杰米尔——她父亲就是这样用鞑靼话骄傲地称呼这位杀人不眨眼的伟人的。她比姐姐矮半个头，肩膀有些宽。她活泼，轻佻，还爱嘲笑人。她那张脸十足像个蒙古人，颧骨相当明显，眼睛细小，由于近视的原因时常眯着，在肉感的小嘴上，特别是在微微向前伸出的丰满的下嘴唇上，流露出傲慢的神情——不过这张脸上却有一股难以捉摸而且难以理解的魅力。这魅力也许隐藏在微笑里，也许隐藏在所有妩媚娇柔的线条中，也许隐藏在诱人、热情、卖俏的面部表情里。她长得不算美，但相当妩媚，所以比仪态雍容的姐姐更经常也更强烈地引起男人的注意。

她嫁给了一个相当富有，但是非常愚笨的人。这人在某慈善机构挂了个名，还弄了个少年侍从的官衔，整天什么事都不干。她很受不了丈夫的这副德行，可还是给他生了两个孩子，一儿一女，之后她就决心不要孩子，没有再生。至于薇拉，她很想要孩子，甚至觉得越多越好，但是不知道为什么偏偏没能如愿。所以她有些病态地，带着炽热的情感宠爱着妹妹那两个漂亮却贫血的孩子。他们总是那么有礼貌，那么听话，苍白的脸蛋粉妆玉砌一般，亚麻色的头发像洋娃娃似的卷起来。

安娜神经大条而又活泼可亲，在她身上有时还存在着一些奇怪的矛盾。在欧洲所有的首都和疗养地，她都醉心于危险的调情中，但从来没背叛过自己的丈夫，虽然当面和背后都轻蔑地嘲笑过他。她出手阔绰，很爱赌博和跳舞，偏好强烈的印象和刺激人的场面，在国外还光顾过不大规矩的咖啡馆。可是同时她又相当善良、真挚、虔诚，她甚至偷偷地信奉起天主教来。她有着美丽非凡的背、胸脯和肩膀，在参加盛大舞会的时候，她常常裸露得超过了礼节所允许的界限，可是据说在袒胸露肩的晚礼服下面，她总是穿着一件粗毛衬衣。

薇拉则中规中矩，和人相处时比较冷漠和高傲。她是一个独立、威严而又安静的女人。

三

“天哪，你们这儿真好！太好了！”安娜说道，迈着轻快的碎步，和姐姐沿着小径并肩走着，“要是可以，咱们在悬崖边上的那条长凳上坐一会儿吧。我好久没看见大海啦。空气多清新啊，呼吸着它感觉心神舒畅。去年夏天在克里米亚的米斯苗尔，我有个令人惊讶的发现，你猜涨潮的时候海水散发出的是什么气味？想象一下吧——是木樨草味。”

薇拉温柔地笑了：

“你是个幻想家。”

“不是，不是。我还记得有一次，我说月光里有一种玫瑰的色调，所有人都笑话我。可是前两天画家包里茨基——就是给我画肖像的那位——他就同意了我的观点，说我说得对，还说他们画家早就注意到了。”

“画家？你又对画家感兴趣了？”

“你总是异想天开！”安娜笑起来，快步走向悬崖的边缘，悬崖像一道墙壁深深地垂到海里。她向下面望了一眼，突然惊恐地叫了一声，脸色发白地后退了几步。

“噢！真深呢！”她用颤抖的嗓音轻轻地说道，“每次从这么高往下看，我心里总是痒痒得又痛快又难受，连脚趾头都发凉了，可是还是忍不住被吸引着，朝下看。”

她还想从悬崖边上往下探一次身子，但被姐姐拦住了。

“安娜，亲爱的，快别这样！你这样做，我在旁边头都开始晕了。求求你，坐下吧。”

“好吧，好吧，我坐下啦。可是你瞧瞧，多美啊，多快活啊，简直看不够。你要是知道我多么感激上帝为我们创造了这般奇迹就好了！”

她们俩沉思了一会儿。大海安静地躺在她们脚下很深很深的地方。从长凳那儿看不见海岸，因此辽阔的海面显得更加的无垠和雄伟。海水平静得可爱，湛蓝得悦人，只是在海水流动的地方有一片平滑的水面在闪闪发光，等它流到水天相接的地方又变成一片暗蓝色了。

几只依稀可辨的渔船——它们显得那样小——在离岸不远的平滑的水面上一动不动地打盹。再远一点，一只三桅帆船仿佛悬挂在天空，不再向前移动，从上到下披满了被海风鼓起的样式整齐的白帆。

“我理解你的心情，”姐姐若有所思地说道，“但是不知道为什么我不像你那样。在隔了很长时间之后再一次见到海的时候，它使我激动、欣喜、赞叹，就好像我是第一次目睹这样伟大而壮丽的奇观。但是当我看惯它之后，它那平淡无奇的广阔又开始使我感到窒息。现在我一瞧见它就烦闷，都不想再看见它，厌倦了。”

安娜笑了。

“你笑什么呀？”姐姐问道。

“去年夏天，”安娜调皮地说道，“我们从雅尔塔骑马到乌奇－科什去，就是林场后面瀑布的上边。开始我们钻进了云雾里，潮湿极了，什么都看不见，可是我们还是沿着松林间险峻的小路向上爬。突然间，不知怎的树林到了尽头，我们就从雾里出来了。你想象一下：悬崖峭壁上一块狭窄的平地，我们脚下就是万丈深渊。山下的村庄看上去还没有火柴盒大，树林和花园就像一丛丛小草。整个地形向大海倾斜，慢慢降低，和地图上画的一个样。再往前一点就是大海了！离海也就五十或者一百俄里吧。我感觉自己像是悬在空中，马上就要腾空飞去。多么美啊，多么飘飘然啊！我转过头来兴奋地对向导说：'怎么样？美吧，赛义德－奥格雷？'可是他只吧嗒了一下嘴说道：'唉，太太，这一切我都厌倦了，我们一天到晚都能看见这样的景色。'"

"谢谢你打的比方。"薇拉笑起来，"可是，我只是在想，我们北方人永远不能理解大海的美。我爱森林，你还记得我们在耶戈洛夫斯基的那片森林吗？它什么时候使我们厌倦过？那些松柏！那些藓苔！那些毒蝇蕈！就像是红缎子做的，上面还镶嵌着白珠子。多么宁静，凉爽。"

"对我都一样，我什么都爱，"安娜回答道，"可是我最爱的还是我的姐姐，我那聪明懂事的薇连卡[①]，世界上就剩下咱们两个亲人了。"

她拥抱着姐姐，依偎着她，把自己的脸颊贴在姐姐的脸颊上，然后她突然想起了什么。

"对了，你瞧我多糊涂！我们俩像小说里的人物似的，坐在这儿谈论大自然，我可把送你礼物的事全忘了。我拿给你看看，就怕你不喜欢。"

说着她从手提包里拿出一本装帧精美的小记事簿：蓝天鹅绒封皮由于时间的关系已经变旧、磨损、发灰了，封皮上有暗色的金银丝编成的花纹，花纹图案可谓是罕见的复杂、精巧、漂亮——显然，这出自一位灵巧而又耐心的艺术家之手。记事簿是用一条丝线一般粗细的金链固定起来的，其中的几页还换上了象骨片。

---

① 薇连卡是薇拉的小名。

“多漂亮的东西啊！太妙了！”薇拉说道，亲了亲妹妹，“谢谢你，你从哪儿弄来的这件宝贝？”

“在一家古玩铺子里找到的。你知道我有淘旧货的毛病，正巧就发现这本祈祷书了。你瞧，这儿的十字架是用图案装饰出来的。其实，我只是找到了这个封皮，剩下的——书页啦，铅环啦，铅笔啦——都是我自己设计的。可是不管我怎么对莫里涅解释，他还是完全不明白我的意思。铅环要和整个图案做成一个样式，不带光泽，得用旧金子做，需要细致地雕琢，可是上帝才晓得他做成了什么样子。不过这条金链是真正的威尼斯货，可有年头了。”

薇拉珍爱地抚摸精美的封皮。

“真是老古董了！这本记事簿大约有多少年了？”她问。

“我也不能确定，大约是十七世纪末或十八世纪中的东西吧。”

“真有意思，”薇拉若有所思地笑着说道，“我手里拿的东西，也许曾经接触过蓬巴度[①]侯爵夫人或者安东涅塔[②]皇后本人的手。你知道吗，安娜，也只有你才会产生把祈祷书装订成女人用的Carnet[③]的大胆想法！不过咱们也该往回走啦，看看家里准备得怎么样了。”

她们穿过一座大石凉台走进门。凉台的四周都被挂着“伊查别拉”葡萄的茂密的篱形棚架遮住了。一大嘟噜一大嘟噜黑色的葡萄沉甸甸地挂在被阳光照耀得闪闪发亮的绿叶阴影中间，散发出清淡的草莓味。整个凉台笼罩在一层淡淡的青光之中，使得女人们的脸颊顿时显得苍白了。

“你吩咐过在这儿开饭吗？”安娜问道。

“是啊，之前我自己这样想过，可现在看来晚上会冷，最好还是

---

① 法国国王路易十五的情妇。

② 法国国王路易十五的皇后。

③ 记事簿，法语。

开在饭厅里吧。男人们可以到这儿来吸烟。”

“有什么有趣的人会来吗?”

“我还不知道呢,我只知道咱们的老伯伯要来。”

“哎呀,可爱的伯伯要来,这可太让人高兴了!”安娜两手一拍喊道,“我好像有一百年没看见他了。”

“瓦夏的妹妹也要来,好像,还有斯别什尼科夫教授。安宁卡[①],昨天简直把我急坏了。你知道,伯伯和教授他们两位都是爱吃的人。可是不管在这儿还是在城里,花多少钱也弄不到好东西。卢卡弄到了几只鹌鹑——向一个熟猎户定下的——想着用鹌鹑做点什么好吃的。弄来的牛里脊相当不错,唉,牛里脊总是少不了的。虾也新鲜极了。”

“喏,也没那么坏嘛。你别担心了!不过,这是咱们俩说,你的嘴也够馋的。”

“可是也有点稀罕的东西呢,今天早上渔夫送来一只海公鸡。我亲眼看见了,简直是个怪物,让人看了都害怕。”

不管同自己有没有关系,安娜对什么都好奇得要命,马上叫人把海公鸡拿给她看。

高高的,发黄的脸刮得干干净净的厨子卢卡端着一个椭圆形的大白木盆走进来,他两只手小心翼翼地费劲地抓着盆沿,生怕把水溅到镶花地板上。

“十二磅半,夫人,”他带着厨子特有的骄傲说道,“我们刚称过。”

鱼对木盆来说太大了,它卷着尾巴躺在盆底。鱼鳞闪着金光,鳍的颜色鲜红,两只扇子似的带褶的长翅从凶狠的阔嘴边向两侧伸着。海公鸡还活着,努力用腮呼吸着。

---

① 安宁卡是安娜的小名。

妹妹战战兢兢地用小拇指碰了一下鱼头。海公鸡出人意料地使劲甩了一下尾巴，安娜尖叫着把手缩回来。

“别担心，夫人，做出来的样子肯定好。”厨子说道，他显然看出了安娜的紧张，“刚才保加利亚人送来两个香瓜，菠萝味的，样子有点像粗皮香瓜，不过气味香多了。我还想问夫人一声，海公鸡加什么调料，鞑靼的还是波兰的，要不要只放过油的面包干？”

“你看着办吧，下去吧！”公爵夫人吩咐道。

四

五点钟之后，客人们陆陆续续到了。瓦西里·里沃维奇公爵带来了他的姐姐柳德米拉·里沃夫娜，她是一个胖胖的，好心肠的，平时不爱说话的寡妇，夫家姓杜拉索夫；大家都狎昵地称之为瓦休奇克的全城闻名的花花公子，他既会唱歌又能朗诵，还举办过活人画展[①]，戏剧演出，义卖市场，在社会上人缘很好；还有薇拉公爵夫人斯莫尔尼女校的同窗，著名女钢琴家珍妮·赖特尔；还有公爵的内兄尼古拉·尼古拉耶维奇。随后，安娜的丈夫也坐汽车来了，同他一起来的还有脸刮得干干净净、身材相当肥大的斯别什尼科夫教授和本地副省长冯·赛克。比所有人来得都要晚的是阿诺索夫将军，他是由两名军官陪同乘坐出租马车来的：上校参谋潘纳马辽夫，一位未老先衰、性格暴躁、被繁忙的公务折磨得力不从心、精疲力竭的瘦子，另一位是近卫军骠骑兵中尉巴赫金斯基，彼得堡最好的舞蹈家和无与伦比的舞会主持者。

阿诺索夫将军，一个身材高大肥胖，满头白发的老人，一只手把着座位边的扶手，另一只手扶着马车的车厢，费劲地从踏板上走下来。他左手握着助听管，右手拄着顶端套着橡皮套的手杖。他的面庞宽大而发红，皮肤粗糙，当中长着一个肉头鼻子，眯缝着

---

① 人物化装表演某个场面，既无动作，也无对话。

的眼睛带着既威严又善良，还有一点点蔑视的神情。他的眼睛周围布满了细碎的皱纹，眼皮有些肿，这些特征是那些常常经历死亡和危险，勇敢而质朴的人所具有的。两个姐妹老远就认出他来，正好在老伯伯下车的时候，跑到他跟前，半开玩笑半认真地从两边搀起他的胳膊。

“就像……在搀一个主教。”将军用嘶哑的低音和蔼地说道。

“老伯伯，亲爱的好伯伯！”薇拉的口气里有一丝故意的责怪，“我们天天盼着您，可您老也不露面。”

“老伯伯在南方把良心都丧尽了，”安娜笑起来，“也应该想想您的教女呀，可是您却像唐·璜一样，一点都不害臊，完全把我们忘到脑后去了。”

将军摘下帽子，露出威风凛凛的头顶，轮流吻姐妹俩的手，然后吻了她们的脸颊，又吻她们的手。

“丫头们，等一等，先别骂我，”他说一句话喘一口气，这是他多年患气喘病的缘故，“说实话，那些说话不算话的医生，就因为我的风湿病，整个夏天都把我泡在一种肮脏的泥浆里，臭气熏天，又不放我出来。你们是我头一个来看的人。我太高兴了，能见到你们。你们过得怎么样？你呀，薇拉琪卡[①]，完全是位夫人了，真像你已故的母亲。什么时候叫我给你孩子当教父啊？”

“哎，老伯伯，就怕没有这一天了……”

“别绝望呀，日子还长着呢，向上帝祈祷吧。可是你呀，安尼亚[②]，一点都没变样，你就是到了六十岁，还是一只停不住的蜻蜓。等一下，让我给你们介绍军官先生们。”

“我早有过这种荣幸了！”潘纳马辽夫上校鞠躬说道。

“我在彼得堡就被引见给公爵夫人了。”骠骑兵附和道。

---

① 和上文中的薇连卡一样是薇拉的小名。

② 和上文中的安卡一样是安娜的小名。

“那么，安尼亚，让我来给你介绍巴赫金斯基中尉吧。舞蹈家，也是个鲁莽汉，但还是个优秀的骑兵。巴赫金斯基，亲爱的，把马车里的东西拿出来吧。咱们走吧，丫头们，薇拉琪卡，你今天拿什么招待我们呀？自从施行过泥疗饮食制后，我的……胃口就跟刚毕业的……准尉一样。”

阿诺索夫将军是已故的米尔兹－布拉特－图甘诺夫斯基公爵战场上的伙伴和忠实的朋友。公爵死后他把自己的全部的柔情和挚爱都转移到他女儿们的身上。他认识她们的时候她们还非常小，而且他还是妹妹安娜的教父。从那时直到现在，他一直担任设在K城的几乎废置不用的大要塞的司令，每天都到图甘诺夫斯基家里来。孩子们简直迷上他了，因为他宠爱她们，送给她们礼物，他在马戏园子和戏院里有包厢，还因为谁也不像阿诺索夫那样，会同她们玩得那么津津有味。但最使她们入迷的，比什么都牢固地印在她们脑子里的，是他在喝晚茶和上床睡觉那个乏味的时刻之间，所讲的关于行军、作战和宿营，关于胜利和退却，关于死亡、负伤和严寒的故事，那些从容不迫的、史诗般平静的、纯朴的故事。

按照现今的风尚，这位前朝遗民乃是一个异常瑰丽的巨人般的人物。在他身上彰显的正是那些朴实可亲的，但又感人至深的特征，在他的时代，一个普通士兵身上的俄国农民特征比军官常见得多，这些特征汇集在一起，塑造出崇高的形象：我们的士兵不仅是不可战胜的，而且成为伟大的殉教者，近乎圣人。他们拥有朴实而天真的信仰，对生活的明朗、善良而乐天的看法，冷静而切实的勇敢，在死亡的面前俯首听命，对于被战胜者的怜悯，无穷尽的忍耐和肉体上、精神上的惊人的坚忍。

阿诺索夫从波兰战争起，参加过所有的战役，日俄战争除外。就是那次战争，他本来也会毫不犹豫地去参加，但是没有人叫他参加，而他又一向遵守一条极为谦逊的规则：“不叫你的时候，不必去找死。”他在整个服役期间，从来没动手打过一个士兵。在波兰暴乱期间，有一次他竟然拒绝枪毙俘虏，尽管是团长亲自下的命令。“如果是间谍，我不仅仅要枪毙他，”他说道，“就算您命令我亲手杀死他，我也会干的。但这是俘虏呀，我不能这么做。”他的话说得如此质朴、谦恭，没有一点挑衅或卖弄的意思，两只明亮坚定的眼睛直直地盯着长官的眼睛，以致长官非但没把他本人枪毙，反而不管他了。

在一八七七——一八七九年的战争中，他很快晋升到上校，尽管他缺乏教养，或者如他本人所说的，只念过“狗熊学院”。他参加过横渡多瑙河的战役，穿越过巴尔干，趴过希普卡的战壕，参加过对普列文的最后攻击。他受过一次重伤，四次轻伤，此外，他的头部还受到过手榴弹片严重的震伤。拉查茨基①和斯科别列夫②都认识他，并且都对他特别敬重。斯科别列夫有一次提到他的时候说：“我认识一个比我勇敢得多的军官，这人就是阿诺索夫上校。”

手榴弹碎片使得从战场上回来的他几乎成了聋子，有一只脚割掉了穿越巴尔干时冻坏的三根脚趾，全身还患有在希普卡患上的严重的风湿症。上头本打算让他再平平安安地服役两年后就逼他退休，可是阿诺索夫说什么也不干。这时恰好边区的长官，一个目击了阿诺索夫横渡多瑙河时表现出的沉着勇敢的人，用自己的势力帮了他的忙。彼得堡市决定不让功勋卓著的上校伤心，任命他为K市要塞终身司令——这主要是个荣誉职务，而不是国防上需要的岗位。

在这座城市里，所有人，不论大人小孩都认识他，并善意地取笑他的弱点、习惯和穿戴样式。他出门从不带武器，穿着一件旧礼服，戴着一顶硕大的宽边直沿帽，右手拄着手杖，左手握着助听管，跟在他后面的是两只养的肥肥的、懒洋洋的、声音嘶哑的哈巴狗，哈巴狗

---

① 拉查茨基(1766—1858)：澳大利亚陆军元帅。

② 斯科别列夫(1843—1882)：俄国军事家。

的舌尖总是微微咬着，伸在外面。如果他在早上通常是在散步的时刻遇到熟人，那么隔着几条街的行人都能听见要塞司令的喊声，还有那两只哈巴狗的汪汪叫声。

正像许多聋子一样，他也是个歌剧迷。有时，在某个歌手徐缓的二重唱之间，剧场里会忽然响起他果断的低音："他的 do 唱得真清脆，见鬼！和咬碎胡桃一样。"剧场里传来一阵人们忍俊不禁的笑声，但是将军一点没觉得奇怪：他还天真地以为，他只不过同邻座低声交换几句新鲜的印象而已。

为了履行要塞司令的职责，他还常常带着声音嘶哑的哈巴狗去视察中心禁闭室。拘留在那里的军官，摆脱了军务的劳累，惬意地玩文特牌、喝茶、说笑话。他仔细地询问每个人："姓什么？谁把你关进来的？关多久？为什么要关你？"有时他突然夸奖起一位军官虽然违法却骁勇的行为来，有时又厉声责骂，声音大得从街上都能听见。等他喊够了，既不改变语气，也不停顿一下，就询问军官，他们的饭是哪儿送来的，要付多少钱的饭费。有一次，某个从没有禁闭室的偏僻地区押送到这儿来长期禁闭的迷途准尉，承认因为自己没钱，只好在士兵灶上吃饭。阿诺索夫马上吩咐从距离禁闭室不到两百步的家里给这个可怜的人端饭。

他在 K 城同图甘诺夫斯基一家亲密起来，并且对孩子们依恋到如此地步，每天晚上见到她们已经成为他精神上的需要了。如果小姐们出门上哪儿去了，或者他因为公事耽误了，那他就开始苦恼起来，在要塞司令住宅的大屋子里坐立不安。每年夏天他都要休假，在距离 K 城五十俄里的图甘诺夫斯基家的领地耶戈洛夫斯基度过整整一个月。

他把内心隐藏的全部柔情和对真挚爱情的需要，都转移到了孩子们，特别是女孩子们身上。他从前某个时候也结过婚，但时间久远到连他自己都不记得了。还是在战前，他妻子被一个过路演员的天鹅绒外套和花边袖口迷住，跟他跑了。将军一直给她寄赡养费，直到她死为止，但不许她跨进家门，尽管她装得很懊悔，还寄来许多泪痕斑斑的信。他们没有子女。

五

出乎大家的预料，傍晚是这样的宁静和温暖，连凉台上和客厅里蜡烛的火光都一点没摇曳。吃饭的时候，瓦西里・里沃维奇把所有人都逗笑了，他有非凡的特殊的讲故事的才能。他用真实的事件作为故事的蓝本，里面的主要人物不是在场的某个人就是大家共同的熟人，经他一渲染，再加上讲的时候脸色一本正经，口气郑重其事，总能使听的人笑得前仰后合。今天他讲的是尼古拉・尼古拉耶维奇和一个漂亮的阔太太未成的婚事。故事讲的就是太太的丈夫不愿意和她离婚，但公爵把真事和虚构巧妙地揉合在一起了。他让拘谨又严肃的尼古拉，胳肢窝里夹着皮鞋，只穿着一双袜子在夜晚的街道上奔跑。警察在一个拐角处把年轻人扣下了，尼古拉激动地解释了很长时间，才证明自己是副检察官，而不是夜间强盗。据讲故事的人说，婚礼差一点就举行了，但在最关键的时刻，参与这件事的伪证人们突然宣布罢工，要求增加薪水。尼古拉出于吝啬（他确实是个吝啬鬼），而且作为一个原则上反对罢工的人，援引上议院核准的有关法律条款，他一口拒绝多付工资。所以，恼羞成怒的伪证人们，在回答那个大家都熟悉的问题“在场的人当中有谁能提出妨碍缔结婚姻的理由”时，异口同声地回答道：“有！我们在法庭上宣誓作证的所说的那些都是不折不扣的谎话，是检察官先生用威吓和暴力强迫我们说的。而关于这位太太的丈夫，作为知情人，我们可以说的就是，这是世界上最可敬的人，他像约瑟那样纯洁，像天使那样善良。”

瓦西里公爵抓住婚姻故事的线索一直说了下去，连安娜的丈夫古斯塔夫·伊万诺维奇·弗里叶瑟也没放过。公爵说，婚礼后的第二天，丈夫便在警察的协助下要求新娘必须搬出娘家，迁入法定丈夫的居住地，因为新娘没有个人护照。这个笑话中仅有的真有其事的一处，是安娜在婚后的最初几天必须寸步不离地守着患病的母亲，因为薇拉匆忙赶回南方自己的家里去了，可怜的古斯塔夫·伊万诺维奇陷入忧伤和绝望之中。

所有人都笑起来，安娜也眯着眼睛笑起来。古塔斯夫·伊万诺维奇兴高采烈地哈哈大笑，他那消瘦的绷着一层光滑发亮皮肤的脸，梳得滑溜溜的浅黄稀疏的头发，深陷的眼眶，使他看上去就像一个露出肮脏牙齿大笑的骷髅。他至今仍然迷恋着安娜，从他们成为夫妻的第一天起就是这样，他总是尽量坐得靠近安娜，偷偷地碰她一下，多情而得意地向她献殷勤，常常弄得她又可怜他，又感觉浑身不舒服。

薇拉·尼古拉耶夫娜在离开饭桌之前，无意数了一下在座的人数，一共十三个人。她是个迷信的人，暗自想道：“这可不好！[①] 我先前怎么没想到数一数呢？全怪瓦夏，他在电话里什么也没说。”

亲近的朋友在施因或者弗里叶瑟家里聚会的时候，饭后往往要打扑克牌，因为姐妹俩都非常喜欢赌博。两家还制定了赌博的规则：把一定价码的骨头筹码平均发给所有打牌的人，当这些骨头筹码都落到一个人的手里，到那时，这一晚上的牌局就算结束，不管牌友们怎么坚持要打下去，也不再延长，从钱柜里再一次取筹码是严格禁止的。这种严格的规定来自实践的需要，为了约束薇拉公爵夫

---

① 数字十三在俄罗斯传统中是不吉的征兆。

人和安娜·尼古拉耶夫娜，她们两个在赌得狂热的时候是没有任何节制的。总共的输赢很少能到一两百卢布。

这一次大家也坐下来打扑克。薇拉没有加入，想走到凉台上去，那儿正在摆茶点。但是突然间，一个侍女带着几分神秘的表情把她叫出客厅。

“什么事呀，达莎？”薇拉公爵夫人不满地问道，走进卧室旁边的自己的小书房，“你干嘛做出一副蠢样子？你手里翻来翻去的是什么东西？”

达莎把一个不大的正方形的东西放在桌子上，那件东西整整齐齐地用白纸包着，上面还仔细地扎着一条淡红色的丝带。

“老天啊，真不是我的过错，夫人，”她喃喃说道，委屈地涨红了脸，“他来了说道……”

“他是谁？”

“一个戴红帽子的人，夫人，邮差……”

“然后呢？”

“他走进厨房，把这东西往桌上一放。‘转交给你们夫人，’他说，‘但一定要亲手交给她。’我问他谁送来的，他说：‘都写在这儿了。’说完这句话他就跑了。”

“去追上他。”

“怎么也追不上了，夫人。他在你们吃饭的时候来的，可是我没敢打扰您，夫人。快半个小时了。”

“好吧，你下去吧。”

她剪断丝带，把丝带连同上面写着她地址的包装纸一起扔进了纸篓。纸里包着的原来是一只红丝绒的小首饰匣子，看上去像刚从商店里买的。薇拉揭开里面衬着淡蓝色绸料的匣子盖，看见一只椭圆形的金手镯嵌在黑天鹅绒里，手镯中间塞着一个折成漂亮八角形的纸条。她快速地把纸条拆开，上面的字迹让她感觉很熟悉，但她像真正的女人一样，马上把纸条放在一边，仔细打量起这只手镯来。

手镯是金色的，成色很低，很粗，是空心的，手镯的外侧镶满了不大而且磨得很粗糙的古老的石榴石。在手镯当中，耸立着五颗半卵形的和豌豆一般大小的圆宝石，它们将一颗奇异的小绿宝石圈在中间。薇拉随手把手镯在灯光前翻转过来，在石榴石内部，它们光滑的卵形表面深处，突然冒出美丽的、活生生的深红色的火苗来。

“就像血一样！”薇拉诚惶诚恐地想到。

然后她想起信来，把它拆开了。她读到下面这几行娟秀工整的小字：

> 最尊敬的薇拉·尼古拉耶夫娜公爵夫人：
>
> 我恭敬地祝贺您命名日快乐，斗胆向您奉上我微薄而忠贞的礼物。

“啊，这——是那个人！”薇拉不快地想道，但还是把信读完了。

> 我本来绝不敢把自己挑选的东西奉献给您：我既没有这种权利，也没有细致的鉴赏力——坦白说吧——也没有钱。况且，我认为，在这个世界上也找不到一件配得上装饰您的珠宝。
>
> 但这只手镯是属于我曾祖母的，最后一个戴过它的人是我逝去的母亲。在手镯的当中，大宝石的中间，您会看到一颗绿宝石。这是石榴石相当珍贵的一个品种——绿石榴石。我们家族里流传着一个古老的传说：它赋予戴它的女子预见未来的能力，并能替她们驱散忧思，戴它的男子则可以免遭横死。
>
> 所有的宝石都是从一只旧银手镯上取下来，一颗颗精确地镶嵌到这只手镯上来的，所以您可以相信，在您之前还没有任何人戴过这只手镯。

您可以现在就把这件可笑的玩意儿扔掉,或者把它随便送给谁,但我将感到幸福,因为您的手已经接触过它了。

我恳求您别生我的气,一想起七年前自己鲁莽的行为,我就羞愧得脸红。我竟敢给您,一位小姐,写过一封封愚蠢、无理的信,甚至还期待您能回复我。现在我心中只剩下无比的敬仰、永恒的崇拜和奴隶般的忠诚了。我现在只能每时每刻祝您幸福,如果您幸福了,我就感到高兴。我默默地向您坐过的家具,走过的镶花地板,偶尔碰过的树木,交谈过的仆人深深鞠躬。我甚至不论对人还是对物,都不再有嫉妒心了。

我用冗长而不必要的信打扰了您,再次向你致歉。

生前和死后都是您顺从的奴仆

Г.С.Ж.

"要不要给瓦夏看?如果拿给他看,什么时候合适呢?现在还是等客人们走了之后?不,还是等客人们走了之后好些,如果现在的话,不仅这个不幸的人将被人取笑,我也会跟他一起被人取笑。"

薇拉公爵夫人这样想着,眼睛无法离开颤动着五朵殷红火焰的五颗石榴石。

六

大伙儿好不容易才把潘纳马辽夫上校劝到牌桌上去。他说他不会玩扑克，也完全反对赌博，就连赌着玩都不赞成，喜欢打的只有文特牌，而且还打得相当不错。不过大家一再邀请他，最后他还是同意了。

开始还需要大家的指导和纠正，但他很快就掌握了打扑克的规则，还没过去半个小时，所有的筹码就都推到他面前了。

“这可不行!”安娜故意做出一副受委屈的滑稽样子，“您也得让别人赢几把，激动一下呀!”

客人当中的三位，斯别什尼科夫、上校和副省长，那有些呆板无聊，有礼貌的德国人，薇拉不知道该怎么招待，拿他们怎么办才好。她邀请了古斯塔夫·伊万诺维奇，给他们凑了一桌文特。安娜从老远的地方感激地眨了眨眼睛，姐姐一下子明白了她的意思。大家都知道，要是不让古斯塔夫·伊万诺维奇坐下来打牌，那他整个晚上都会在妻子身边转悠，就像缝在她身上一样，骷髅似的脸上露着一副坏牙，破坏了妻子的兴致。

现在，夜晚的时光正在平静地流逝，大厅里的气氛一点儿都不沉闷，反而显得很活跃。瓦休巧克在珍妮·赖特尔的伴奏下，低声唱着意大利的民间抒情歌曲和鲁宾斯坦的东方歌曲。他的声音不大，但却音色悦耳，唱得准确无误。珍妮·赖特尔是个要求严格的音乐家，但总是很乐意替他伴奏。不过，据说，瓦休巧克正在追求她。

安娜坐在墙角的沙发上，拼命向骠骑兵卖弄风情。薇拉走过去，笑着听他们说话。

“不，不，请您别笑。”安娜快活地说，眯起一对可爱的、热情的、鞑靼人的眼睛望着军官，“您当然认为在骑兵连打头阵，飞奔着跨越一道道障碍才算是工作吧！可是请看看我们的工作，就拿我们刚刚举办过的摇彩活动来说吧，您觉得这很轻松吗？才不是！一大群人，有抽烟的，还有不少清洁工，马车夫，我也不知道他们叫什么。他们缠住你向你抱怨，一肚子的委屈，而且，一整天都得站着。何况，马上我们还得举办为贫困知识妇女募捐的音乐会呢，再往后还有白衣舞会……”

“我斗胆希望在舞会上您不会拒绝和我一起跳马祖卡舞。”巴赫金斯基插了一句，微微低下头，把马刺在椅子下面碰得咔哧一响。

“感谢您了，但是最让我头疼的还是我们的孤儿院。您明白吧，收容有缺陷儿童的孤儿院。”

“噢，我完全明白。这大概是一件很逗乐的事吧？”

“行了，您怎么好意思嘲笑这样的事呢！可是您明白我们不幸之处在哪儿吗？我们想收容那些心灵沾满了遗传性的恶习和性格受到恶劣影响的不幸的孩子，我们想给他们温暖和爱抚。”

“嗯……”

“提高他们的道德水准，唤起他们心中的责任感，您明白我的意思吗？于是每天都有人给我们送来成百上千的儿童，可是他们当中竟没有一个是有缺陷的！要是您问家长，孩子有没有缺陷，您自己可以想象，他们甚至还会觉得受到侮辱！这样，孤儿院是开起来了，一切都准备好了，就是没有一个来受教育的男孩和女孩！哪怕给每个送来有缺陷孩子的人颁发奖金也没有用。”

“安娜·尼古拉耶夫娜，”骠骑兵故作严肃地打断她，讨好地说道，“干嘛颁发奖金？您就免费收容我吧。真的，比我更有缺陷的孩子您上哪儿都找不着了。”

“行了行了，跟您简直不能说正经话。”她哈哈大笑起来，往沙发背上一靠，两眼闪闪发光。

瓦西里·里沃维奇公爵坐在一张大圆桌前面，给姐姐、阿诺索夫和内弟展示有自己手绘插图的家庭幽默画册。四个人都由衷地笑起来，于是，渐渐地就把没打牌的客人吸引过来。

这本画册可以说是瓦西里公爵讽刺故事的补充和插图。他不动声色地给大家看，这其中有《骁勇的阿诺索夫将军在土耳其、保加利亚以及其他国家的爱情史》《花花公子尼古拉·布拉特-图甘诺夫斯基公爵在蒙特卡洛的奇遇》等等。

“各位，现在你们将看到的是我们亲爱的姐姐柳德米拉·里沃夫娜的简短传记，”他迅速地向姐姐投去一个逗笑的目光，说道，“第一部——童年。‘孩子长大了，名字叫里玛。’”

画页上有一个故意用儿童手法画出的小姑娘像，小姑娘的头往一边侧着，但画了两只眼睛，裙子下面伸出两条折线算作两条腿，张开的两只手的手指向四外指着。

“从来没有人叫过我里玛。”柳德米拉·里沃夫娜笑起来。

“第二部——初恋。骑兵士官生跪地向里玛女郎奉献亲手写就的诗篇。那里有真正珍珠般优美的诗行：

你那美丽的小脚

是超凡的热情的存在！

“下面就是真正对脚的描绘。

“这里是士官生怂恿天真无邪的里玛从家里逃走。这里是逃跑的场面。这里是危急的时刻：怒气冲天的父亲在追赶两个私奔者。士官生胆怯地把全部过错都推到温顺的里玛头上。

你在那儿扑粉化妆，浪费了一个钟头，

才使我们遭到可怕的追捕。

您想怎么对付过去是您的事，

我可要跑进树丛里躲起来。

“紧接着描述里玛女郎情史的是一篇新的中篇小说：《公爵夫人薇拉与追求她的电报员》。

“这首动人的长诗仅仅画了几幅钢笔和彩色铅笔的插图，”瓦西里·里沃维奇一本正经地解释道，“文字还在创作中。”

“这可是新鲜玩意儿，”阿诺索夫说道，“我还没听说过呢。”

“最新出品，书市上的新鲜消息。”

薇拉轻轻地碰了他肩膀一下。

“最好别说吧。”她说道。

但是瓦西里·里沃维奇要不是没听到她说的话，要不就是没把她的话当真。

“事情开始于史前时期。在五月的灿烂的一天，一个名叫薇拉的少女，从邮局收到一封信头上印着一对正在亲吻的鸽子的信。这就是那封信，这就是那两只鸽子。

“信的内容是对爱情的热烈表白，但写的字却违反了所有的拼写规则。信是这样开头的：‘美丽的金发女郎，你是我胸中沸腾的一片火海。你的目光像毒蛇一样，蚕食着我遍体鳞伤的灵魂。’除此之外还写了许多，在信的末尾是谦卑的签名：‘按照兵种我是个可怜的电报员，但我的情感堪比乔治阁下。我不敢告诉您我的全名，因为它太微不足道了。我只能用姓氏的前三个字母签名：П·П·Ж。

请把回信寄到邮局，留局待领。'在这里，各位，你们可以在这儿看到电报员本人的肖像，一幅彩色铅笔画的成功之作。

“薇拉的心被箭射穿了（这儿是心，这儿是箭），但是作为一个品行端正又有教养的女子，她把信拿给了可敬的父母看，还拿给自己童年的朋友和未婚夫——年轻英俊的瓦夏施因看。这儿有幅插图，当然，之后还要配上文字解释的。

“瓦夏·施因号啕大哭着把订婚戒指退还给薇拉。'我不敢妨碍你的幸福，'他说道，'但我恳求你不要马上下决定。想一想，琢磨琢磨，审视一下自己和他的感情。你还是一个不懂生活的孩子，像飞蛾一样扑向闪耀的火光。而我，噢，我知道冷酷而虚伪的世界。你要知道，这电报员是迷人而阴险的。他们用骄傲的美丽和虚假的感情欺骗没有经验的牺牲品，然后再残酷地嘲笑她，让自己获得一种难以形容的享受。

“半年过去了。沉浸在生活的漩涡中，薇拉忘记了自己的崇拜者，嫁给了年轻英俊的瓦夏，但电报员却没忘记她。瞧他浑身抹上煤灰，装扮成清扫烟囱的人，偷偷溜进微拉公爵夫人的客厅。像你们所看到的那样，到处留下五根手指和两片嘴唇的印迹：地毯上，枕头上，糊墙纸上，甚至镶花地板上。

“这是他换上村妇的衣裳，到我们厨房里来当洗碗妇。可是厨子卢卡过分的殷勤使他只好逃之夭夭。

“这是他在疯人院里。这是他剃了头当和尚。但他每天持续不断地给薇拉寄出热烈的信，他的眼泪落在信上，字迹变成了一个个墨水点。

“最后他要死了，临终前，他嘱托把自己衣服上的两颗扣子和一个盛满了泪水的香水瓶转交给薇拉……”

“各位，谁想喝茶？”薇拉·尼古拉耶夫娜问道。

七

秋天的晚霞终于燃尽了。在地平线的边缘，在灰蓝色的云和大地中间，好像一道裂痕似的泛着红光的最后一丝殷红，也熄灭了。大地、树林、天空都已经看不见了，只有头顶上那些大大的星星还在黑夜中闪动着自己的睫毛。灯塔上发出的青光，像一条笔直竖立的细柱，仿佛触到了苍穹的圆顶，勾勒出朦胧而明亮的光环。夜间的飞蛾撞着蜡烛的玻璃灯罩，庭院里开着星星般花朵的白烟花，从黑暗和清凉中散发出来的香气更加浓郁了。

斯别什尼科夫、副省长和潘纳马辽夫上校老早就走了，他们答应到了车站再把马车打发回来接要塞司令。留下来的客人都坐在凉台上。尽管阿诺索夫提出了抗议，但是薇拉姐妹还是给他穿上大衣，还给他的腿裹上了一条暖和的羊毛毯。阿诺索夫面前摆着一瓶他爱喝的罗曼德红葡萄酒，左右两边坐着薇拉和安娜。她们俩把将军照顾得无微不至，往他精巧的小酒杯里倒醇厚的葡萄酒，给他递火柴盒，替他把乳酪切成细片等等，年老的要塞司令享受地眯起了眼睛。

“是啊，秋天，秋天，秋天，”老人望着烛光，若有所思地摇着头说道，“秋天，我也该准备回家啦。唉，真是舍不得！好天气才刚刚来临。这才是在海滨，在寂静中，安安心心地享受的时候呢……”

“那您就在我们这儿住着吧，老伯伯。”薇拉说道。

“不行呀，亲爱的，不行呀。公务在身，假期结束啦，还能说什么呢，要是能留下来该多好！你看，玫瑰的香味多浓啊，这儿都闻得到。可是在炎热的夏天，除了洋槐外没有一朵花儿有香味，就是洋槐的香气还带着一股糖果味。”

薇拉从花瓶中拿出两朵小小的玫瑰花，一朵浅红，一朵深红，把两朵花插进将军大衣的纽扣孔里。

“谢谢，薇拉琪卡。”阿诺索夫把头垂向大衣襟，闻了闻玫瑰花，脸上突然浮现出老人的可爱笑容。

“我还记得，当我们开进布加勒斯特的时候，被安排住在私人住宅里。有一天，我在街上走着，突然一股浓烈的玫瑰香味扑鼻而来，我站住一看，原来在两个士兵中间放着一个盛玫瑰油的漂亮的水晶玻璃香水瓶。他们已经用玫瑰油擦过皮靴和枪闩了。‘你们这是什么东西啊？’我问道。‘不知道是什么油，大人，我们把它倒在粥里，但不合适，辣舌头，可是味却非常好闻。’

“我给了他们一个卢布，他们愉快地把香水瓶给了我。剩下的玫瑰油已经不到一半了，可是因为它价钱昂贵，至少也值二十个金币。士兵们非常满意，又对我说：‘大人，这还有一种土耳其豌豆，这该死的豆子，不管我们怎么煮都煮不熟。’这是咖啡豆，我对他们说：‘这种豆子只有土耳其人才用的着，士兵们要它没用。’好在他们没把鸦片也吃了，我在别处见过被踩在泥里的大烟锭。”

“老伯伯，您坦白说，”安娜问道，“您在打仗的时候胆怯过吗？害怕过吗？”

“说来奇怪，安涅琪卡，也害怕过，也没害怕过。害怕呢，是件挺容易理解的事儿。如果有人跟你说，他从来不害怕，子弹的呼啸对于他而言就像是最甜蜜的乐曲，你可别相信他，这些人不是神经病，就是在说大话。所有的人都一样害怕，不过是有的人吓得浑身都瘫软了，有的人还能控制住自己罢了。你看，胆怯永远都是一个样，但控制自己的本领却在实践中不断增长，英雄和勇士就是这样锻炼出来的。就是这样啊。可是有一次我差点没被吓死。”

“给我们讲讲吧，老伯伯。”姐儿俩齐声请求道。

直到现在，她们听阿诺索夫讲故事还像小时候那样兴奋不已。安娜甚至像小孩似的把两个胳膊肘支在桌子上，把下巴放在合在一起的手掌里。在他不慌不忙的、淳朴的叙述中，有一种令人向往的魅力。他在追述自己的戎马生涯时，总带着一股古怪而生涩的书卷气，就像照着一块可亲的古代铅版讲述一样。

“故事非常简短，”阿诺索夫回答说，“这事发生在希普卡，那是一个冬天，在我的头部被震伤之后。我们四个人住在一个土窑里，就是在那儿我亲身经历了这件可怕的事。有一天早上，当我从床上醒过来，我便觉得我不是雅可夫，而是尼古拉，并且我怎么也不能改变自己对自己的看法。当我发现自己的意识混乱了，就喊叫起来，叫人给我送水来，我把头浸在水里，这才恢复了理智。”

“我想象得出，雅可夫·米海伊洛维奇，您在那儿一定征服了不少女人，”女钢琴家珍妮·赖特尔说道，“您年轻的时候大概很英俊吧。”

“噢，我们的老伯伯现在也还是个美男子呢！”安娜喊道。

“美男子倒算不上，”阿诺索夫安详地笑着说，“但也不招人讨厌。就在布加勒斯特，发生了一件极其动人的事。我们开进去的时候，居民们在广场上鸣炮欢迎我们，许多窗户都被震碎了，但是窗台上放着的几杯水却都完好无损。我为什么会知道这回事呢？事情是这样的。我来到了拨给我的住宅，看见窗台上放着一个窄窄的鸟笼，笼子上面摆着一个盛着清水的大水晶玻璃瓶，金鱼在里面游来游去，而在金鱼中间，一只金丝雀蹲在横架上。金丝雀在水里！这让我大吃一惊，但仔细一瞧，我才发现瓶底很宽，当中凹进一大块，这样金丝雀就可以自由飞入，蹲在那儿了。从那件事之后，我就承认自己是个脑筋迟钝的人了。

“我走进屋里，看见了一个非常标致的保加利亚女郎。我向她出示了住宿证，顺便问她为什么鸣炮之后他们的玻璃没震碎，她向我解释说是因为有水的缘故。她还向我解释了金丝雀呆在水里的事，我的反应是多么的迟钝啊！就在说话的时候，我们的目光相遇了，擦出了火花，像电流通过一样，我立刻觉得爱上她了，热烈地、永远不变地爱上她了。”

老人不作声了，小心地用嘴唇抿了一口黑葡萄酒。

“但是，您后来还是向她表白了吧？”女钢琴家问道。

“嗯，当然表白了，但不是用语言。这发生得如此……”

“老伯伯，我希望您不会让我们听了脸红吧？”安娜狡黠地笑着说道。

“不会，不会，我们的爱情是最规矩不过的。你们知道，凡是我们住宿的地方，市民们对我们都有些防范和回避，但布加勒斯特的居民对我们却很亲热。有一次，我刚一拉起小提琴，姑娘们便马上打扮起来，跑过来跳舞，以后就成了惯例，天天如此。

“有一次，在晚上跳舞的时候，沐浴着月光，我走进过道，我的保加利亚女郎就躲在那儿。她一看见我，便假装做出挑选干玫瑰花瓣的样子，这里我应当交代一句，当地居民一麻袋一麻袋地采集玫瑰花。我搂住了她，把她紧紧地贴在自己的心上，吻了她几次。

“从那之后，每当星空升起月亮，我便急忙赶到我心爱的人的身边，同她在一起，暂时忘却了所有白天的操劳。等到我们从这个地方出发的时候，我和她山盟海誓了一番，便永远分别了。”

“这就完了？”柳德米拉·里沃夫娜失望地问道。

“您还想听些什么呢？”要塞司令反问道。

“不，雅可夫·米海伊洛维奇，请您原谅我直说，这不是爱情，只不过是陆军军官扎营时的艳遇罢了。”

“不知道，亲爱的，真不知道——这是爱情还是一种别的什么感情。”

“不是，告诉我们，难道您从来没有真正爱过吗？您知道，那种爱情，喏，一句话说吧，就是那种圣洁的、纯净的、永恒的爱情，非凡的爱情。难道您没这样爱过吗？”

“真的，我无法回答您的问题，”老头从椅子上站起来，踌躇起来，“也许，没有爱过。先前总是没空：青春、宴饮、打牌、战争……仿佛生命、青春、健康都永远没有尽头。可是后来回头一看，原来我已经成为一个废物了。好了，薇拉琪卡，别再多留我了，我要告辞了。骠骑兵，”他对巴赫金斯基说道，“夜里挺暖的，你去接一下咱们的马车吧。”

“我和你们一块儿走，老伯伯。”薇拉说道。

“我也是。”安娜附和道。

出门之前，薇拉走到丈夫跟前对他低声说道：

“你去看看，在我桌子的小抽屉里放着一个红匣子，匣子里有一封信。你自己看吧。”

八

安娜同巴赫金斯基走在前面，要塞司令挽着薇拉的手走在他们后面二十步左右。夜色这样浓，开头几分钟眼睛刚离开亮光还不适应黑暗，只好用脚探路。阿诺索夫尽管上了年纪，但还保持着出色的视力，照顾着同伴，他时不时用自己冰凉的大手温柔地抚摸着轻轻挎在他肘窝上的薇拉的手。

"这个柳德米拉·里沃夫娜真可笑，"将军突然开口说道，仿佛还在继续着自己的思路，"我在生活中已经观察过多少次了，女人只要接近五十岁，就喜欢围着别人的爱情瞎忙活，寡妇或者老处女尤其爱干这样的事。或者打探别人的隐私，幸灾乐祸，造谣中伤他人；或者干预别人的幸福；或者唠唠叨叨，大谈崇高的爱情。然而我想说，我们时代的人已经不再懂得爱了，我看不到真正的爱情，就是在我那个时代也没看到过！"

"怎么会这样呢，老伯伯？"薇拉轻轻地握着他的手，温和地反驳道，"干吗要诽谤呢？您也是结过婚的人啊，也就是说，您还是爱过的呀。"

"结婚根本不意味着什么，亲爱的薇拉琪卡。你知道我是怎么结婚的吗？我看见一个年轻的女孩坐在我身旁，她呼吸的时候胸脯就在短上衣下面一起一伏。她垂下长长的睫毛，脸蛋突然涨得通红。脸颊上的皮肤又细又嫩，脖子那么白净、纯洁，手又柔软又温暖。唉，简直是个魔鬼！而爸爸妈妈就在周围转来转去，躲在门外偷听，用狗一样忠诚的忧郁的眼睛望着她。当我离开的时候，就在门后飞快地吻了她，喝茶的时候脚在桌子底下仿佛无意似的碰她的腿。于是事情就定了。‘亲爱的尼基塔·安东诺维奇，我来向您女儿求婚。请您相信我，这圣洁的女孩……’这时爸爸的眼睛潮湿了，硬是要亲吻‘亲爱的，我早就猜到了。愿上帝保佑你们。你可要悉心爱护这个宝贝呀……’过了三个月，这个圣洁的宝贝穿着一件破烂的长衫，光脚踩着一双便鞋，披散着稀疏的用纸卷起的头发，像厨娘似的对勤务兵破口大骂，在年轻的军官面前矫揉造作，咬着舌头说话，翻着眼珠尖着嗓子叫喊，在人前不知为什么总管丈夫叫扎克，就那样懒洋洋地用鼻子拖长了调哼出来：‘扎——克。’她挥霍浪费，装模作样，不修边幅还相当贪婪，一双眼睛老是在撒谎……现在一切都过去了，平息了，解决了。我甚至从心底里感激这位半吊子演员呢，谢谢老天爷，还好我们没有孩子。”

“您原谅他们了吗，老伯伯？”

“原谅，不能用这个字眼，薇拉琪卡。事情刚一发生的时候我简直气疯了，如果那时让我遇见他们，准会把他们宰了。可是我慢慢地也走出来了，现在对这件事只剩下蔑视了。这样好，上帝避免了不必要的牺牲，而且，我也避免了大多数丈夫通常会有的命运。如果没有发生那件不道德的事情，我能像现在这样吗？驮载用的骆驼，放任老婆偷汉子的不要脸的王八，窝主，摇钱树，幌子，家里某件少不了的摆设……不！一切都会变好的，薇拉琪卡。”

“不，不，老伯伯，请原谅我直说，从您的口气里我还听得出怨恨，而且您把自己的不幸的经历扩展到所有人身上了。就拿我和瓦夏来说吧，难道能说我们的婚姻也是不幸的吗？”

阿诺索夫沉默了好一会儿，随后勉强地慢慢说道：

“那好吧，就算你们例外，可是在大多数情况下，人为什么要结婚呢？拿女人来说吧，不出嫁的姑娘会感到惭愧，特别是当周围的朋友们都出嫁之后，白吃家里的饭也不好受。想当主妇，家里的主角，独立自主的太太……再加上那种想当母亲的生理需求，开始要搭自己的小窝了，而男人则有另外的动机。首先是厌倦了独身的生活，厌倦了乱七八糟的房间，厌倦了下饭馆、肮脏、烟头、穿破了的和扯坏了的内衣，厌倦了债务和放浪的伙伴等等。其次是觉得家庭生活更有利，更健康，也更经济。第三是想到应当有孩子了，我死了之后我的一部分还将留在世界上，有点永生不灭的幻觉味道。第四是贞洁的诱惑，和我的情况一样。除此之外，有时想要嫁妆也是一个原因。哪有什么爱情？哪有自我牺牲的不图回报的无私的爱情？哪有那种人们常说的'同死一样有力'的爱情？你明白吗，为了这种爱情，人们可以建立任何功勋，忍受任何苦难，甚至奉献出自己的生命——这对于他们来说并不是什么困难的事，而是一种快乐。等一等，薇拉，你现在又想跟我说你的瓦夏了吧？不错，我喜欢他，他是个好小伙子。谁说得准，说不定将来他的爱情也能放出绚丽的光彩。不过你要理解我所说的那种爱情，爱情应当是悲剧，是世界上最深奥的秘密！这样的爱情与任何生活上的舒适、盘算和妥协都没有关系。"

"您可曾见过这样的爱情，老伯伯？"薇拉轻轻问道。

"没有，"老人果断地回答道，"不过我确实知道两个类似的故事，一个出于愚蠢，而另一个，真是，让人心酸死了，只有怜悯。你要想听，我就讲给你听，用不了多大工夫。"

"您请讲吧，老伯伯。"

"那好吧。我们师的一个团里（但不在我们团）有位团长太太。说到她的长相，我跟你说，薇拉琪卡，平常极了。她瘦得皮包骨头，头发火红，个子高高的，长着一张大嘴。灰粉从她身上落下来，就像从莫斯科老房子上落下来一样。她就像是团里的梅萨林娜[①]：有激情，傲慢、爱耍威风，蔑视周围的人，嗜好新鲜花样，还是个吗啡鬼。

“有一年秋天，他们团里派来一位刚从军校毕业的准尉，十足的黄口小儿。一个月之后这个老女人就完全将他玩弄于股掌之间。他是侍从，是仆役，是奴隶，是她舞会上永恒的舞伴，替她拿着扇子和头巾，穿着一件军服跑进严寒中去叫她的马车。一个纯真的男子把自己的初恋献给了经验丰富又贪权好势的老荡妇，这真是一件可怕的事。就算他马上安然无恙地从她手心逃脱，他的未来也可以说已经被毁掉了，这是一辈子也洗刷不掉的烙印。

“到圣诞节她就厌倦他了，又回到了一个经过考验的老情人的怀抱。可是他做不到，总是像幽灵似的跟着她。他被折磨得完全瘦了，脸色发黑。说得高雅些：‘死亡已经停在他高高的前额上。’他吃醋得要命，听说整夜整夜地站在她窗下。

“有一年春天，他们团里安排了某个五月宴会，还是野餐。她和他我都认识，可是出事的那天我没在场。每逢这种场合人们总会喝很多的酒。夜里，大家沿着铁路路基一起徒步往回走，迎面忽然驶来一列货车。火车沿着一个陡坡慢慢往上爬，鸣起汽笛。当火车头的亮光靠近他们的时候，她突然对着准尉耳朵低声说：‘您总说爱我，如果我命令您跳到火车底下去，您大概不会跳吧。’他呢，一句话也没回答，直接往火车底下跑去。据说他计算好了，正好跳到前轮和后轮中间，好让火车从他正中轧过去，把他轧成两截。但有个傻瓜想要阻止他，把他推开，不过没能成功。准尉两只手死死地抓住铁轨，所以两只手腕被轧断了。”

“哎呀，太可怕了！”薇拉喊了一声。

“准尉不得不离职了，伙伴们凑了些钱送他上路。他也不愿意

---

① 罗马皇帝克劳迪乌斯的妻子，以残忍和浪荡著称。

再留在城里:不想让她和全团的人感觉内疚。一个人堕落了,并且用的是最下贱的方式,成了乞丐,最后冻死在彼得堡码头上的某个地方。

“另一个故事则完全是悲惨的。这个女人同刚才讲的那个女人一样,只不过年轻又漂亮。她非常非常不检点,就连我们这些把家庭风流韵事看得平淡无奇的人,都很厌恶她的行为。而他的丈夫倒无所谓,他什么都知道,什么都看见了,却闭口不谈,视而不见。朋友们向他暗示,他却只是摆摆手:‘算了,算了,不关我的事,不关我的事,只要列娜琪卡幸福就行了!’真是个傻瓜!

“最后她毫不犹豫地同他们连的副连长维什尼亚科夫中尉在一起了。他们三个人就这样过着一妻二夫制的生活,好像这是最合法的夫妻生活似的。这时我们团要上前线去了,太太们来给我们送行,她也来了。说实话,看着都叫人害臊:就算出于礼节看丈夫一眼也好啊,可是她没有,反而吊在中尉的脖子上,就像魔鬼吊在枯柳树上一样,不肯离开。临别的时候,我们已经坐进车厢,火车开动了,她这个不知廉耻的女人,还追着丈夫喊道:‘你记住,要爱护瓦洛佳!他要有个好歹,我就离开家,永远不回来,把孩子也带走。’

“你或许觉得,这个上尉是懦夫?窝囊废?轻薄鬼?完全不是的,他是个骁勇的士兵。绿山战役的时候,他率领整个连队六次攻打土耳其的多面堡,打得二百人只剩下十四个人了。他两次负伤,但拒绝到包扎所去。他就是这样的人,士兵们都非常佩服他。

“但是她吩咐过,他的列娜琪卡吩咐过他呀!

“于是他就像保姆和母亲一般,照看着这个胆小鬼兼懒鬼维什尼亚科夫。在宿营地,他冒着雨用自己的大衣把他裹起来。在维什尼亚科夫躺在土窑里休息或者玩纸牌的时候,上尉代替他去执行工兵任务，夜里还替他查哨。你要知道，薇露尼亚[①]，那时候，土耳其士兵杀我们哨兵就像雅洛斯拉夫娘们在菜园里切白菜头那么容易。真的，虽然回想起来是罪过，大伙儿那时一听说维什尼亚科夫在医院里患伤寒病死了，都高兴坏了……”

“喏，那女人呢，老伯伯，您遇见过表现爱意的女人吗？”

“噢，当然了，薇拉琪卡。我甚至还要说：我相信每个女人都能在爱情中表现出崇高的英雄气概。你要明白，她吻你，拥抱你，献身于你，都是英雄的表现，而且她还要做母亲。对她来说，如果她爱，爱情便包涵了生命的全部意义，甚至是整个宇宙！至于人们把爱情变得这样庸俗，简直成为日常生活中某种消遣娱乐了，这完全不是女人们的过错。错在男人们，他们小鸡般的身体，兔子般的灵魂，二十岁就厌倦了一切，不再能产生强烈的愿望，不再能做出英雄的行为，不再能在爱情面前变得温柔而热烈。据说，这一切在以前都存在过。即便没存在过，难道人类优秀的智慧和心灵——诗人、小说家、音乐家、画家就没幻想过，烦恼过？前些天，我读了骑士德·格里欧和曼侬·雷斯戈的故事[②]，你相信吗，我泪如雨下。告诉我，亲爱的，每个女人在内心深处难道不幻想着这种爱情——能宽恕一切，不惜自我牺牲，谦逊的惟一爱情吗？”

“噢，当然，当然是这样，老伯伯。”

“但是它既然不存在，女人们便报复了。再过个三十年，我是看不见那一天了，你也许还能看见，薇拉琪卡。记住我的话吧，三十年后女人将在世界上获得前所未闻的权力。她们将会打扮得和印度偶像一样，她们将要践踏我们男人，就像践踏卑贱的奴隶一样。她们喜怒无常和任性的行为将成为折磨我们的法律。这都是因为我们多少代以来不会崇敬爱情的缘故，这就是报复。你知道这条定

① 与薇拉琪卡一样是薇拉的小名。

② 法国作家马塞尔·普莱沃的小说《曼侬·雷斯戈》中的两个人物。

律：作用力同反作用力成正比。”

沉默了一会，他突然问道：

“告诉我，薇拉琪卡，要是你不感到为难的话，今天瓦西里公爵讲的电报员的故事到底是怎么回事？哪些是真事，哪些是他像通常那样随意杜撰的？”

“难道您对这感兴趣，老伯伯？”

“随你的便，随你的便，薇拉。要是你为了某种原因而不乐意……”

“完全没有，我很乐意讲给您听。”

于是她把一个疯子在她结婚前两年就开始迷恋她的故事详细地讲给要塞司令听了。

她一次也没见过他，也不知道他的姓名。他只给她写信，在信里的签名是Г·С·Ж。有一次他无意中提到他在某个政府机关当小职员——他一个字也没提到过电报局。显然，他一直在注意她，因为他在信中总能十分准确地指出，她在哪儿参加晚会，在什么样的社交场合出现，穿着什么样的衣服。开始他的信写得充满热情，虽然有点粗俗可笑，不过仍然是非常纯洁的。但有一次薇拉回信请他（顺便说一句，老伯伯，您可别对家里人说漏了嘴：他们谁也不知道这件事）别再不断吐露真情，别再打搅她。之后他就不再表白爱情，信也只是在复活节、新年和她的命名日时才写。薇拉公爵夫人还讲了今天有人送包裹的事，还把她那位神秘的爱慕者的古怪来信几乎逐字逐句地重复了一遍。

“是啊，”将军终于慢慢说道，“也许这只是个精神失常的小伙子，躁狂症患者，可是——谁又说得准呢？也许贯穿你人生道路的，薇拉琪卡，正是那种女人们所幻想的，而男人们却无力奉献的爱情。等等，你看看，前面闪动的是不是车灯？大概是我的马车来了。”

就在这时，后面传来汽车响亮的轰隆声，被车轮轧得高低不平的公路被电石灯的白光照得雪亮。古斯塔夫·伊万诺维奇坐着汽车来了。

“安娜琪卡,我把你的东西带来了,上车吧!”他说道,“大人,要不要送您回家?”

“不用了,谢谢,亲爱的,”将军回答道,“我不喜欢坐汽车,它就会摇晃和放臭气,一点可爱之处也没有。好啦,再见吧,薇拉琪卡,我以后会常来的。”他说道,吻着薇拉的前额和手。

大家开始告别,弗里叶瑟把薇拉·尼古拉耶夫娜送到她别墅的门口,然后迅速地打了一个转,便同他那辆一边吼叫着,一边噗噗地喷气的汽车一起消失在了黑暗中。

九

薇拉公爵夫人怀着烦闷的心情踏上凉台，走进屋里。她老远就听见尼古拉哥哥的大嗓门，看见他瘦高的身影在屋里来回踱步。瓦西里·里沃维奇坐在呢面牌桌旁边，他淡黄色的头发剪得短短的，正垂着头用粉笔在绿呢桌面上画着什么。

“我早就说过！”尼古拉气愤地说道，右手做了一个手势，仿佛要把某种看不见的负担甩在地上，“我早就坚持，要制止这些荒唐的来信。薇拉还没有嫁给你之前，我就一再对你们说，你和薇拉像小孩似的拿这些信取乐，只把它们看作是某种可笑的东西。这不，正好薇拉自己也来了，薇拉琪卡，我正在和瓦西里·里沃维奇谈论你的疯子П·П·Ж呢，我认为这种通信是无礼且庸俗的。”

“根本没有过通信，”施因冷冷地打断他的话，“只有他一个人在写信……”

听到这句话，薇拉涨红了脸，随即坐在被一棵大蒲葵的阴影笼罩着的沙发上。

“请原谅我的表达。”尼古拉·尼古拉耶维奇说道，仿佛从胸前扯下一件看不见的沉重的东西，把它扔在地上。

“我不明白的是，你为什么把他说成是我的，”薇拉插嘴道，丈夫的支持使她感到高兴，“如果说他是我的，就如同说他是你的一样。”

“好吧，再一次请你们原谅。一句话，我只想说他的愚蠢行为该停止了。照我看，事情已经越过取笑和画滑稽画的界线了。请你们相信我，我在这儿忙活，在这儿着急，都只是为了薇拉和你瓦西里·里沃维奇的名誉呀。”

“得啦，你这可是扯得太远了，柯利亚。”施因反驳道。

“也许吧，也许吧……但你们有轻易陷入可笑处境的危险。”

“我看不出来怎么个陷入法。”公爵说道。

“你想想看，这只愚蠢的手镯，”尼古拉把红匣子从桌上拿起来，但立即又嫌恶地放回去了，“这件庸俗至极的玩意儿如果留在我们这里，或者我们把它扔掉，或者送给达莎，无论怎样，那时候，首先，П·П·Ж就可以对他的熟人或者同伴吹嘘了，说公爵夫人薇拉·尼古拉耶夫娜·施因娜接受了他的礼物。其次，这件事还会鼓励他的下一步行动。明天他会送来钻石戒指，后天又会送来珍珠项链，一转眼，他就会因为盗用公款或者伪造文书坐在被告席上，而施因公爵夫妇将会被传召去当证人……那处境就妙了！”

“不，不，手镯一定要退给他！”瓦西里·里沃维奇大声说道。

“我也是这么想，”薇拉赞同道，“并且越快越好。但是怎么退给他呢？我们既不知道他的姓名，也没有他的地址。”

“噢，这完全不是件难事！”尼古拉·尼古拉耶维奇轻蔑地反对说，“我们知道这位 П·П·Ж 姓名的第一个字母吧。他叫什么，薇拉？”

“Ге·Эс·Же。”

“那就好了。除此之外，我们还知道他在某个地方供职，这就足够了。明天我把市里的花名册拿来，找出姓名带这三个字母的官员或职员。如果因为什么原因没找到他，我就干脆叫警察局的侦探去搜查。不管怎么说，我手里还有他笔迹的这张信纸。一句话，明天两点以前我就能准确打听到这家伙的姓名和地址，甚至是他在家的时间。一旦我把这些都打听清楚了，那么明天我们不仅把他的宝贝还给他，还要采取措施，让他永远别再提醒我们存在过他这样一个人。”

“你想干什么？”瓦西里公爵问。

“干什么？去找省长，请他……”

“不，绝对不能找省长。你知道我们的关系，那才是直接陷入可笑境地的危险。”

“那也行，我就去找宪兵上校，他是我俱乐部里的朋友，让他把那位罗密欧叫来，指着他鼻子威胁他。你知道他是怎么干的吗？他的手指快戳到对方的鼻子，手一动也不动，只有一根手指上下摇晃，并对那人喊道：‘先生，这样的行为我不能容忍——忍！’”

“呸！叫宪兵！”薇拉皱起了眉头。

“薇拉说得对，”公爵赞同道，“最好不要让任何外人干预这件事，那准会引起流言蜚语的。我们大家对这个城市太了解了。大家都像生活在玻璃罐里，最好让我自己去找这位……青年，虽然，天晓得，他也许已经六十岁了？我把手镯交给他，再把他严厉地训斥一顿。”

“那我跟你一起去，”尼古拉·尼古拉耶维奇急忙打断他，“你性子太软了。让我同他谈谈。可是现在，朋友们，”他掏出口袋里的手表看了看，“请你们原谅我，我要回自己房间呆一会儿去了。我累得都快站不住了，可是还得批两份案卷。”

“不知道为什么，我有点可怜起这个不幸的人来了。”薇拉犹豫不决地说道。

“他没什么好可怜的！”尼古拉从门口转过身来厉声说道，“要是这种送手镯和写信告白的事情发生在我们这个圈子里，那瓦西里公爵便会向他发起挑战。如果他不这么做，我也会这么做的。要是在从前，我会直接吩咐人把他带到马棚里用树枝抽他一顿。瓦西里·里沃维奇，你明天在办公室等我，我打电话通知你。”

十

布满痰痕的楼梯散发出老鼠味、猫味、煤油味和洗过的衣服味。瓦西里·里沃维奇公爵在六楼前停下来。

“等一等，”他对内兄说道，“让我喘口气。唉，柯利亚，这事儿不该这么办啊。”

他们又爬了两段楼梯。楼梯口很暗，尼古拉·尼古拉耶维奇划了两次火柴，才看清了住宅的门牌号。

他按了门铃，出来开门的是一个白头发灰眼睛的胖女人，她戴着眼镜，身子微微向前躬着，大概是患了什么病。

“热尔特科夫先生在家吗？”尼古拉·尼古拉耶维奇问道。

女人惊恐地来回打量着这两个男人，大概是两人体面的外表让她安心了。

“在家，请进吧，”她说着打开了门，“左边第一个门。”

布拉特·图甘诺夫斯基在门上短促有力地敲了三下，里面响起一阵窸窣声，他又敲了几下。

“请进。”一个微弱的声音答应道。

房间很矮，但又宽又长，几乎是正方形的。从两个和船上的舷窗一般的小圆窗子里，勉强透进一点光线来。就连整个房间也像货船上的休息室：紧挨着一面墙的是一张窄窄的床，另一面墙边则有一张宽大的沙发，上面铺着一块破旧但很漂亮的帖金毯子，当中放着一张铺着小俄罗斯彩色桌布的桌子。

一开始看不见主人的脸：他背光站着，局促不安地搓着手。他的个子高高的，稍微有点瘦，长着一头蓬松柔软的长发。

“如果我没弄错，您是热尔特科夫先生吧？”尼古拉·尼古拉耶维奇傲慢地问道。

“我是热尔特科夫，非常高兴，让我自我介绍一下吧。”

他朝图甘诺夫斯基走近两步，伸出了手。但就在这一刻，尼古拉·尼古拉耶维奇就像没注意到他的欢迎似的，把整个身子转向施因。

“我跟你说咱们没找错吧。”

热尔特科夫瘦瘦的神经质的手指在褐色短外衣的衣襟上上下移动，一会儿解开纽扣，一会儿又扣上。最后，他不自然地鞠了一躬，指着沙发，费劲地开口道：

“两位请坐吧。”

现在他的面容完全显露出来：他的脸很苍白，有着少女一般的温柔，一双淡蓝色的眼睛，带着孩子气的固执的下巴，下巴中间有个小窝。他的年纪大概在三十到三十五岁之间。

“谢谢您。”正在仔细打量他的施因公爵简单地说了一句。

“Merci[①]，”尼古拉·尼古拉耶维奇简短地回答道，两个人仍然站着，“我们只在您这儿呆几分钟。这是瓦西里·里沃维奇·施因公爵，本省首席贵族。我姓米尔兹－布拉特－图甘诺夫斯基，是一位副检察官。我们将有幸同您谈的事，涉及公爵和我，说得更准确些，涉及公爵的夫人，我的妹妹。”

热尔特科夫完全心慌意乱了，突然往沙发上一坐，用发僵的嘴唇喃喃说道：“先生们，请坐吧。”但是大概想起刚才已经做过这种徒

① 法语，谢谢。

劳的邀请了，于是又跳了起来，揪着头发跑到窗前，回到刚才的位置上。他颤抖的手又上下移动起来，拧着纽扣，捻着淡红色的髭须，毫无必要地摸着自己的脸。

“我听从您的吩咐，公爵大人。”他央求地望着瓦西里·里沃维奇，声音嘶哑地说道。

但是施因没有作声，尼古拉·尼古拉耶维奇开口说道：

“首先，请允许我把您的东西还给您，”他从口袋里掏出红匣子，端端正正地放在桌上，开口说道，“它当然足够证明了您的鉴赏力，但我们想请求您，别再送来这样的‘惊喜’了。”

“请原谅我，我自己也知道，我做得很不对。”热尔特科夫眼睛盯着地板，涨红了脸，低声说道，“要不，我给您二位倒杯茶吧？”

“您知道，热尔特科夫先生，”尼古拉·尼古拉耶维奇继续说下去，仿佛没有听见热尔特科夫后面说出的几个字，“我非常高兴，发现您是位正派的人，是个绅士，用不着多说您也明白，所以我想我们马上就能谈妥。如果我没记错的话，您追求薇拉·尼古拉耶夫娜公爵夫人已经七八年了吧？”

“是的。”热尔特科夫轻轻回答道，恭敬地垂下睫毛。

“我们到现在都没有对您采取任何措施，当然，您也会同意我的话，我们不仅可以采取措施，而且正需要这样做。对吧？”

“对的。”

“对的。但您最后的行为，就是送这只石榴石手镯的举动，已经超过了我们忍耐的限度。您明白吗？我们不想再忍耐了。我不想隐瞒您，我们首先想到的是求助于当局，但我们没有这么做，我也很高兴，我们没有那么做。因为，我再重复一遍，我立刻就看出您是个高尚的人。”

“对不起，您刚才怎么说的？”热尔特科夫突然认真地问道，还哈哈大笑起来，“您想求助于当局？您是这样说的吧？”

他把两只手揣在口袋,在沙发的角落里坐下来,掏出香烟盒和火柴,抽起烟来。

“这么说,您是说要求助于当局了?公爵,请你原谅我坐着,”他对施因公爵说道,“那么之后你们打算怎么办呢?”

公爵把椅子推到桌子跟前,坐下了。他怀着认真而强烈的好奇心,一直困惑不解地注视着这位古怪的人的脸。

“您知道,亲爱的,这种措施您是永远逃脱不了的。”尼古拉·尼古拉耶维奇的口气里有一丝放肆,“介入别人的家庭……”

“对不起,我打断您……”

“不,对不起,现在我打断您……”检察官几乎喊起来。

“随您的便吧,您说吧,我听着。可是我有几句话要对瓦西里·里沃维奇公爵说。”

于是他不再理会图甘诺夫斯基,说道:

“现在我生命中最沉重的时刻来临了。当然,公爵,我应当丢掉任何客套跟你说,您能听完我的话吗?”

“我听着,”施因说道,“咳,柯利亚,你这会儿先别说话。”他看见图甘诺夫斯基做了一个愤怒的手势,有些不耐烦地说道,“说吧。”

热尔特科夫一连几秒钟张着嘴大口吸气,仿佛喘不过气来,但突然就滔滔不绝地说起来。他说话的时候只有颌骨上下移动,苍白的嘴唇一动不动,就像死人的嘴唇那样。

“很难说出……我爱您的妻子这样一句话。但是七年无望而谦恭的爱给了我说这话的权利。我承认,一开始,在薇拉·尼古拉耶夫娜还是位小姐的时候,我给她写过愚蠢的信,甚至期望她能够回信。我也承认,我最后的举动,就是送手镯这件事,做得更加愚蠢。但我……现在我看着您的眼睛,感觉您能理解我。我知道,我永远不能不爱她。我知道,公爵,这一定让您感到不愉快。您说吧,您有什么办法能斩断这种感情呢?把我驱逐到别的城市去,就像尼古拉·尼古拉耶维奇所说的那样？我还是会像在这里一样爱着薇拉·尼古拉耶夫娜。把我关进监狱？但是就算在那儿，我也有办法让她知道我的存在。只剩下一个办法，那就是死。您要我随便选择一种死法吗？”

“我们不办正经事，却在这儿朗诵起来了，”尼古拉·尼古拉耶维奇一边说一边戴上帽子，“问题很简单，我们建议您在两种方案中选择一个：或者您完全停止追求薇拉·尼古拉耶夫娜公爵夫人，或者，如果您不同意这么做的话，我们会动用我们的地位和亲友，采取必要的措施。”

热尔特科夫虽然听见了他所说的话，但是没看他一眼，他转向瓦西里·里沃维奇公爵，问道：

“您允许我离开十分钟吗？我不想隐瞒你，我去给薇拉·尼古拉耶夫娜公爵夫人打个电话。请您相信我，凡是能转告您的，我都转告您。”

“您去吧。”施因说道。

当房间里只剩下瓦西里·里沃维奇和图甘诺夫斯基的时候，尼古拉·尼古拉耶维奇马上对妹夫发起火来。

“这样不行，”他喊道，做出一副姿势，像是用右手把胸前一件看不见的东西扔在地上，“这样绝对不行。我之前就和你说了，事务性的谈话由我进行，而你受了感动就心软了，还允许他宣泄自己的感情，我两句话就能把这件事办妥。”

“等一等，”瓦西里·里沃维奇公爵说道，“这一切马上就能解释清楚。主要是我看着他的脸，心里感觉到，这个人分明就不会撒谎骗人。确实也是，你想想，柯利亚，难道他爱一个人是他的过错？难道能够控制像爱情这样的感情——这种至今还没有人能解释清楚的感情？”公爵想了想说道，“我可怜这个人，我不仅可怜他，我还觉得我参与了一场关于灵魂的巨大悲剧，所以我不能在这儿装小丑。”

“这是颓废主义[①]。”尼古拉·尼古拉耶维奇说道。

十分钟之后热尔特科夫回来了。他的眼睛闪闪发光，仿佛挂满的泪珠，眼神变得深邃了。看得出来，他完全忘记了上流社会的礼节，忘记了谁该坐在什么位置，不再做出绅士的派头了。施因公爵马上又以病态而神经质的敏锐领会了所发生的一切。

“我准备好了，”他说，“明天你们就听不到我的任何消息了。对你们来说，我好像已经死了。但有个条件——我这是对您，瓦西里·里沃维奇公爵说的——您要知道，我盗用了公款，无论如何我都得从这个城市逃走。您允许我给薇拉·尼古拉耶夫娜公爵夫人写最后的一封信吗？”

“不行，事情完了就完了，不能再写什么信了。”尼古拉·尼古拉耶维奇喊道。

“好的，您写吧。”施因说道。

“那我就没有什么好说的了，”热尔特科夫傲慢地微笑着说道，“您再也听不到我的音信，当然，也永远不会再见到我了。薇拉·尼古拉耶夫娜公爵夫人根本就不想和我说话，当我问她，我能不能留在城市里，以便偶尔能看见她，当然不会让她发现我，她回答说：‘唉，要是您知道这整件事有多让我厌烦就好了，请您赶快停止吧。’现在我就来结束这件事，看来我所能做的，都已经做了。”

晚上，瓦西里·里沃维奇回到别墅，把自己同热尔特科夫会面的详细过程一字不漏地告诉了妻子，他仿佛感觉到，自己有责任这样做。

薇拉虽然很激动，但她没有感觉惊讶，也没有感到惶恐。夜里，当丈夫来到她的床上，她突然转过身去对着墙，对他说道：

“躲开我。我知道这个人一定会自杀的。”

---

① 19世纪末20世纪初西方文化艺术中的流派。

十一

薇拉·尼古拉耶夫娜公爵夫人从来不看报纸，因为，第一，报纸会弄脏她的手，第二，她从来都无法看懂现在人所写的文字。

但是命运让她打开了那一张报纸，看到的正是刊登着下面消息的那一栏：

“谜一般的死亡。昨晚七时许，稽查署官员格·谢·热尔特科夫自杀身亡。据侦查，死者系因盗窃公款自杀，至少自杀者在遗书中如此写道。鉴于证人供词确认此举出于死者自愿，兹决定尸体不送至解剖室。”

薇拉默默想道：

“为什么我预感到他会死？难道这就是这种悲剧的终结？这到底是什么：爱情还是精神失常？”

她一整天都在花圃和果园里散步，心中的不安随着时间一分一秒地流逝而不断增长，她坐立不安。她所有的思绪都萦绕在这个神秘的人物身上，这个她从未见过，今后也再见不到的可笑的П·П·Ж身上。

“谁又说得准，也许贯穿你人生道路的，正是那种真正忘我的真挚的爱情。”她回想起阿诺索夫的话。

六点钟的时候邮差来了。这一次薇拉·尼古拉耶夫娜认出了热尔特科夫的笔迹，她怀着自己也料想不到的柔情把信拆开：

热尔特科夫这样写道：

既然上帝把对您的爱作为巨大的幸福恩赐于我，薇拉·尼古拉耶夫娜，我是没有过错的。结果生活中再也没有能吸引我的东西了：不论政治，不论科学，不论哲学，不论对人类未来幸福的关切——您成为了我生命的全部意义。我现在觉得，我硬挤进您的生活，使您难堪了。如果可能，就请您原谅我的所作所为吧。今天我就要离开了，永远不再回来，再不会有什么会令您想起我了。

仅仅因为您的存在，我就对您充满了无限的感激之情。我检查过自己——这不是病，不是躁狂的意念——这是上帝因为某种原因奖赏给我的爱情。

就让我在您的眼里和您哥哥尼古拉·尼古拉耶维奇的眼里显得可笑吧。在我离开之际，我仍要怀着喜悦的心情对您说："愿你的芳名永远圣洁！"

八年前我在马戏园子的包厢里见到您，就在那一秒，我对自己说：我爱她，因为世界上没有任何事物可以同她媲美，不论野兽，不论植物，不论星辰，不论人类，都不会有比您更完美，更温柔的了。在您身上仿佛有大地上全部的美。

您想想我应该怎么做才好？跑到别的城市去？我的心依然依恋着您，匍匐在您的脚下，每一天的每一秒，我都充满了对您的思念，对您的幻想，充满了甜蜜的梦呓。我为那只愚蠢的手镯感到相当惭愧，暗地脸红，哎，还能说什么呢？我做错了。我想象得出它给您的客人留下了什么样的印象。

再过十分钟我就走了，只来得及贴上邮票，投进邮箱，我不想把它委托给任何别的人。请您把这封信烧掉吧！我现在把炉子生好，就要烧掉我生命中所有最珍贵的东西了——您的手绢，我得向您承认，是我偷的，您在参加贵族俱乐部舞会的时候，把它掉在椅子上了。还有您的短简，噢，我是怎样亲吻它啊，就是您禁止我给您写信的短简。还有你有一次拿过的一份艺术展览会的目录，后来在出门的时候落在椅子上了。没有了。我把一切都斩断了，但我仍然想，甚至相信，您会回想起我来的。如果您回想起我，那，我知道您是非常富有乐感的人，我经常在贝多芬的四重奏音乐会上见到您，所以，如果您回想起我来，那就请您，或者吩咐旁人演奏 D 大调第二奏鸣曲作品第二号吧。

我不知道该怎样结束这封信。我衷心地感谢您，感谢您成了我生命中的惟一欢乐，惟一安慰，惟一思念。愿上帝赐给您幸福，别让短暂的日常琐事惊扰了您那完美的灵魂。吻您的手。

Г·С·Ж

她的眼睛哭红了，嘴唇哭肿了，她走到丈夫面前，把信交给他看，并说道：

“我什么都不想向你隐瞒，但我觉得某种糟糕的东西已经渗入了我们的生活。你和尼古拉·尼古拉耶维奇大概做了什么不该做的事。”

施因公爵仔细地读完了信，把它整齐地叠好，沉默了好一会儿，说道：

“我不怀疑这个人的真诚，甚至，我不敢说理解他对你的感情。”

“他死了？”薇拉问道。

“是的，死了。我告诉你，他爱过你，而且他完全不是疯子。我的眼神一直没离开过他，看清了他的每一个动作，面部表情的每一个变化。对他来说没有你就没有生命。我觉得我亲身经历了一场能让人死去的巨大的痛苦，我甚至几乎感觉，站在我面前的已经是一个将死之人。你明白吗，薇拉，我不知道如何是好，不知道应该怎么办。”

“原来是这样，瓦辛卡[①]，”薇拉·尼古拉耶夫娜打断了他的话，“要是我到城里去看看他，你不会难过吧？”

“不会，不会，薇拉，我还想请你去一趟。我本来自己也想去，只是尼古拉坏了我的事，我怕去了会显得不自然。”

① 瓦辛卡是瓦西里的小名。

十二

薇拉·尼古拉耶夫娜在离留杰兰街两条街的地方下了马车，她没费多大劲就找到热尔特科夫的寓所。开门的是一个灰眼睛的胖胖的老妇人，戴着银边眼镜，她像昨天一样问道：

“您找谁？”

“热尔特科夫先生。”公爵夫人说道。

也许是她的装束，她的帽子、手套，还有那略带不容分说的语气，给女房东留下了强烈的印象，她的话匣子打开了。

“请进，请进，左边的第一个门就是，那儿现在……他这么快就离开了我们，说是他盗用了公款。他要是对我说了也好啊，您知道，把房子租给单身汉，我的钱是不多，但我好歹也能凑个六、七百块钱替他补上。太太，您要是知道他是个多么好的人就好了。他在我这住了八年，对我来说他完全不像房客，而像我的亲生儿子。”

过道里有一把椅子，薇拉在上面坐下来。

“我是您已故房客的朋友。”她说道，斟酌着每一个字眼，“请告诉我他弥留之际都做了什么，说了哪些话吧。”

“太太，到我们这儿来了两位先生，他们谈了很久。后来他跟我解释，说他们要请他去当庄园的管家。接着热尔特科夫先生跑出去打电话，他回来的时候显得可高兴了。然后两位先生走了，他坐下来写信。后来他出去投信，再后来我们就听见，仿佛有人用玩具手枪放了一枪，但我们也没放在心上。平日他总是七点钟来喝茶，女佣鲁开利亚去敲他的门，他没应声，后来再敲了两下还是没听见动静，我们只好把门撬开，可是他已经死了。”

“您跟我说说有关手镯的事吧。”薇拉·尼古拉耶夫娜说道。

“唉，唉，手镯，我都忘了。您怎么知道的？他在写信前到我屋里来了，问我道：‘您是天主教徒吗？’我说：‘是天主教徒。’于是他说道：‘你们有个好习俗’——他就是这么说的——‘把戒指、项链、礼品挂在圣母像上，您能否答应我的请求，把这只手镯也挂在圣像上？’我答应替他挂上。”

“您能让我看看他吗？”薇拉问道。

“请吧，请吧，太太，左边的第一个门就是他的房间。今天他们想把他送进解剖室，但他有个弟弟，坚持要按基督教仪式将他安葬。请吧！”

薇拉鼓足勇气推开了门。屋里飘荡着香料的味道，点了三支蜡烛。热尔特科夫躺在屋子中间一张斜放着的桌子上。他的头放得很低，仿佛有人故意给他，一个对一切都无所谓的死尸，垫了一个小软枕头似的。他双眼紧闭，显出庄重的神情；他幸福安详地微笑着，仿佛在同生命分手之前，已经领悟到某种解决了他所有人生疑虑的深奥而甜蜜的秘密。她回想起来了，她在伟大的受难者——普希金和拿破仑的石膏像上看到过同样安详的表情。

“您要不要我出去一会儿，太太？”老妇人问道，从她的语气里能听得出某种非常隐秘的东西。

“您出去吧，我一会儿叫您。”薇拉说道，立马从上衣的一个小斜口袋里掏出一朵大大的红玫瑰，左手把死者的头微微抬起，右手把花放在他的脖子下面。在这一刹那她感觉到，每个女人都梦想着的爱情从她身旁消逝了。她想起阿诺索夫将军所说的关于绝无仅有的永恒的爱情的话来——就像是预言。她把死者额头上的头发向两侧撩开，紧紧地按住他的太阳穴，在他冰冷湿润的额头上长长地吻了一下。她离开的时候，女房东用带着波兰腔的讨好的口吻对她说道：

“太太，我看得出，您同其他的人不一样，您不仅仅是出于好奇才来的。故去的热尔特科夫先生死前曾对我说：‘要是我死了，有一位太太来看我的话，您就对她说贝多芬最好的作品是……’他甚至还特意给我写下来了。您看……”

“给我看看，”薇拉·尼古拉耶夫娜说道，突然哭起来，“请您原谅，死亡的印象太沉重，我控制不住自己了。”

于是她看到了那熟悉的笔迹所写下的几个字：

贝多芬。第二奏鸣曲，作品第二号。缓慢、热情[①]。

---

① 原文为德语。

十三

薇拉·尼古拉耶夫娜回到家里已经很晚了,当看到丈夫和哥哥都没在家时,她感到很高兴。

然而女钢琴家珍妮·赖特尔在等她,还在为所看到和所听到的一切感到非常激动的薇拉,立刻向她奔过去,吻着她那双美丽的大手,喊道:

“珍妮,亲爱的,请您给我弹点什么吧。”说着她走出房间,走进花园,坐在一张长凳上。

她一秒钟也没有怀疑,珍妮会弹第二奏鸣曲的那个地方,就是有着“热尔特科夫”这个可笑名字的死者所请求她演奏的地方。

果然如此。她从第一组和音上便听出这个在深度上无与伦比的作品来。她的灵魂仿佛分成了两半,她想着,千年一遇的伟大爱情已经从她身边消逝了。她想起阿诺索夫将军的话,自问道,这个人为什么要她听贝多芬的这支曲子呢?在她心里渐渐找到了答案。这些答案在她脑子同这音乐如此吻合,仿佛构成了一节节歌词,每一节都以“愿你的芳名永远圣洁”结尾。

“现在我要在温柔的乐声中向您诉说,我那注定要顺从而喜悦地忍受苦难、痛苦和死亡的生活。抱怨、责备、自尊的苦楚我都全然不顾。我在你面前只祈祷一件事:‘愿你的芳名永远圣洁!’

“是的,我预见到痛苦、流血和死亡。我想,身体与灵魂难以分

离，但是，完美的人啊，我仍然要赞美你，给你热烈的赞美和温存的爱情。‘愿你的芳名永远圣洁！’

“我回想起你的每个脚步、每个笑容、每个目光，还有你步履的每次声响。我最后的回忆也充满了甜蜜的忧愁——温存而美丽的忧愁。但我不想给你增添痛苦，我将一个人默默地离去，因为上帝和命运是这样安排的。‘愿你的芳名永远圣洁！’

“在这临终前的悲伤时刻，我只向你祈祷。生命对我而言也可以说是美好的。不要抱怨，可怜的心儿，不要抱怨。我的灵魂召唤着死亡，但在心中却充满对你的赞美：‘愿你的芳名永远圣洁！’

“你，还有你周围的人，你们都不知道，你是多么的完美。时钟响了，时间到了，我即将死去，但我在同生命告别的悲痛时刻，仍要歌唱——赞美你。

“它来了，驯服一切的死亡来了，而我还要说——赞美你！”

薇拉公爵夫人抱住洋槐树干，紧紧地贴着它，哭了起来。洋槐树轻轻地摇晃，一阵微风吹来，将树叶吹拂得沙沙作响，仿佛在同情她，烟草散发出更浓郁的香味。这时，美妙的音乐仿佛跟随着她的悲伤，继续唱道：

“安心吧，亲爱的，安心吧，安心吧。你会记得我吗？记得吗？要知道你是我唯一的也是最后的爱情呀。安心吧，我和你在一起。你想着我，我便会同你在一起，因为虽然我们只相爱了一瞬间，但这爱却永恒不变。你会记得我吗？记得吗？记得吗？我感觉得到你的泪水，安心吧。我睡得是这样香甜，这样香甜，这样香甜。”

珍妮·赖特尔已经弹完了，走出房间，看见薇拉坐在长凳上，哭得像泪人儿一般。

“你怎么啦？”女钢琴家问道。

薇拉的眼睛由于充满泪水而闪闪发亮，开始激动不安地吻她的脸、嘴唇、眼睛，说道：

“不，不，他现在原谅了我。一切都好了。”